八重の桜

一

作 山本むつみ

ノベライズ 五十嵐佳子

NHK出版

八重の桜　一

装幀　岡　孝治
題字　赤松陽構造
カバー写真　中村　淳
協力　池田重子

八重の桜　一❖目次

第一章　ならぬことはならぬ

一八六一年。アメリカ合衆国で南北戦争が勃発した。

アメリカ合衆国を脱退してアメリカ連合国を結成した南部の十一州と、合衆国にとどまった北部二十三州の間の戦争である。奴隷制の存続と自由貿易を求める南部と、奴隷解放と保護貿易を求めた北部の戦いだった。

それは、最新兵器を駆使した近代戦の幕開けであり、国を二分した戦いの戦死者は、六十二万人にものぼった。

内戦は深い傷を残した。しかし、そこから立ち上がり、苦しみの先に未来を見つめた人々が、やがて新しい国造《づく》りに向けて歩き出していく。

そして南北戦争で使われたこれらの兵器は、海を渡って日本にもたらされた。黒船《くろふね》の来港から始まる幕末の歴史を大きく動かしていくことになる――。

慶応《けいおう》四年（一八六八年）、八月。会津《あいづ》・鶴ヶ城《つるがじょう》。雨が降っていた。大地をえぐるほどの激しい雨だった。

その雨音さえ消える激しい戦闘が起きていた。城下のあちらこちらからすでに火があがっていた。

「進めっ！　大手門は目の前じゃき」

城の北出丸《きたでまる》に向けて、新政府軍の板垣退助《いたがきたいすけ》が手を振り、声を張り上げた。土佐《とさ》藩兵たちの銃が火を噴いた。それこそ、南北戦争で使われていた新式銃だった。一斉に土佐藩兵たちが北出丸に向かって動き出した。

板垣の顔をヒュッと弾丸がかすめた。傍らの兵士がはじかれたように後ろにどっと倒れ、そのまま動かなくなった。だが、板垣はふり向きもしない。

「ひるまんと進め！」

正面に顔を据えたまま、血走った目で叫ぶと板垣もまた銃弾の中に身を躍らせた。

そのころ鶴ヶ城城主・松平容保《まつだいらかたもり》は黒金門《くろがねもん》前にいた。両手を握りしめ床几《しょうぎ》に座っていた。

「本隊は、まだ戻らぬか……」

真一文字に結ばれた唇から声がもれた。貴公子という形容がぴったりの端正な顔が白くこわばっていた。これほど敵が早く城下に押し寄せるとは思わなかった。兵の主力は藩境にあり未だ帰還していない。城中にいるのは数十名の藩兵だけだった。

男が息を切らし駆け込んできたのはそのときだ。容保の目がかっと見開かれた。家老の西郷頼母《さいごうたのも》
「殿！　殿はご無事が」

近悳《ちかのり》だった。頼母は城下にあがった火の手に気づき、守りを固めていた冬坂峠より引き返し、銃弾を潜り抜けて戻ってきたのだ。

頼母は血と泥にまみれていた。むせるような戦の匂いがした。頼母は軍神を思わせる顔を容保に

向けた。その目に乾いた理性の火を容保は見た。砲弾が地をゆるがす中、容保と頼母は身じろぎもせず互いの目の奥を見つめ合っていた。


北出丸前には、土佐藩兵だけでなく、薩摩《さつま》藩兵も押し寄せていた。

「撃てー！」大山弥助《おおやまやすけ》（のちの大山巌《いわお》）の指揮のもと、薩摩藩兵は城壁に大筒を撃ちこんでいた。大筒が撃ちこまれるたびにドンッと大地が揺らぐ。大山は城壁の手前に着弾したのを見ると、小銃を手に取り、足を一歩前に踏み出した。

このとき八重《やえ》は北出丸の中にいた。頭に鉢巻きを締め、袖はたすきで押さえ、スペンサー銃を構えていた。敵は「チェストー」と叫びながら進んでくる薩摩藩兵だ。敵の指揮官の姿を、八重の目がひたっととらえた。しっかと目を開き、照準を合わせた。唇を結び、引き金を絞った。銃が火を噴いた。

「うわっ」大山弥助がもんどり打って倒れた。右足からおびただしい血が流れている。

出丸内の会津藩士たちが「わっ」と歓声をあげた。「薩摩《さづま》の隊長さ仕留めだす！」

まだ声変わりもしていない少年兵ばかりだ。彼らも、銃を持っていた。八重は少年たちの顔を見渡した。黒目がちの目がきらっと輝く。

「よぐ狙って撃ぢなんしょ」

「はいっ」

八重はスペンサー銃を構えると、また北出丸の狭間から外に突き出した。

「お城は渡《わだ》さぬ。ならぬことは、ならぬのです！」

かみしめるようにそうつぶやき、引き金にかけた指に力をこめた。


物語は会津戦争から十七年前に遡る。

嘉永《かえい》四年（一八五一年）、五月。

会津盆地は深い緑の山々が放つ夏の匂いに包まれていた。

豊かな水をたたえた阿賀川《あががわ》はゆったりと蛇行しながら、盆地を潤していく。田には緑の稲が揺れ、あぜ道がどこまでも続いていた。

山並みの北に磐梯山《ばんだいさん》の雄大な姿が見える。入道雲はその磐梯山からわいているようだった。

磐梯山を背に五層の天守閣がそびえたっていた。赤い瓦と白壁が美しい鶴ヶ城だ。会津松平《あいづまつだいら》家二十三万石。葵のご紋を許された徳川《とくがわ》家の御家門である。

その城下に、山本家があった。八重の母・佐久《さく》が台所に姿を現した。

「お吉、八重はどこさ行った？」

奉公人のお吉にたずねた。お吉は野菜を洗う手を休めずにいった。

「いねぇのがしぃ？　さっき晴れ着をお着せしたげんじょ」

「嬢様なら、物見さ行ったがらし」

台所に入ってきた奉公人の徳造が額の汗をぬぐいながらいった。佐久の肩が落ち、小さなため息がもれた。

そのころ、八重は町はずれの大きな桜の木に登り、滝沢峠《たきざわとうげ》から続く道をじっと見つめていた。

「なあ、おっかなぐねぇ？」

着物の裾をひらひらさせながら枝に腰掛けている八重を、幼馴染みの時尾《ときお》は木の下から不安そうに見上げた。

八重は今年六歳になったばかりだ。八重は時尾の声も耳に入らないほどひたすらに目をこらしていた。愛嬌のある大きな目に遠くの緑の山が映っていた。

「あっ！」

山から続く道の彼方に、きらきらと光るものが見えた。

「お行列が来たっ！」

そう叫ぶなり、八重はするすると木をおり、ポンと大地に飛び降りた。「びりっ！」と着物が裂ける音がしたが、「時尾さん、早ぐみんなに知らせんべ」といって、八重は駆け出した。

「なあ、待ってくなんしょー」

夏草の中を飛ぶように走っていく八重を時尾はあわてて追いかけた。


佐久たちは身支度を整え庭に面した座敷で八重を待っていた。弟の三郎が母の顔を見上げて、「あね様は？」とたずねた。佐久は鼻から短く息をはいた。

「おっつけ戻る。……お吉や。そろそろ、いづもの備えを」

バタバタと足音がして、八重が「おっかさまー」と叫びながら庭に駆け込んできたのはそのときだ。「ほら来た」と佐久とお吉が目を合わせた。八重は肩で息をしていた。

「若殿様のお行列が、もうそこまで！　お迎《むが》えに参りやしょう」

佐久の目が八重の頭から足先までさっと一巡した。

「ぐるっと回ってみっせ。やっぱり、まだかぎ裂きこさえで」

「いづの間に……」

八重は腕をあげて佐久の目が止まった袖口を見た。見事に綻びていた。八重の口がとんがった。お吉が苦笑しながら八重を手招きした。お吉はすでに糸を通した針を手に、髪の脂をつけていた。

「早ぐしっせい。若殿様の初めでのお国入りだ。遅《おぐ》れだらなんねえ」

「はいっ」

八重は首をすくめながらお吉のところに駆け寄った。


会津藩の若殿様・松平容保は美濃高須《みのたかす》藩主松平義建の六男で、会津藩主・容敬《かたたか》の養子となった人物である。容敬は実の叔父でもあった。この日、江戸《えど》で生まれ育った容保がはじめてお国入りをするというので、城下は朝から常ならぬにぎわいに包まれていた。八重が物見していたのは、その行列だった。行列の中には江戸勤めを終えた兄・覚馬《かくま》もいるはずだった。八重たちは甲賀町口門《こうがまちぐちもん》前で菰《こも》の上に正座して行列を待った。行列の姿が見え始めると一斉に平伏した。

「頭《あだま》あげではなんねぇ」

佐久は何度も八重に言い含めていた。八重だって、そんなことは重々わかっている。だが、頭をさげた瞬間から、行列を見たいという気持ちが胸の中でむくむくと膨らんだ。

容保は馬に乗り、武者行列を率いてくる。十七歳になったばかりの容保は武者人形のように凜々しい姿をしていると噂されていた。その噂は本当なのか。見てみたい。何より自分たちが近い将来、藩主として戴くことになる人物を、ひと目でいいからこの目に焼き付けたい。頭をさげていても、八重の目はきょときょと落ち着きなく動いた。

槍持ちが捧げる槍の穂先が大地にきらきらと光を投げかけた。ざっざという足音が大きくなった。ドキドキと心の臓の音が八重の耳の中でこだまし始めた。なんとか黒目だけちらと上にあげると鉄砲を肩にした兄の覚馬の懐かしい姿が見えた。その瞬間、八重は思わず頭をあげていた。

「あ……兄様《あんつぁま》だ！」

「これ！」佐久の手が八重の頭を上からぎゅっと押さえ込んだ。

弓持ちや槍持ちが続いた。そして、まわりが心なしかざわめき、ついに容保が馬に乗ってやってくるのがわかった。

ほんのちょっと首をあげれば若殿様の姿が視界の端っこに映る。頭をさげながらでも、その姿を目に留めることはできる。八重は首を何とか動かそうとした。だが、佐久の手はびくともしない。

「ほおっ」「ご立派な」という感嘆のささやき声があたりから聞こえた。カツカツカツと音をたてる蹄が八重の目の前を砂埃を巻き上げて通り過ぎた。「馬《んま》の脚しか見えねぇ……」八重の体からがくりと力が抜けた。

容保は城に入ると、本丸広間の上段に座した。家老の簗瀬三左衛門《やなせさんざえもん》、山川兵衛重英《やまかわひょうえしげひで》、萱野権兵衛《かやのごんべえ》の他、若年寄、奉行ら、「お敷居内お目見え」に家臣団が一斉に頭をさげた。

「江戸表《おもて》の大殿様には、若殿に国許《くにもど》の政務をよぐ学んでいただくようにどの思し召しにござる。一同《いちどう》万事差し控えるごどなぐお教《おす》え申すように」

山川兵衛が申し述べると、容保が座をぐるりと見渡し、口を開いた。

「諸事よきようにはからえ」

平伏した藩士たちが「ははっ」と声を合わせた。大広間にむんと熱のようなものが立ち上った。

容保は、武者人形というより雛人形を思わせる面差しを引き締めた。刷毛ではいたような眉、すっと切れ上がった目、紅をひいたような口許をしていた。

「これより、御家訓の読み上げを執り行《おこな》いまする」

簗瀬三左衛門がそういうと、座がさらに緊張に包まれた。

学校奉行が進み出た。一礼し、ものものしく奉書紙を広げ、両手でしっかと前に掲げた。「土津《はにつ》公《こう》御家訓《ごかきん》」という言葉が聞こえた途端、藩士とともに容保も平伏した。

「大君《たいくん》の義、一心大切に忠勤を存ずべし。列国の例を以て自ら処《お》るべがらず。もし二心《ふたごころ》を懐かば、すなわち我が子孫にあらず。面々決して従うべがらず」

将軍家に忠義を尽くすことを第一とせよ。他の藩の行動に倣ってはならない。謀反の心を持つ者は、藩主であっても我が子孫とは認めない……。

御家訓は、藩祖・保科正之《ほしなまさゆき》が定めた、会津藩の絶対的な国是であった。保科正之は二代将軍徳川秀忠《ひでただ》の妾腹の子であり、三代将軍家光《いえみつ》の異母弟であった。長じては四代将軍家綱《いえつな》の後見役を務めた経歴を持つ。したがって、会津藩は徳川家の御三家に次ぐ親藩だった。

兄・覚馬は江戸からの荷をほどくと、その中から一挺の銃を取り出し、庭に設けた角場《かくば》に立った。角場とは、銃の練習に使う実弾射撃場である。

覚馬は、杉板の四角い的に向かって銃を構えた。江戸からの道中、陽に焼かれて浅黒くなった顔からすっと表情が消えた。引き金を引く指に力がこめられる。ダーンと激しい銃音がした。

「父上、ご検分を」

銃を下ろし、覚馬は後ろを振り返った。権八《ごんぱち》はうむとうなずき、的に近づいた。

「命中。見事《みごと》だ」

権八が満足げにうなった。父・権八は藩の砲術指南役を務めている。

濡れ縁に座りながら、まんじりと兄の姿を見つめていた八重の口から、「ほーっ」というため息とともに「たまげだあ」という声がもれた。兄の指が引き金を引いた瞬間、銃弾が目にも留まらぬ速さで的の真ん中めがけてまっすぐに飛んでいった。火縄銃なら命中すれば杉板が割れる。しかしこの銃はスポンと穴だけ開けた。強くて速いと八重は思った。

覚馬は、精悍な顔をほころばせ、満足そうに銃を見ると顔をあげた。

「これは良《い》い銃でごぜいやすぞ」

「もう一発《いっぱつ》、撃ってみろ」

「はい」

父に促され、覚馬がまた銃を構えた。八重は思わず身を乗り出した。だがふいに喉が詰まった。ふり向くと佐久が八重の襟首をつかみ、怖い顔で見下ろしていた。

「豆もいでくんのに、いづまでかがってる！」

しまった、見つかったと唇をかんだ。八重の両手には、畑からもいだばかりのササゲが握られていた。だが、すぐに八重の目は覚馬に戻った。ダーンと、また覚馬が鉄砲を放った。弟の三郎がその音に驚いて、佐久の後ろに隠れた。だが、八重は目を見開いて、的を見つめていた。

夜は覚馬の帰宅を祝い、膳を囲んだ。久しぶりに家族が全員揃い、なごやかな空気に包まれた。

佐久が権八の目を見つめた。

「美しいお行列でごぜいやしたなし」

「うむ」

「まるで、芝居で見る義経《よしつね》公のような男《おとこ》ぶりで」

「母上、芝居なんぞ、ご覧になんのですか？」

覚馬がおどけた調子で口をはさんだ。佐久がふふっと笑って肩をすくめた。

「若《わけ》ぇ頃は、ここらにも旅芝居の役者が回ってきてなし」

「これ、若殿を役者にたどえる奴《やづ》があっか」

権八がたしなめた。だが「すまねえなし」と頭をさげた佐久を見つめる目は穏やかだ。権八は背筋をたてて、柔らかに続けた。

「美濃高須家よりご養子に入られで五年、若殿は、まごどにご立派になられだ」

「兄様《あんつあま》、あれは、なんつうんです？」

不意に八重がいった。覚馬が八重を見た。

「なんだ？」

「さっき撃っていだ鉄砲」

「ゲベールだ。オランダの銃だ。なんとが一挺、手に入れできた」

権八が覚馬にうなずいた。

「火縄銃より弾の力《つから》が強《つ》ぇな。的が砕げずに、きれいに穴だけ開いでだ」

覚馬は目を見開くと、腕をポンと打ってみせた。

「銃も優れでおりやすが……腕もありやす」

「こいづ、うぬぼれを言いおるわ」

座に笑いが満ちた。しばし、覚馬と権八の銃談義が始まった。この時期、様々な銃が日本に入ってきていた。それまでの火縄銃とは違う、命中精度も射程距離も扱いやすさも格段にあがった新式銃が広がりつつあった。

八重はひとりニコリともせず、膝に置いた自分の手をじっと見つめていた。その手がこぶしになった。きっと顔をあげた。

「おとっ様！」

「ん？」

「私《わだす》も、兄様みでぇに、鉄砲さ撃ってみでぇ」

場が一瞬、静まり返った。

「この子《ご》はまだ、とてづもねぇごど、言い出した」佐久がとりなすようにいった。

続いて、権八が手を大きく顔の間で振り、笑い出した。

「お前《めい》が鉄砲撃ってなじょする。おなごは、薙刀《なぎなだ》さやるもんだ」

「オレも、薙刀やる！」

手を上につきだした三郎を権八は目で制した。

「お前は、鉄砲さやんねばだめだ」

八重は膝を覚馬に向けた。

「んだげんじょ、鉄砲は強《つ》ぇんだべ？」

「ああ、強ぇぞ。飛び道具ど悪ぐ言う者《もん》もいるげんじょな、そったら人はなんもわがってねぇんだ」

「一番《いちばん》強ぇ？」

権八が八重にうなずいた。

「んだがら、砲術指南さ勤《つと》める我が家は小身《しょうしん》なれども、お城の近ぐに屋敷さ賜ってる」

「んだら、やっぱし鉄砲がいい。私、強《つえ》ぐなりでぇもの」

いつしか八重は畳に手をつき、前のめりになっていた。覚馬が首を振った。

「鉄砲は大ぎぐで重でぇぞー。おなごにはとても扱《あつか》えねぇ」

「八重は大ぎぐなりやす！　力持ちになりやす！」

「ダメだ。ならぬことはならぬ」

きっぱりと権八が言い切って、目をそらした。

その晩、八重はひそかに寝床を抜け出し、足音をしのばせて鉄砲や鉄砲関係の書物がある土蔵に向かった。灯りの漏れる土蔵の作業場で、覚馬と権八が黙々と鉄砲の手入れをしているのをじっと見つめた。それから、八重は、角場に足を向けた。

月の美しい晩だった。杉板の的が、その月明かりに白く輝いていた。

八重は、杉板の真ん中にくっきり開いた弾丸の穴をじっと見つめた。その瞳の中に、強い意志が生まれ始めていた。

会津藩士の男子は六歳になると「遊びの什《じゅう》」という組織に入る。毎日、午後になると当番の家に集まり、「什の掟《おきて》」を斉唱し、「お話」として実践・体得させ、その後共に遊んだ。

什の掟は「一、年長者の言ふことには背いてはなりませぬ。一、年長者にはお辞儀をしなければなりませぬ。一、虚言《うそ》を言ふことはなりませぬ。一、卑怯な振る舞いをしてはなりませぬ。一、弱いものをいぢめてはなりませぬ。一、戸外で物を食べてはなりませぬ。一、戸外で婦人《おんな》と言葉を交へてはなりませぬ。ならぬことはならぬものです」というものだ。什の中に身分差別はなく、無礼講でもあった。

その日、松平容保は会津藩の子弟の教育を視察するため、什の家となっている家老の山川兵衛の家に赴いた。子どもたちは容保を見ると、「若殿様だ」「お世継ぎ様だ」と、どよめき、一斉に平伏した。容保は笑みをたたえたまま言い渡した。

「よい。続けよ」

子どもたちは「什の掟」を唱え終えると庭に出て二手に分かれて竹馬合戦を始めた。体の大きな子に思い切りぶつかっていったのは兵衛の孫・与七郎《よしちろう》（のちの山川大蔵《やまかわおおくら》）だった。大きな子に倒されても、負けずにまた向かっていく。兵衛は容保の供をしてきた西郷頼母を見た。

「日々共に遊ぶんで、什の仲間《なかま》は生涯、絆が強い《つえ》ごぜいます。のう、頼母どの」

「それがしも幼き頃《ごろ》は、仲間どともに、竹馬合戦や石合戦、冬は雪合戦や凧合戦……」

「合戦ばかりじゃのう」

容保がつぶやいた。

「これはしたり」

頼母は膝を打った。頼母は容保より五歳年長の二十二歳だ。西郷家は藩祖・保科正之の分家で代々家老をつとめる家柄であり、将来は家老職を約束されていた。だが今は番頭《ばんがしら》こと警備隊長役を任じられている。胸板の厚いがっしりした体から出る太い声で頼母は続けた。

「親は子に、喧嘩をすんなどは申しませぬ。その代わり、逃げ隠《かく》れすっと大いに叱りまする」

「卑怯な振る舞いをしてはならぬ、か」

「童の遊びも、鍛錬のはじめにござぃますれば」

容保一行は、その足で藩校・「日新館《にっしんかん》」に向かった。藩士の子弟は、十歳で日新館に入学。学問と武芸の鍛錬に励む。孔子廟、少年たちが童子訓を読む素読所、書道を学ぶ書学寮などを見て回った。

槍術道場では、ひとりの年若の門弟が、年長の上級者から激しい稽古をつけられていた。激しく槍が叩きつけられ、やがて門弟は突き飛ばされた。

「参りました」門弟が槍を下ろした。だが、ことはそれでおさまらなかった。槍を下ろした門弟に、上級者が容赦なく槍をふるった。容保の眉が動いた。

「勝負は決しているものを……」

「あれは措《お》ぎ槍ど申すて、会津ならではの、稽古の作法にござぃます。荒稽古を乗り越《ご》え、強《つえ》い武士にならねば、将軍家はお守りできませぬゆえ」

容保は、養子に入った日のことを思い出した。

養父の容敬は江戸藩邸の藩祖・保科正之を祀る「土津霊神《はにつれいじん》」の祭壇の前で、容保に「御家訓」を手渡し、「会津松平家は、将軍家に忠義を尽くすを、第一義となす。そなたの一生も、この御家訓を守るためにあるのじゃ。決して背かず、会津の良き主となられよ」と語ったのだった。

措き槍はまだ続いていた。最後に一突きされ、門弟は壁際まで吹っ飛び、動かなくなった。容保は眉を微かにひそめると、目をそらした。

容保公のお国入りから、ふた月が過ぎた。会津平野の稲穂が色づき、城下にも秋風が吹き渡りはじめた。

「進め！」八重は覚馬が帰った日から連日、鉢巻きを結び、鉄砲に見立てた棒きれを担ぎ、三郎を従え家の前で銃の訓練を始めていた。遊びに来た時尾は「八重さん、勇ましい」と、感心してつぶやいた。城下広しといえど、八重のような女の子は他にいなかった。

「若先生はおいでですか！」と、槍や長刀を担いだ若い藩士がどやどや門の中に入っていくのを見て、「あれ、まだ来らった」と時尾がひとりごちた。八重が振り返った。

「追鳥狩《おいとりがり》が近ぇがら、みな様、張り切っておいでだ」

追鳥狩は藩を挙げての軍事操練であり、今年の総大将は容保だった。覚馬のもとに集まってきたのは、鉄砲の撃ち方や扱い方を学んでいる覚馬の門人である。

そのとき、与七郎が仲間の、幸之進《こうのしん》や鉄之助《てつのすけ》とともに竹鞭を振りながらこちらに歩いてくるのが目に入った。時尾は、道を空けると目を伏せて立ちすくんだ。男には道を譲ることが女のたしなみとされていた。だが八重は鉄砲にみたてた棒きれを肩に乗せたまま、突っ立っていた。鉄之助が八重を見て、いたずらそうな目でいった。

「見ろ、女武者がいんぞ」

からかうような笑い声が続いた。八重はむっとして一歩前に出た。

「なにがおがしい」

「おなごど口《くぢ》きぐな。行ぐべ」

すかさず、与七郎がいきりたちかけた鉄之助たちを制した。肩透かしをくらった八重は唇をかみしめながら、遠ざかっていく与七郎たちをにらんだ。だが、はっと顎をあげた。「今年《こどし》の一番《いぢばん》手柄は誰だべな」「御番頭《ごばんがしら》様でねぇが」と話す与七郎の声が聞こえたからだ。「一番手柄……?」八重は踵を返し、角場に向かった。

覚馬は門人に鉄砲の構えを教えていた。

「今年の総大将は若殿様だ。みんな、いいどごみせっせ」

明るい兄の声が角場に響いていた。門人たちがいっせいに「はい」と答える。

「一番《いぢばん》手柄は、うぢの兄様《あんつぁま》に決まってんべ」

八重は両手を胸の前で合わせた。顔に笑みが広がった。

そしてとうとう追鳥狩の日がやってきた。

夜明け前の滝沢峠でひとつの狼煙《のろし》があがったのを皮切りに、次々にあちらこちらで狼煙があがった。追鳥狩開始の合図である。

まだ冴え冴えとした月が残る中、武具で身を固めた一団が歩き始めた。

八重たちも暗いうちから大野ヶ原の観覧場に向かった。大野ヶ原は、磐梯山が美しく見える開けた草原である。

やがて空が白くなった。空から続いているような朝もやが早朝の草原一面をおおっていた。もやの中に、旗指物や幟《のぼり》がはためいているのがぼんやりとわかる。武具の音、馬の足音、ヒヒーンという馬のいななきがときおり聞こえた。

八重は固唾《かたず》をのんで追鳥狩が始まるのを待っていた。

太陽はゆっくりと上にのぼり、紫の雲間から一条の光が帯のようにさしこみ、ほら貝が鳴った。ほら貝の太い音色が山々に反射して草原一帯に勇壮に響き渡る。続いて「エイエイオー、エイエイオー」という鬨《とき》の声が大地を揺るがした。陣太鼓も鳴りだした。

朝もやがさーっと薄れたのはそのときだ。八重の体が震えた。朝もやの中から突然、武士団が現れたように思えたからである。幟を押し立て、甲冑や陣羽織を纏《まと》った騎馬の武者たち、槍や弓を手にした徒士衆《かちしゅう》が磐梯山に向けて、ざっざと足音をたてて進軍を開始した。

「わーっ！」

八重は歓声をあげた。戦国絵巻のように勇ましく華麗な光景だった。

歓声をあげているのは八重ばかりではない。観覧場には、藩士の家族や町人が大勢詰めかけ、武家の家族はともかく、町人たちはやんややんやの喝采を送っている。

容保はそのころ、草原が見渡せる小高い丘に張られた陣幕の中にいた。

「ご覧なされ。若殿の軍勢にござい ますするぞ」

家老の兵衛がいった。簗瀬三左衛門、萱野権兵衛ら重臣たちがうなずいた。

甲冑に陣羽織の戦装束で床几に座った容保は目の前に広がる陣構えをじっと見つめた。

やがて砲術隊が進軍し、大砲奉行・林権助《はやしごんすけ》の指揮のもと、大筒が白煙を噴いた。ついで権八と覚馬が指揮をとる火縄銃の鉄砲隊が陣形を組んで続いた。「構えー！　放でっ！」という権八の声とともに、鉄砲隊が一斉に空砲を撃った。

「わあー、勇ましい……」

佐久に何度首根っこを引き戻されても、八重は身を乗り出さずにいられない。

進軍演習に続いて、追鳥狩の山場、模擬戦が始まる。鳥を敵軍に見立てて狩りたてるのだ。一番鳥を挙げることは、すなわち、合戦で一番首を挙げることを意味していた。

日が高くなるにつれ、磐梯山が彩錦《さいきん》に輝き始めた。

観覧場には、団子や飴、甘酒や麦湯売りの出店が並び、まるで祭りのようだった。首を振る赤べこや正月ものの起き上がり小法師などの玩具も売っていた。町方の子どもたちは笑いさんざめきながら、さかんに団子や飴を買い食いしていた。三郎が佐久の袖を引いた。

「団子、買ってくなんしょ」

「なんねえがら。侍の子は買い食《ぐ》いはせぬものです」

佐久は首を振った。山本家の隣には家老の山川家が陣取っていた。こちらは、母の艶《えん》をはじめ、姉の二葉《ふたば》、妹の美和《みわ》、そして、与七郎が背筋を伸ばし、きちんと手を揃えている。しつけのよさがしのばれる折り目正しい佇まいだった。

「行儀良くしっせい。山川様のお嬢様だぢを見らんしょ」

佐久は、ふり向くと行軍の真似をして棒きれを振り回している八重をにらんだ。

八重は動きを止め、二葉を見つめた。二葉は目が合った途端、顎をちょっとあげた。目が丸くなった八重を見て与七郎はプッと笑った。むっとして「いーっ！」と歯をだした八重の頭を佐久がぺちっと叩いた。佐久は艶に向かって愛想笑いをした。

「ほほ、行儀が悪ぐって、お恥ずかしゅうごぜいやす」

幸之進、鉄之助たちが、走ってくるのが見えたのはそれからまもなくだった。

「与七郎！　前の方さ行ってみねぇが」「誰が一番鳥《いちばんどり》挙げっか、近ぐで見んべ」

口々に与七郎にいった。与七郎が艶の顔を見た。

「狩りの邪魔になってはなりませんよ」

「はい」

艶に行儀良く一礼して、与七郎は子ども仲間と駆けていった。八重は、ぽんと手を打ちたい気分だった。

「おっか様。私《わだす》も前で見できます」八重がそういうと、佐久は苦笑した。

「遠ぐまで行ってはなんねぇよ！」

「はーい。一番鳥はきっと兄様《あんつぁま》です！」

歯切れよくいった。言い切る前に、もう駆けだしていた。八重の後ろ姿を見て、隣に座っていた二葉があきれたように「まるで男《おどご》の子だなし」とつぶやき、それきり、またすまして正面を見つめた。

八重は全力で駆けた。すぐに与七郎たちに追いついた。追い抜きざま「にやっ」と笑ってみせると、与七郎の顔色が変わるのがわかって嬉しくなった。それからは抜きつ抜かれつしながら、あっという間に、行軍演習が行われているすぐそばの藪にたどり着いた。

だが、藪が邪魔して肝心の武者の姿が見えない。八重はすぐさま大きな木に駆け寄り、するすると登り、木の枝に腰をかけた。与七郎たちもあっといって、それぞれ別の木に登った。木の上からならよく見える。

鳥を叩き落とす竹鞭を手に、騎馬の武者たちは今か今かと合図の時を待っていた。誰もが一番鳥を狙っていた。

「若殿には、それがしが一番鳥を献上すんべし」

佐川官兵衛《さがわかんべえ》はそういってわずかに頬をゆるめた。横顔が若々しい。

「大口叩いで、後《おぐ》れをとんなよ」

負けじと頼母も言い返した。官兵衛は頼母の二歳下で二十歳。什の仲間だった。

陣幕の中でも、重臣たちが、誰が一番鳥かを予想していた。官兵衛と頼母を推す者が多かった。

家老の萱野は覚馬を買っていたが、簗瀬は首を振った。

「いやいや、覚馬は鉄砲の家《うぢ》の者《もん》だ。飛び道具がねくては、到底かないっこねえ」

武士の本分は剣、槍、弓矢であり、鉄砲は足軽以下の武器と未ださげすまれていた。隅に控えていた林と権八は唇をかみ「負げんなよ、覚馬」とつぶやいた。一番鳥の手柄をあげた者が獲物を献上すると、容保から声がかけられる。それは会津藩士にとって、何よりの褒美であり名誉だった。

合図のほら貝が鳴り、草原で赤い旗が振り下ろされた。一斉に獲物の鳥たちが飛び上がり、どっと馬が駆け出した。

「わあっ!」思わず八重が声をあげた。すると、「始まった!」という与七郎の声が上から降ってきた。はっとして横を見ると、八重より高い枝に登った与七郎が勝ち誇ったように、八重を見下ろしていた。八重の頬がぴくりと動いた。

八重はすかさず一つ上の枝に登った。与七郎も、負けまいとさらに登る。与七郎の仲間が「おなごに負げんな！」とけしかけ、ふたりは上へ上へと向かった。

鳥の羽ばたきと、ダッダッという蹄の音が近づいてきた。頼母を先頭に官兵衛、覚馬が鳥を追い、なんと八重たちのほうへと走ってきたのだ。

だが、八重と与七郎は自分たちの戦いに夢中でまるで気づいていない。「木登りなら負げねぇ」そうつぶやきながら八重がさらに上の枝を摑み体重をかけた瞬間、その枝がぽきっと鳴った。ふっと八重の体が空中に放り出された。「お、落ぢだ……」与七郎の顔から血の気が失せた。

頼母に一瞬遅れて官兵衛が続いた。一番鳥を争うふたりの競り合いに観覧場がどっと沸いていた。ついに鳥をめがけて頼母が竹鞭を振り上げた。

そのとき、何かが頼母の馬の鼻先をかすめた。驚いた馬が棹立《さおだ》ちになり、頼母は竹鞭を振り下ろそうとした手であわてて、手綱を引き絞った。

「そりゃ！」という声をあげて官兵衛が鳥を叩き落としたのはそのときだ。

すかさず、一番鳥を知らせる合図のほら貝が高らかに響き渡った。頼母は憮然とした表情で馬を下り、天から降ってきたものを拾い上げると、上を見て怒鳴った。

「草履……誰の仕業《すわざ》だ！」

がさがさっと木の葉がなった。その中から転がるように飛び降りたのは八重だった。八重は危うく木にぶら下がって難を逃れたものの、草履がぬげて、それが折悪しく頼母の馬を驚かせてしまったのである。

「私でごぜいやす」

八重は膝をつき、しおれた声でいった。頼母は大股で近寄ると、八重をむんずと摑み、原の外れに引きずっていった。覚馬はそれを遠目に見て仰天した。

「八重！　あいづ、なじょしたんだ」

もうひとり、その様子を陣幕から見ていた人物がいた。容保である。

その容保のもとに官兵衛が獲物を手に晴れ晴れとした表情で駆けつけた。「一番鳥、献上！」官兵衛の誇らしげな声が草原中に高らかに響いた。


「ここは戦場《いくさば》ぞ。草履を投げ込《ご》むとは何事《なにごと》が！」

頼母は八重に目をむいた。

「木がら……。木に登って、足さすべらせ……」

「童《わらべ》の分際で戦を見下ろすどは、無礼ものめっ！」

「八重！」と叫びながら、覚馬が走ってきたのはそのときだ。「あんつぁま……」とつぶやいた八重を、覚馬はいきなり張り飛ばすとさっと後ろにかばい、頼母に向かって手をついた。

「それがしの妹めにごぜいます。ご無礼の段、何卒お許しくだせいまし」

「おなごどはいえ侍の子ぞ。かほどに弁《わぎま》えのないごどで、なじょすんだ！」

「はっ。申し訳ごぜいませぬ！」

八重も覚馬の横で「申し訳ごぜいませぬ」と大地に額をこすりつけんばかりに頭をさげた。事の重大さに身が震えていた。頼母の一番鳥を、自分の草履で台無しにしてしまったのだ。八重の身はもちろん家の存続にまで発展しかねない大失態だった。

「御番頭さま！」がさがさと藪がなり、与七郎が姿をあらわした。後ろに幸之進、鉄之助も続いている。与七郎たちは、八重の脇に正座し、ひたっと手をついた。

「なんだ、にしゃらは」

「オレだぢも、木さ登りやした。……競い合って登ったのが、誤りでした。申し訳ございませぬ」

揃って頭を大地にすりつけた。頼母はその小さな頭を苦々しく見つめた。

「頼母殿、しばし」

頼母がはっとしてふり向くと、容保が立っていた。頼母は弾かれたように、膝をついた。

「不調法な様をお目にかけ、恐れ入りましてございます」

「もう良い。叱るな」

「いえ、追鳥狩は戦にございます。不届き者を許すわけには参りませぬ」

「高く高くと競いあって、登っていたのであろう。それもまた、子どもらの戦ではないか」

八重はえっと思った。そして容保が自分を見たのを感じた。

「武士らしく名乗って出たのだ。卑怯な振る舞いはしておらぬぞ」

「なれど……ならぬことはならぬものです。無罪放免にしては、ものの道理が立ちませぬ」

八重はぎゅっと目をつむった。頼母は重々しく続けた。

「よって……一同《いちどう》に、しっぺいを申しづげる」

「しっぺい！」

驚いて八重は思わず顔をあげた。前で、容保が笑っていた。頼母も苦笑いをしている。

「それでよい」容保は八重にうなずくと、兵衛と共にその場を去っていった。八重はその背から目をそらすことができなかった。

与七郎たちは、互いの手の甲をとり、ピシリピシリと打ち合った。

八重の手をとったのは覚馬だった。中指と人差し指を揃えて振り上げ、思い切り手の甲を打った。ぴしっと鋭い音がした。指の跡がくっきりと残った。

家に戻った八重は権八に蔵に押し込められた。

「蔵さ放り込んだ。飯《めす》なんぞ食わすなよ」

「私《わだす》が目ぇ離したばっかりに、申し訳ながったし」と佐久は手をついた。

「話さ聞いで胆が冷えだ。山本《やまもど》の家《うち》に万が一《いぢ》のごどがあったら、わしは婿養子どして、ご先祖様に申し開きが出来ぬ。……お情け深ぇ若殿様で、命拾いした」

だが八重は真っ暗な蔵の中でも泣いてなどいなかった。

正座し、膝の上にこぶしを作り、八重は容保の言葉を何度も反芻していた。「武士らしく名乗って出たのだ。卑怯な振る舞いはしておらぬぞ」そういって容保は笑顔を八重に見せた。白い歯が輝いていた。切れ長の澄んだ目に慈愛がにじんでいた。きりっとしまった頰が凛々しかった。

ガタンと音をさせ、覚馬が蔵に入ってきた。握り飯を差し出した。

「おい。父上《ちちうえ》には内緒だぞ。……ちっとは懲りだが。若殿のおとりなしがねえど、大事になっとこだ」急に八重の目に涙がにじんだ。「どした？　今になって、恐ろしぐなったが？」

八重はいやいやをするように首を振った。

「んでねぇ……武士らしいど言わっちゃ……私のごど、武士らしいど……卑怯ではねぇど仰せになった……」あっという間に涙があふれた。あたたかな涙だった。「私、お役《やぐ》に立ぢでえ。……いづが、強《つえ》ぐなって……若殿様に、ご恩さ返してぇ……」

八重は覚馬の目を覗き込んだ。「兄様《あんつぁま》……私……鉄砲さ、やりでぇ」

覚馬は精悍な顔をほころばせ「おう……わがった」と頭をなでた。

八重は手の甲で涙をぬぐった。涙は後から後からあふれ出た。


遠駆けの馬を走らせ、紅葉の峠道にでると会津城下が一望できた。

黄金色に色づく稲穂がさわさわと風に揺れていた。容保は供の頼母にいった。

「美しい眺めだ」

「会津二十三万石《ごく》、実りの秋《あぎ》にございます」

「二十三万石……背負っていけるのだろうか……」

「何を仰せです？」

「わしは十二の年に、美濃高須家より参った者だ。この身に、会津の血は流れておらぬ。……そのわしが、この国の良き主となれるものか」

「畏れながら。若殿お一人では、成りがだきものど存じまする。さればごそ、藩士一同《いぢどう》がお仕え申すのでございます。お家第一にご奉公をいだし、武芸を磨ぎ、万が一《いぢ》、ご主君に過ぢあっ時《どぎ》は、命《いのぢ》を賭してお諫めもいだしまする」頼母は、顔をあげると容保を見つめた。「代々そうして生ぎで参りました。この先《さぎ》も、毫《ごう》も変わるごどはございませぬ。……我らがお仕え申しまする。お気弱《ぎよわ》なお言葉《ごとば》、二度ど仰せになってはなりませぬぞ」強い声でいった。

「はい。ならぬことは、ならぬか」

容保は唇を引き締めると、城下を見つめた。彩錦の山々と黄金色の田んぼに囲まれた会津城下。美しいところだと、容保は思った。


嘉永五年（一八五二年）一月。

久しぶりに雪が上がると、八重たちは凧を手に、土手に飛び出した。山も町も真っ白だ。八重は大きな口から舌を出した唐人凧を器用に風に乗せた。隣で与七郎も糸をくっている。高く高く凧が昇っていったところで、与七郎の凧がぶつかってきた。凧合戦である。八重は糸を巧みに操ると尾の先につけた刃物で与七郎の凧糸を切った。

「もらった！」と声を上げた八重の後ろから、にゅっと手が出た。

振り向くと見知らぬふたりの男が立っていた。そのひとりが「私にもやらせてください」といったのに八重は心底驚いた。大人が凧？　凧を渡すと男は恐しく真剣に凧揚げに熱中し始めた。さらに八重が驚いたのは、このふたりが覚馬の客人だったことだ。江戸で知り合った長州《ちょうしゅう》の吉田寅次郎《よしだとらじろう》と肥後《ひご》の宮部鼎蔵《みやべていぞう》である。

「揚げてみて、ようわかりました。凧の動きは、まことに究理の学にかのうちょる」

寅次郎は感心したように顎に手をやった。「はあ……」と首をひねった覚馬に宮部は笑って、寅次郎を指差した。

「この男、何事もやってみねば気が済まぬ性質《たち》でな」

「じゃが、不思議やね。長崎《ながさき》で見たんとそっくりじゃ」

「なぜ会津に唐人凧があるのかのう」

寅次郎と宮部の目は、八重の持つ凧に注がれていた。覚馬は苦笑した。

「にし、まだ男《おど》の子負がして分捕ったべ」

「はい。凧合戦なら、負げねえし！」

八重が人懐っこく笑った。寅次郎と宮部は日新館を見学に、覚馬のもとを訪ねてきたのだった。

寅次郎が腕を組んだ。

「日新館は大したもんじゃね。萩《はぎ》の明倫館《めいりんかん》、水戸《みと》の弘道館《こうどうかん》にも引けを取らん」

「さすがは会津。後、楽しみなのは……」

宮部が盃を傾ける真似をした。

やがて寅次郎と宮部は覚馬と酒を酌《く》み交わしながら、奥羽《おうう》に異国船が出没していると切り出した。そのために、これから越後《えちご》、佐渡《さど》、津軽《つがる》と巡るのだという。

「津軽！　そりゃ無茶だなし。これがらますます雪《ゆぎ》が深ぐなるっつうのに」

「いや、時を逸しちゃなりません。早う、この目で確かめんにゃー」

手を横に振った覚馬に寅次郎がきっぱりといった。

「んだげんじょ、雪の山越えどは狂気の沙汰だ」

「断固として事を行う時、人はみんな狂気ですけー」

寅次郎の目が底光りした。宮部がうなずく。

「我々は、江戸湾の守備も見て回ったが、まことに粗末であった。無人の砲台あり、弾の用意のない所あり……佐久間象山《さくましょうざん》先生が案じていた通りだな」

「ええ。異国への備えが、まるで足りん」

幕府への敬意などないような口ぶりに、覚馬は反感を覚えた。

「足りねぇ……いや、相州《そうしゅう》は知らねえげんじょ、上総《かずさ》は会津が守備しておりやす。一朝ことある時《どぎ》、会津は命《いのづ》がげで働く。やすやすと負げはしねえ」

だが、寅次郎はあっさり首を振った。

「君は、ご存じないんじゃろ。江戸の海は、閂《かんぬき》をかけん門も同然。今のままじゃ、早晩、異国船に破られてしまうじゃろう」

覚馬は驚いてふたりの顔を見返した。これが現実なのだとふたりの表情が物語っていた。

長州藩士・吉田寅次郎、のちの松陰《しょういん》の予言が現実のものとなったのは、翌嘉永六年（一八五三年）六月のことである。

ペリー率いるアメリカ合衆国艦隊が浦賀《うらが》に来航した。艦隊は江戸湾奥深く入り込み、開港か否か、幕府に一年以内の決断を迫った。

その年の秋、覚馬は江戸に向かった。

ペリーの来航で徳川は品川《しながわ》に新たに砲台（台場）を築いたのだが、その守備を会津が担うことになったのである。ついては、有望な者を江戸にやり、西洋砲術を学ばせようということになり、砲兵隊長の林権助が覚馬を推挙したのだった。

江戸についた覚馬がまっさきに訪ねたのは木挽町《こびきちょう》にあった佐久間象山塾だった。

「お頼み申します！」

何度塾の門前で声をはりあげ案内を請うても返事がない。覚馬は首をひねった。返事はないのだが、キイキイという変な音が中から聞こえてくるのである。音に誘われて思い切って中に入った。庭にまわると、数人の塾生が囲いの中を見ていた。

「これを食うのですか？」「ああ。滋養もあるぜ。西洋人がでけぇのは、こいつを食ってるせいだ」口々にしゃべっていた。気がつくと覚馬はその中に入り「これは、イノシシですか？」とたずねていた。

男たちが一斉に覚馬を見た。ひとりの男が答えた。

「豚だよ」

「豚……」

「で、あんたは誰だえ？」べらんめえの江戸弁だった。覚馬は姿勢を正し、頭をさげた。

「ご無礼致しやした。それがし、入門のお願いにあがった者《もん》で……」

そのとき、後ろから男が出てきた。

「囲いはできたか？」

長い顔、三白眼の男がまるで大名のような緞子《どんす》の羽織に立派な袴を身に着けて立っていた。噂にきく佐久間象山そのものだった。覚馬は、塾生と話し始めた象山の前に出た。

「象山先生どお見受けします」

象山は顎ひげをしごきながら、覚馬をねめつけた。

「入門志願だそうですよ」江戸弁の男が口を添えた。

「それがし、西洋砲術を御指南いただきたぐ……」

「断る」即答だった。

「え？　塾《じゅく》は、満員ですか？」

「有為の士であれば幾らでも迎える。教えを請う者が、裏口から挨拶に来るという法はない」

「案内《あない》を請いましたが、お返事がねがったので」

「ならば、取り次ぎの者が出てくるまで、三日でも十日でも待つがいい。それくらいの辛抱ができぬ者に学問は修められぬ」

そう言い切ると、象山は邸内に入ってしまった。覚馬は象山を追いかけ、食い下がった。

「藩命により、西洋砲術を学ぶべぐ、江戸に参った者にごぜいやす。何卒、ご指南を！」

覚馬は懇願し続けた。象山は舌打ちし、ふり向きざまにいった。

「では聞く。二十四斤カノン砲に五貫目砲弾を詰め、斜角十一度にてこれを撃つ時、その飛距離は？」答えられなかった。

「落第。この程度の計算ができぬようでは、ものの役に立たぬ」

「もう一問《いぢもん》！」と叫び覚馬は象山に続いて書斎にも入って行った。足を踏み入れた途端、呆然とした。「海舟書屋」の扁額が掛かる書斎には、洋書と和書がうずたかく積み上げられていた。地球儀、寒暖計、ガラス細工、サングラス、望遠鏡、電信機、カメラやエレキテルの試作品などが乱雑に置かれている。どれもこれまで目にしたことのないものばかりだった。その本の奥から、ひとりの男が顔をだした。

「象山先生。ご講義の支度が調いました」

　助手の男らしい。男は怪訝そうに覚馬を見た。象山は虎の皮を掛けた椅子に深々と腰掛け、覚馬を見た。

「そなた、蘭語の心得はあるのか？」

「ねえなし」

「話にならぬ。西洋砲術は、蘭語の書物を読み、仕組みを知り、しかるのちに撃つのだ。この尚之《しょうの》助《すけ》など、すでに一通りの文法を会得しておる」

「そごをなんとが、ご教示を」

「では聞く。そなた、海防の最善策をなんと心得る」

「諸国の沿岸に砲台を築ぎ、新式の大砲をもって備えるべきと存じます」

「落第。日本のぐるりは海だ。いくら砲台を造ったとて守りきれぬわ。愚か者め」

　覚馬はぐいと身を乗り出した。

「んだらば、先生のお考え聞がしてくなんしょ！　最善の守りどは？」

「黒船だ。海から来るものは、海にて打ち払う。日本も黒船を造り水軍を組織するのだ」

「日本で、黒船が造れやすか？」

「つまらぬことを聞く奴だ」木箱を指差した。「何かわかるか？　テレガラフだ」

　覚馬の目が泳いだ。テレガラフなどという言葉は聞いたこともない。

「電信機のことですよ。オランダの百科事典を読んで、先生が、ご自身の手で作られたものです」

　助手の男がいった。電信機という言葉も覚馬にとって初耳だった。象山が胸をはった。

「日本でただ一人、私が作った。理屈と技術を知れば、西洋人にできて我々に作れぬものはない。黒船もまた然り。かのポナパルテは……」

「ポナパルテ……？」

「ナポレオン・ポナパルテだ」

象山は壁を指差した。そこには「中波列翁」と書かれた肖像画が貼ってあった。

「地の学、列陣の法などを会得したのみならず、新しい術を次々と用い、戦を革命した。我々は、ポナパルテを手本とし、算術、舎密《せいみ》術、兵学から医学……広く西洋の技術を学ぶのだ。大筒を撃ちたいだけの者は、よそをあたれ」

覚馬は愕然とした。象山が何をいっているのか、まったくわからない。世界は広く、知らないことばかりだということに叩きのめされていた。

「足りねぇのは、それが……大筒《おおづつ》の数より撃ち方《がた》より、まず、元《もと》になる知識。いや、異国《いこく》を知る目……」覚馬は象山の前に手をつくと、頭をさげた。「先生、それがし、心得違《つが》いをしておりやした。出直すて、改《あらた》めで蘭学の御指南をお願いにあがりやす」

もう一度一礼して帰ろうとした。そのときだった。象山がいった。

「どこへ行く。講義を始めるぞ。入門許す」

ぽかーんと口をあけた覚馬の肩を助手の男がぽんと叩いた。目が笑っていた。

象山の後ろを尚之助と共に歩く覚馬にさっきの江戸弁の男が話しかけた。

「おめぇさん、つむじ曲がりの先生を、よく口説き落としたね。オイラ勝《かつ》ってんだ。幕臣さ」

「会津藩士、山本覚馬です」

「私は川崎《かわさき》尚之助。但馬出石藩《たじまいずし》です」

助手の男は飄々《ひょうひょう》といった。細面で目元がやさしい。

覚馬は、この塾で、かつて会津藩を訪ねてきた吉田寅次郎とも再会した。

「西洋之芸術　東洋之道徳」の書が貼られた教室は熱気に満ちていた。象山はいう。

「来春には、またペルリの艦隊がくる。急ぎ備えねばならぬが、当節は、いたずらに攘夷を叫ぶ愚か者まで現れて、実に始末に負えぬ」

「先生。攘夷どいうのは夷狄《いてき》がら国を守るごどですね。それが愚かですか？」

そうたずねた覚馬に象山は平然といった。

「敵を知ろうとせぬのを愚かというのだ。目と耳を塞いで戦が出来るか。まことの攘夷とは、夷の術をもって夷を防ぐことにある」

勝が「やはり、西洋式に海軍を作らなけりゃね」といって顎をなでた。すかさず「西洋式に歩兵隊の訓練も始めるべきです」と寅次郎がいう。呆然としている覚馬に、尚之助が「侍の仕組みを、すっかり作り替えるということですよ」と付け加えた。

「阿片《あへん》戦争に敗れた清国《しん》は、今や西洋列強の餌食だ。同じ轍を踏まぬためには、西洋の技術と東洋の道徳を持って、日本を変えていかねばならぬ。世界は動いている。もう後戻りはできぬ」

象山の声は確信に満ちていた。学ぶことはいくらでもあると、覚馬の体が震えた。必死で象山の言葉を帳面に書きつけた。

そのころ会津では、八重がこっそり権八の書斎に入りこみ、和銃の絵解き本を一心に読んでいた。

「こら。何《なぬ》すてる！」

書斎に入ってきた権八は、八重を見つけると雷をおとした。

「あー。もうちっとのどごだったのに」

「これは、おめぇの読む本でねぇ。何遍言ったらわがんだ」

権八は八重の手から本をひったくり、棚に戻した。

「んだげんじょ、三郎には鉄砲の本見るごど、お許しになったではねえですか」

「あれには、そろそろ砲術家どなる覚悟を持だせねばなんねぇ」

「私《わだす》も、鉄砲のごどが知りでぇのです」

「おなごはならぬ」

「おとっ様《つぁま》も兄様《あんつぁま》も鉄砲を撃づ。今に三郎もです。私もやりでぇ」

「だめだ」

「おとっ様…」

にべもなかった。「あっちゃ行って、台所の手伝いすてろ」と書斎から追い出された八重は、廊下に出ると、肩をくっとすくめた。帯に砲術入門書をはさんでいた。

八重は子ども部屋に戻ると、手習いの反故《ほご》の裏に、砲術入門書を書き写しはじめた。読めない漢字も多かった。女子が習うのは仮名ばかりなのだ。わからないながらも一生懸命に書き写した。

「何だか、さっぱりわがんねえ……」覚馬もオランダ語と格闘していた。だが、西洋人にわかって自分にわからないはずはないと念じながら、覚馬は寝る間も惜しんでオランダ語の本を書写した。「……ちっとでも多ぐ学んで、会津に持ぢ帰りでぇ《がえ》」とつぶやきながら、夜更けまで勉強を続けた。

翌嘉永七年（一八五四年）一月、砲台を建造し、守りを固めつつあった江戸湾に、ペリー艦隊が再び現れた。

老中首座・阿部正弘《あべまさひろ》はすぐさま、江戸城溜之間《たまりのま》詰めの諸侯を集めた。海防参与で水戸藩主の徳川斉昭《なりあき》、会津藩主・容保、彦根《ひこね》藩主・井伊直弼《いいなおすけ》を筆頭に、高松松平《たかまつまつだいら》、伊予松山《いよまつやま》、姫路《ひめじ》、川越《かわごえ》藩主らが並んだ。

「開港はご国法に反する。評議に及ばず。断固、夷敵打ち払うべし！」と、強硬な攘夷論を主張した斉昭に対し、井伊直弼は、「いたずらにことを構えるより、いったん和親を受け入れ、臨機応変に処するべきと存じまする」と異を唱えた。斉昭が気色ばんだ。

座に不穏な空気が流れはじめたとき容保が口を開いた。

「いま戦を始めるのは、無謀と推察いたします。弊藩、品川砲台の守備を受け持ち、それがしも幾度か巡検致しましたが、我が邦《くに》は火力に劣り、大軍にて攻め込まれれば防ぐ術がござりませぬ」

感情を抑えた容保の言葉は凜として説得力があった。容保の発言を機に溜之間詰め一統、開国にて一致に決まった。

退出して廊下に出た容保を「堂々たるご弁舌。掃部頭《かもんのかみ》、感服仕った」と直弼はほれぼれと見つめた。一方、斉昭は怒りがおさまらない。「譜代の雄藩が、そろって夷敵に背を見せるとは、武門の名折れよ」と直弼の面前で吐き捨て、廊下を行き過ぎようとする容保を扇で制した。

「容保殿。会津葵のご紋服、御身《おみ》にはちと重すぎるのではござらぬか」

斉昭は、唇の端に皮肉な笑いを浮かべてそういうと、ぴしりと扇子を鳴らし、憤然と立ち去った。容保は奥歯をかみしめた。真正面からぶつけられた侮蔑の言葉だった。だが、こらえるしかなかった。


覚馬は黒船来襲の報を聞くと、尚之助とともに象山の塾を飛び出した。この目で黒船を見たい。その一心で走った。

武蔵国《むさしのくに》・横浜《よこはま》村は人でごった返していた。港では陣笠をかぶり陣羽織を身に着けた幕府役人や、諸藩の兵たちが、警備に当たっていた。しかし、警備の人員をはるかに上回る見物の人々が押しかけていた。人々は背伸びしたり飛び上がったりしながら黒船を眺め、「今度は七隻で来たぜ」「いよいよ戦かねぇ」など声高に話している。

覚馬と尚之助は荒い息を整えながら、「ちいっと、失礼しやす」「すまぬ。通してくれ」と叫び、人垣を押しのけて前に出た。そして黒船を目にして立ちすくんだ。黒船は想像をはるかに超えていた。覚馬はかすれた声でつぶやいた。

「海に、城が浮がんでる……」

「千石船の二十倍はあります……」

艦隊を囲む日本の番船が、おもちゃのように見える。黒船に搭載された大筒は七十、いや八十門もあるだろうか。

突然、空気をびりびりと震わせるような音をたて、外輪船の旗艦が、蒸気を噴き上げた。びくりと人々が動きを止め、音のしたほうを見つめた。白い蒸気を出しながら船がゆっくり動き出すのをみなが目で追った。覚馬は大きな船が軽々と動くのが不思議でならなかった。「中《なが》は、なじょなってんだ」と熱に浮かされたようにつぶやきながら、さらに、前へ前へと向かった。

「そこの者、下がれ！」役人の声が飛んだ。だが、覚馬の耳に入らない。人をかきわけるように前に出た。役人がついに覚馬を乱暴に押し戻した。よろめいた覚馬を尚之助はあわてて支えた。覚馬はうめくようにいった。

「なんつー化げもんだ。…会津が守る品川砲台はいざっつう時《どぎ》にはこいづらと戦《ただが》うのが」

尚之助が天を仰いだ。

「会津だけではありませんよ。……国を挙げての戦になります」

覚馬は唾をのみこんでからいった。

「んだら……乗ってみんべ。あれごそ、西洋の技術のかだまりだ。決めだ……。おれは、あの船さ乗る！　この目ですべて見でやる」

尚之助は耳を疑った。黒船に乗る？　そんなことしたら死罪だ。

旗艦は、再び蒸気を噴き上げた。覚馬は爛々と目を光らせ、食い入るように黒船を見つめている。その顔に明るい笑みのようなものが浮かんでいることに尚之助は気がついた。

八重は自分で描いた砲術入門書の写しを見ながら、木の枝を構えた。

「腰台の構えは、こうすて……」

八重は空想の引き金を引いた。ダーン。弾が飛んでいき、的を撃ち抜くのが見えるような気がした。「命中……」そうつぶやいて笑顔になった。

「そこで何《なぬ》すてる？」

ハッとしてふり向くと、父の権八が、これ以上ないくらい険しい顔で八重を見ていた。

第二章　やむにやまれぬ心

「そこで何《なぬ》すてる？」

「おとっ様《つあま》……」

ばらばらと書写した紙が落ちた。あわてて拾おうとした八重の手を権八がはねのけた。そして八重の手に残った一枚を奪い取ると、びりっと音をたてて破った。

「これは、なんだ。なんだと、聞いでる」

「本さ……書ぎ写《うづ》しました」

「見ではなんねぇと言ったはずだぞ。こんなに何枚も……」

「私《わだす》、やっぱり鉄砲さやりでぇ……。おとっ様、教《おす》えでくなんしょ！」

「だめだ。ならぬことはならぬ」

「なして」

「ぐだぐだ言うなっ！」

権八は八重が書いた紙をぐしゃっと握り潰すと懐に押し込んだ。八重の口から悲鳴のような声がもれた。

同年の与七郎たちはすでに漢学塾で論語の素読などを学んでいた。だが、八重たち女子の習いものといえば裁縫と手習い、そして作法だけだ。

翌日、手習い所で八重は「女今川《おんないまがわ》」の一節を書くようにいわれた。仲良しの時尾はおとなしく手本を見ていたが、八重はお師匠さまの目を盗みながら鉄砲の図解を描いた。権八に破られたあの紙を思い出しながら、「火蓋」「火縄」「引金」など書き入れた。

「覚えでるだげは、書ぎ残すべど思ったのに……」

「お師匠さまに、破がれっちまったな。面白《おもしえ》いの、その本？」

帰り道、肩を落としている八重を時尾はなぐさめるようにいった。

「字が難しぐて……おなごは仮名の読み書きだけできればいいと言うげんじょ、仮名だけでは、鉄砲の本は読めねぇ」八重は力なくつぶやいた。

「子、曰わく。千乗の国を導ぐに」と論語を暗唱する声が後ろから聞こえた。時尾が道を空けた。与七郎たちだった。

八重はポンと手を打つと、与七郎に駆け寄った。

「ちっと、尋ねるげんじょも」といい、しゃがみこんで指で地面に「蓋」と書いた。「これ、なんと読むのがし？」

与七郎はじっと見て「これなら、ふた、だげんじょ……」といった。

「ふた。あ、火の蓋だ！」八重がまた手を打って笑顔になった。

与七郎の胸がどきりとなった。だが、往来で男女が口をきくことなど許されていない。与七郎はハッと口許を引き締め、立ち去った。

しばらくして与七郎が振り返ると、八重はまだしゃがみこんで、「蓋」の字をなぞっていた。「おがしなおなごだ……」思わずつぶやいて苦笑した。その背中に、八重の「ありがとなし！」という明るい声が追いかけてきた。


嘉永七年（一八五四年）三月。

幕府は日米和親条約を締結。下田《しもだ》と箱館《はこだて》の開港が決まった。

象山が軍議役として下田へ出向いたのはその前の月のことだ。そのとき象山は臆することなくペリーに対峙し、ペリーは象山に一礼した。人を人とも思わぬペリーが象山に頭をさげたということで、江戸では今、大変な評判になっていた。

以来、象山と面談待ちの客が引きも切らない。自然、講義は休みとなり、塾生たちには不満がたまりつつあった。象山から勧められ西洋砲術と蘭学の塾を赤坂田町で開いた勝海舟《かいしゅう》のもとに移る塾生も少なくなかった。

覚馬は、黒船を見て以来、その偉容を一瞬たりとも忘れたことがなかった。城が浮かんでいるとしか思えぬ圧倒的な大きさ、何十と並ぶ砲台……。

「覚馬さん？　……覚馬さん！　また、黒船のことですか？」

ぼんやりと考え込んでいる覚馬に尚之助が声をかけた。覚馬は小さくため息をついた。

「うむ。何《なん》もできねぇうぢに、黒船は伊豆《いず》の下田に行っつまった……。談判が済んでメリケンに帰《けえ》れば、もう手も足も出ねぇ。なじょしたもんか……。あー、こうしていでも知恵は浮かばねぇ。

……作業場の掃除でもすっか」

覚馬は尚之助とともに立ち上がった。

そのとき悲鳴のような豚の鳴き声が聞こえ、「待てー！」という少年の声が続いた。なにごとかとふたりは庭に向かって走った。濡れ縁まで行ったところで、目を疑った。数頭の豚が庭を縦横無尽に走り回っていた。それを必死の形相で少年武士が追いかけている。

「なんの騒ぎだ？」

覚馬が叫んだ。少年がぎょっとしてふり向いた。

「手をお貸しください！」

「あ、ああ」

覚馬と尚之助、それぞれに豚を追い始めた。だが豚は意外にすばしこい。追いつめたかと思うと、するっと回れ右をして脇をすり抜けていく。「こら、待で」「逃げるな」と追ううちに一頭の豚が、猛然と屋敷の入口に突進し、屋敷の中に入って行ってしまった。

覚馬と尚之助も屋敷内に飛び込もうとしたとき、中でどんと激しい音がした。そしてキーッという豚の鳴き声が続いた。ひとりの男が入口から顔を出した。

「ないごっごあんそ。こいが体当たりして来もした。まんまる肥えっせえ、うんまかそな豚じゃ」

身体の大きな男だった。軽々と豚を抱えていた。男は二重の丸い目を細くして、からっと笑った。象山に面会を請う客人のひとりらしかった。男は豚を柵の中に戻すと、そのまま他の豚を囲いに追うのを手伝った。

「申し訳ありませぬ。とんだ粗相を致しました。それがしは、上州安中《じょうしゅうあんなか》藩士新島民治《にいじまたみはる》の子で、新島七五三太《しめた》と申します」

やっとのことで、豚が全部柵の中に戻ると、少年は覚馬たちとその男に丁重に頭をさげた。顔をあげた少年の額に、人目を引かずにおかない大きな傷跡があった。

「なして、豚さ逃がしたんだ？」覚馬はたずねた。

「逃がしたのではありません！　閂《かんぬき》を、かけ忘れたのです……」

七五三太は庭に散乱していた絵の道具を拾い、「これを描いていました……」と描きかけの豚の絵を見せた。感心するほどうまかった。

「この先に師匠のお宅があります。前を通る度に、不思議な鳴き声が気に掛かり、今日はつい、入り込んでしまいました」

そしてつい囲いの中にまで入ってしまったと、もう一度頭をさげた。

「夢中で描いていたので、豚の遁走に気づきませんでした……。熱中すると、どうもいけません」

客人の男がからからと笑い出した。手を横に振っている。

「よかよか。そいくらいの熱がなきゃあ、ないもモノにはないもはん。のう、そうごわんそ」

覚馬たちに笑いかけた。思わず、覚馬も笑ってうなずいた。

「薩摩の西郷殿ー。いずれにおいでですか？」という塾生の声が聞こえたのはそのときだ。

「お、ようやく、おいの番が来もした」

西郷は覚馬たちに一礼すると中に入った。

「ここは、何を学ぶところですか？」

七五三太は、庭に置かれた大砲の模型や、珍しい道具などを興味深げに見ながらたずねた。

「西洋の学問ですよ」尚之助が答えると重ねて聞いた。

「どんなことをやるのです？」

「異国《いご》の言葉、兵学や舎密《せいみ》術、医術。書物で学び、実際にやってみる」

「私も、入れていただけるでしょうか？」

「もうちっと、大ぎぐなんねえどな」

「何年かして、藩からお許しをいただいたら、またいらっしゃい」

七五三太は覚馬と尚之助を見つめ、大きな声で「はい！」といった。それからも、七五三太は、目を輝かせながら、庭にあるものを見続けていた。


書斎では、象山と西郷が開港場所について話していた。下田は伊豆半島の突端であり、そこをアメリカの艦隊に押さえられては、いざという時に海路を断たれると、象山は主張する。象山が開港すべきと考えているのは横浜だった。

「江戸に近すぎっとではごわはんか？」

「だから良いのだ。警固はいっそう厳重となり、間近に黒船を見ることもできる」

「なるほど、自ずと異国ん術を知ることにもないもすな」

「そなた、地理にも、昨今の情勢にも明るいようだ」

象山が西郷の目を覗き込むと、西郷はにこりと笑った。やはり人の心をとかすような笑顔だ。

「すべて、我が主君の教えにございもす」

この男は西郷吉之助《さいごうきちのすけ》（のちの西郷隆盛《たかもり》）。薩摩藩主・島津斉彬《しまづなりあきら》に抜擢され、お庭方を務めていた。

「やっぱり、乗るしかねぇ……行ぐか、下田に……」

覚馬は豚の囲いの前に座り込んだまま、自分に言い聞かせるようにつぶやいた。

黒船に乗るというのをまだあきらめられないのだ。

「下田って……黒船ですか？　どうやって、乗る気です？」

尚之助は咎めるようにいった。

「闇に紛れて泳ぐが、夜釣りを装って近づぐが……。行ってみっと、何《なん》か手だてがあんべ」

「それじゃ密航だ。捕まれば死罪になりますよ」

「そんじも、オレは見でぇ。船の中《なが》がなじょなってるが、異人の大筒《おおづづ》がどれだけ凄ぇもんか、乗って、この目で確かめでい」

「無茶ですよ」

「無茶しねえど、なんも始まんねぇべ。……断固としてこどを行《おごな》う時《どぎ》、人はみな狂気だ。……寅次郎さんが、前にそう言ってだ。……狂気つうのは、やむにやまれず命《いのづ》かげるってことだべ。それぐらいの熱《ねづ》がねえど、黒船には太刀打《たぢう》ぢできねぇ」

「しかし、なぜそこまで……」

「会津には、海がねぇ。そったのに、蝦夷《えぞ》だ上総だと、海の警固さ任《まが》されできた。今は品川砲台だ。いざっつう時《どぎ》は、先陣切って黒船ども戦《ただが》わねばなんねぇ。……会津は強《つえ》い。んだげんじょ、敵《てぎ》の力がなじょなもんか、わがんねぇままでは、戦いようもねぇ」

尚之助は首をかしげ「会津のためか……」と繰り返した。覚馬が首を横に振った。

「そればっかりじゃねぇ。オレが、取り憑《づ》がれでる。横浜で見で以来、頭《あだま》の中《なが》は黒船で一杯《いっぺい》だ。……さっきの子供ど同じだな。夢中になって、他のごどが目に入んねぇ」

尚之助はふっと口許をほころばせた。

「……わかりました。では、私も行きます。お供します。一緒に黒船に乗りましょう」

「かんたんに言うな。捕まっと死罪だぞ」

「それは、さっき私が言ったことです。第一、どうやって、乗船をかけあうつもりですか？　覚馬さんの下手くそな蘭語じゃ、異国人には通じませんよ。私だって、蘭学者のはしくれです。西洋の技術のかたまり、この目で見てみたい。……覚馬さんと一緒なら、うまくいきそうな気もするし」

澄ました顔をして続けた。「では、決まりです。出立はいつにしましょう」

「ち、ちっと待で」

「止めても無駄です。もう、ここに火がつきました」

尚之助はこぶしで胸をトンと叩いた。覚馬は顔をしかめた。

「いや、今すぐどいうわげには、いがねぇんだ。行ぐ前《めい》にやっごどがある。……国禁を犯《おが》すのだからな。失敗して捕まった時《どぎ》に、会津にお咎《どが》めがあっちゃなんねぇ。家の者《もん》に、累が及んでもいげねぇ。……藩を抜げるお許しがいんだ。家も勘当してもらわねえど。……黒船のごどは秘したままで、さで、なじょしたもんか……」

腕を組んで眉根をよせた覚馬を、尚之助は不思議なものを見るような目で見た。

「覚馬さん、会津のために、会津を捨てるんですね……」

「馬鹿言うんでねえ。脱藩したって変わんねぇ。オレは、会津武士だ」

胸をはった覚馬を、尚之助は眩しそうに見た。

山々にダーンという鉄砲の音が木霊《こだま》した。撃たれた鳥が一直線に空から大地に落ちてくる。「わあ！　まだ当だった！」と八重は歓声をあげた。

その日、八重は初めて鳥撃ちの供を許された。権八がふり向いた。

「八重、落ぢだ鳥さ、拾ってこい」

「んだら、オラが」といいかけた徳造を権八は制した。

「いい。八重が行げ」

八重は「はい」と、駆け出した。とうとう権八が鉄砲を教えてくれる気になったのかもしれないという淡い期待で、胸が弾んだ。

撃ち落とされた鳥に八重が手を伸ばした途端、鳥はぐいっと首をもたげ激しく羽根を動かした。傷ついていたのは羽根だけだった。

「そごどいでろ」

ふり向くと、後ろで権八が銃を構えていた。

八重はあわてて鳥から離れた。銃の音がさく裂し、鳥は動きを止めた。

八重は両手で、鳥を胸に抱えた。まだ温かい。血が指をぬらした。

「死んだか」と聞いた権八に、八重は顔をあげずに「はい」と答えた。

「さっきまで、その鳥は必死でもがいでだな。息《いぎ》の根を止めだのは、鉄砲の弾だ。弾に急所さ射抜がれだら、必ず死ぬ。鳥も獣も、人間もだ。鉄砲は武器だ。殺生する道具だ。戦になれば、人さ撃ぢ殺す」

八重は、命の輝きが失われた鳥をじっと見つめた。

「角場《かくば》の的撃ぢは、面白《おもしえ》ぐ見えっかもしんねぇ。んだげんじょ、的さ撃ぢ抜ぐどいうごどは、すなわち人間の心の臓さ撃ぢ抜ぐっつうごどだ。恐れるごどを知らず、形だけ真似でいでは、いづか己の身が、鉄砲に滅ぼされる。んだがら、砲術やる者《もん》は、学問と技を磨がねばなんねぇ。何より、立派な武士でなげればなんねぇ。わがんべ」

八重は「はい……」と神妙にうなずいた。うなずくしかなかった。

「わしは山本家《やまもど》に婿《むご》に入り、砲術の家《うぢ》の誉れど重いお役目《やぐめ》とを受げ継いだ。次は覚馬と三郎が背負う。おなごのお前《めい》には、到底背負いきんねえ。二度と、鉄砲のまねごどはすんな。いいな」

そう言い切ると、権八は八重に背を向けた。八重は鳥を抱えたまま、立ちつくした。徳造が「嬢様……」と声をかけ、八重の腕から鳥を受け取った。手に、血が付いた羽根が残っていた。その羽根を八重はただ見つめていた。


翌日、佐久が機《はた》を織っている横で、八重は糸車をまわして糸をつむいだ。

「これ、糸が緩んでる」佐久は機を織る手をとめると、台から降りて、八重の手から糸をとり、「ほれ、こうして」とやってみせた。

「おっか様は、上手だなし……」八重が力なくつぶやいた。佐久は、八重が権八と鳥撃ちに行った昨日から沈んでいることに気がついていた。佐久は静かな微笑を浮かべた。

「なあ、八重。糸繰りは、なんのためにやる？　機を織るためだべ」

「はい」

「一家の着物揃えんのは、おなごの大切な役目《やぐめ》だからなし。……んだら、鉄砲は、なんのためにやる？」

　八重が目を見はった。「なんのため……」

「鉄砲撃づのは、おなごの役目でねぇ。それでもやんねばなんねぇ訳が、八重にはあんのがしぃ？」

　今の八重には答えられなかった。

　その晩、八重は角場の片隅で空を見上げた。星も見えない晩だった。「鉄砲をやる訳は……」それが見つからない。これまでは角場に来ればいつもゲベール銃で鮮やかに的を射抜く覚馬の幻影が見えた。だが、今ここにあるのは漆黒の闇だけだった。


　四月、象山に奉行所から呼び出しが来た。象山が「もしや、下田のことか……」とつぶやき眉をひそめたことに尚之助と覚馬は気がついた。だが、一瞬だけだった。象山は「すぐに戻る」といつものように悠然と出かけて行った。

　象山は戻ってこなかった。吉田寅次郎の密航事件に連座した罪で囚われたのである。

　半月前、寅次郎は下田で黒船に乗り込み、アメリカへの密航を企てた。しかし、計画は失敗した。そのとき寅次郎は象山が贈った「吉田義卿を送る」と題された漢詩を携えていた。

　その詩の一節「一見超百聞　知者貴投機（一見は百聞を超ゆ。知者は機に投ずるを貴ぶ）」から、象山は密航教唆の罪に問われたのだった。

　象山は白洲に引き出され、北町奉行・井戸対馬守《いどつしまのかみ》の尋問を受けた。

「この送別の詩は、その方が吉田寅次郎に贈ったもの。密航をそそのかしたこと、明白である。国禁を犯せし段、恐れ入るか」

「海外渡航を禁ずる法など、もはや意味をなさぬ。港を開いた今、諸外国の事情を探索することこそ急務。有為の者を異国に送り出すべしと、それがし、かねてより建言しておりまする」

象山は、眼光鋭く言い切り、唖然とする井戸に、さらに海外渡航の重要性を説いた。

「寅次郎は国を思い、やむにやまれぬ心で、渡航を企てたのでござる。その罪を許し、渡航の便宜を図り、国の用に立てるのが本来でござろう。捕まえて処罰するとは、なんという大馬鹿か！」

縄を打たれ、白洲に引き出され、死の恐怖にさらされつつも、象山は自説をまげなかった。目をむいてにらみつける井戸を、象山は傲然と見返した。

半年後、象山に国許蟄居の判決が下りた。その日は朝から秋の雨が蕭々《しょうしょう》と降っていた。象山は獄衣に縄を打たれ、錠前付きの切り棒駕籠《かご》に入れられ、雨に打たれながら江戸を去った。

遠くから象山を見送った覚馬と尚之助は、痛ましさで胸がつぶれんばかりだった。象山は松代《まつしろ》に、寅次郎も萩に、それぞれ護送されていった。象山の塾は閉鎖された。

がらんとしたその部屋で覚馬と尚之助は呆然としていた。

「寅次郎さんに、先越《さき》されちまったな。断固としてことを行《おこな》う時、人はみな狂気……。あの人の命《いのち》がけに較べっと、オレはまだまだ半端だ」

「……みんな、消えてしまいましたね」

「消えだ。先生も、黒船も……」

「よお」と明るい声がして、勝が顔を出した。勝は「海舟書屋」の扁額を抱えていた。

「オレの塾に、掲げようと思ってね」

「象山先生は、もうお戻りにならないのでしょうか」とたずねた尚之助に勝は首を振った。

「当分無理だろうな。首が助かっただけでもめっけもんさ。……幕府は大べら棒よ！　この国が変わるために、一番役に立つ人間を、罪人にしちまった」さすがに勝の顔もこわばっていた。だが表情を和らげると、扁額の海舟という文字をトントンと叩いた。「けどよ……日本という小舟はもう、世界って海に漕ぎ出したんだ。今に、誰もが大手を振って、海を越えていくようになる」

「まことに来るでしょうか。そんな時が」

「来る。いや、オレたちがそういう時代を作るのさ。西洋の技術と、東洋の道徳でな。これからどうすんだい？　よかったら、オイラの塾においで。今、野戦砲の鋳造を請け負ってんだがね、手が足りなくて弱ってんだ」

尚之助と覚馬ののどがコクリとなった。「野戦砲ですか！」「ぜひやらせでくなんしょ」

勝が「よし、決まった」と手を打った。それから扁額をほれぼれと見た。

「海舟か……。どうだい、いい字だねえ」

覚馬もその字を見つめ、うなずいた。

翌年の安政二年（一八五五年）、勝海舟は長崎の海軍伝習所に入所。やがて、日本の舵取り役として頭角を現していく。

会津藩江戸上屋敷の容保のもとに、義姉・照《てる》が挨拶にきたのはその秋のことだった。照は顔をあげると、花がほころぶような微笑を容保に向けた。目の端に艶がにじんでいる。

照は書道、茶道、礼法、香道など芸事万事に通じ、豊前中津藩《ぶぜんなかつ》の奥平《おくだいら》氏に輿入れした五年前までは三歳上の姉として容保に和歌の手ほどきもしていた。

「婚家を離縁されて、戻って参りました。申し訳ございませぬ。また、ご厄介になります」

「姉上の育った屋敷です。ゆるりと過ごされ、お疲れをお取りください」

それからふたりは庭に出た。紅葉が浮かぶ池を眺めながら歩いた。

「国事多難の折、少将様のご心労はいかばかりかと、照は案じておりました」

「今日よりは君がもとぞと庭の松……」容保がそうつぶやいた途端、照の耳が赤く染まった。容保が家督を継いだ祝いに照が贈った歌だった。

「覚えていてくださったのですか」

「心の支えにしておりました」

容保は照を見た。秋の日差しが照の白い顔に柔らかくあたっている。容保はもみじ葉を一枚手折ると、照姫に差し出した。

「また、歌会を開きましょう。父上がいらした、昔のように」

照が「はい」とその枝を受け取った。静かな時間だった。何も語らずともよかった。

やがて敏姫《とし》と腰元たちが加わり、とたんに賑やかになった。

「兄上は近頃、少しも相手をしてくださらぬので、敏は淋しゅうございました。姉上がお戻りになられて、嬉しゅうございます……あ、喜んではいけませんね。お茶の用意をいたしました。部屋でお話をお聞かせください。……姉上を、独り占めにはさせませぬ」

敏は容保を軽くにらむ真似をして、照の手をとった。容保は照の後ろ姿をずっと目で追った。

照は、その晩、短冊に歌を書いた。

「みこころのあかきほどにや紅葉の色も千入《ちしお》にみゆる一枝《ひとえだ》……」

つぶやくように歌をよむと、照は紅葉を手に取った。容保がくれた紅葉だ。目がうるんだ。

照は十年ほど前のあの日のことを思い出していた。

十四歳だった。今日、ふたりで歩いたあの池の端に十一歳の容保が立っていた。人形のように美しい、けれど少しさびしげな少年だった。「あの子は誰？」とたずねた照に、中老の滝緒は「銈之《けいの》允《すけ》君にございます。姫様の弟君として、会津松平家に養子に入られたのですよ」といった。

私の、弟……？　照は容保にすっと歩み寄り、「照にございます」と頭をさげた。とまどってまばたきを繰り返す容保に、照は紅葉を指差した。

「見事な紅葉。お召しものまで、赤く染まって見えますね。私も、四年前、保科家よりこちらに参ったのです。仲良ういたしましょうね」

照がにっこりとほほえみかけると、はじめて容保の顔に笑みが浮かんだ。凜と気高く、優しい目をしていた。

「父上、照は戻って参りました。これよりは会津松平家のため少将様をお守りいたします。父上の娘として。少将様の、姉として……」

照は思い出を胸にしまうと、両手を合わせた。

それから二年後の安政三年（一八五六年）の秋。

覚馬は江戸遊学を終え会津に戻った。

遠くに磐梯山が見えると、懐かしさで胸がいっぱいになった。

「変わんねぇな。磐梯山は」思わずつぶやいた。高い空に鱗雲《うろこぐも》が浮かんでいる。風にススキがさわさわと鳴った。

「山は動がねぇがらし。お侍様、会津は久しぶりがし」馬子が振り返った。

「ああ。長ぇごど江戸にいだがらな」

ぴーひょろと啼きながら、トンビが舞った。

「帰《けえ》ってきたぞ、会津に」

覚馬はかみしめるようにいった。

だが、間もなく我が家というところで覚馬は度肝を抜かれた。城下の米蔵の前で、子どもたちが米の俵を担ぎ上げて蔵に運び入れる競争をしていた。その中でひときわ人々の歓声に包まれていたのが、妹の八重だったのだ。紅一点の八重は男子よりも軽々と米俵を持ち上げていた。

「八重はていした力《つから》持ぢだ。両国《りょうごく》の見世物よりまだ凄ぇ」

江戸土産が広げられた山本家の茶の間で覚馬はしきりにうなった。

「力ではねぇ。俵は呼吸《いき》で持ち上げんだし。腰を、こう入れで。はっ！」

八重は立ち上がり、米俵を持ち上げる真似をしてみせた。八重は覚馬が帰ってきたのも、力持ちだとほめられたのも嬉しくてならなかった。佐久が顔をしかめた。

「男の子《おどご》みでぇな真似して。そったらごどでは、土産のかんざしが似合わねぇがら」

「どれ、貸すてみろ」覚馬は八重の桃割れの、高くふっくらさせた前髪にかんざしを挿した。

「おお、よぐ似合ってる」

八重が恥ずかしそうに顔を赤らめた。八重も桃割れを結う歳になっていた。

権八は、上機嫌だった。

「江戸での学問のごどは、御重役の耳にも入ってる。にしが日新館の砲術教授方に取りだでられんのは、まず間違《まづが》いねぇ。これで、砲術の家《うぢ》の面目《めんもぐ》も立づし、わしも肩の荷が下りんぞ」

ははははと満足げに笑った。

「あんつぁま！」と大声で叫びながら部屋に飛び込んできたのは三郎だ。三郎は覚馬を見ると「江戸でのお勤め、ご苦労様《つぁま》でごぜいやした」と礼儀正しく手をついた。

「挨拶も、もう一人前だな。江戸に出だ時《どぎ》はこんなちっこくて、八重の後ろにこそこそ隠《かぐ》れでだが」

佐久が微笑んだ。

「今は什のお仲間《ながま》と、毎日《まいにぢ》毎日、暴れ回ってる」

覚馬は腕を三郎の目の前にだし、「強《つえ》ぐなったか？」といった。

「はい。姉上には、まだかないませんが」

八重は当然とばかり、顎をあげた。

「父上がら、砲術も習い始めだそうだな。んだら、これはわがっか？　火薬さ作《つぐ》るには、硝石一貫目に硫黄を何匁入れる？」

「硝石が一貫目……えーっど」

三郎の目が白黒しはじめた。

「わがんねえが？」

「二百……」

三郎がぐずぐずとそういった瞬間、「二百十五匁！」八重の声が飛んだ。

「あ……」八重の手が口を押さえた。

「なして、八重が知ってる？」

覚馬が驚いて八重を見た。火薬の作り方は基礎中の基礎とはいえ、ちゃんと砲学の勉強をしたものでなければ、決して答えられない。だが八重は身をすくめるばかりだった。権八は苦い顔で横を向いていた。佐久が「さて、明日にでも親戚中に知らせで、お祝いを……」ととりなすように切り出したと同時に、八重が顔をあげた。

「私《わだす》、砲術さ習いでぇのです」きっぱりといった。

「よさねぇが」

権八は冷ややかな目で制した。

「なんの話だ？」

覚馬は八重を見た。八重は覚馬に膝を向けた。

「おとっつぁまには叱られるし、おなごのやるごどでねえのも、よぐわがってる。んだげんじょ……やっぱり、やりでぇ。砲術のごど知りでぇ。鉄砲、撃ってみでぇ。あんつぁまや三郎ど同じように、砲術の家《うぢ》に生まれで……私だけやれねぇのは、悔しい…」

鉄砲は人を殺生する道具であり、だからこそ砲術をやるものは学問と技を磨かねばならないと、権八は八重にいった。あれからどれだけ考えただろう。女の八重にはその道は絶対に歩めないものなのか。身を粉にして学問を身に付け、技を磨いたら、砲術を学ぶことはできるのではないか、と。八重は、手をついて頭を畳にすりつけた。

「おとっつぁま、あんつぁま、私に砲術さ教《おす》えでくなんしょ」


その夜、権八と覚馬は土蔵の作業所で、以前のように鉄砲の手入れをした。

「子どもの戯言ど、昔《むがし》は聞き流しておりやしたが……ずっと考えでいだどは……」

覚馬がつぶやくと、権八は作業台の奥から、皺の寄った紙の束を取り出して、覚馬に差し出した。昔、八重から奪い取ったものだった。砲術入門書を写したもので、図解とともに難解な漢字まで、稚拙な文字で丁寧につづられていた。

「これ……八重が？」

権八はうなずいた。

「昔、叱って取り上げだげんじょ……親の目盗んで今でも続げでんのはわがってた。子どもの絵でも、勘所は摑んでる。ひとづも教《おす》えねぇのに、天性っつーもんだべ。やっぱり、鉄砲の家《うぢ》の娘だ」

権八は息を吐くと高窓の外を眺めた。煌々と月が輝いていた。

「八重は力《つから》もある、胆力でも男《おどご》には負げねぇ。仕込んだら、ものになんべ。……んだげんじょ、それがなんになんだ。今でせえ、世間並みがら外れだおなごだ。この上、鉄砲なんぞやったら、物笑いの種だ。ヘボならば、まだいい。いい腕になったら困んだ。……おなごが鉄砲の腕振るう場所は、どごにもねぇ。いずれ、切《せづ》ねぇ思いをする」

権八はやみくもに八重を押さえつけようとしていたのではない。八重の女としての幸せを考えての結論だった。

覚馬は八重が書いた写しを見つめた。この紙を描いている八重の真剣な姿が見えるような気がした。そして「二百十五匁！」と言いあてたときの八重の澄んだ目を思い出した。

火薬の作り方を、八重はどうやって学んだのだろう。誰にも見つからないように、家族が寝静まった夜中に、砲術の本を広げて、月の光を頼りに読んだのだろうか。

読めない漢字をどうやって覚えたのだろう。隠れて一文字一文字覚えたのか。

そうやって、夜の角場や台所の隅で学び続けたに違いない。

一心に学ぼうとする八重の姿が瞼の裏に思い浮かんで、胸が熱くなった。

その八重の姿に、江戸で、象山の塾で出会った人々の姿が重なった。オランダ語の本と格闘する塾生たち、海外の知識を貪欲に身に付けようとする人たち……。

自分と同じだと思った。

黒船が来たと聞いて、いてもたってもいられなくなり、横浜まで走った。そして国が禁じていようと何であろうと、脱藩しても、黒船に乗り、黒船の技術を学び取りたいと、胸が焼けるほどの焦燥にとりつかれた。

海外で学びたいと黒船に密航しようとして捕縛され、端然と罪を受け入れた吉田寅次郎の顔も浮かんだ。

その寅次郎に密航を激励した詩を送ったために教唆の罪に問われ、縄打たれ、白洲に引き出されたにもかかわらず、罪を認めろといった奉行に、真っ向から反論し、自説を滔々《とうとう》と説いた佐久間象山のことも。象山は縄を打たれ、切り棒駕籠に入れられ、江戸を去るときも、顔を上げて、まっすぐ前を見続けていた。

誰もが自分の信じるもののために学び、行動していた。罪に問われることさえ、いとわなかった。世の中の決まりごとを、ときに冒しても、突き進もうとしていた。

「八重も同じだ……」

写しを持つ覚馬の手に力が入った。

「やむにやまれずに描いでる……」

そうつぶやいた覚馬の横顔を、権八が複雑な表情で見た。


翌日、覚馬は台所に顔を出した。かまどに薪をくべていた八重にいった。

「おい。ちっと来い」

「はい？」

覚馬は庭に出ると、角場に向かった。

「あっ……」

八重は息をのんだ。

角場の台に、覚馬が江戸から買い入れてきた雷管式ゲベールなど、数挺の新式銃が並んでいた。

覚馬はその中から一挺の鉄砲を手に取ると、八重に差し出した。

「構えでみろ」

「え？」

「いいがら、早ぐ」

覚馬から受け取った銃はずしりと重かった。はじめて持つ本物の銃だった。

「重いが？」覚馬がいった。

「はい」

「それが鉄砲の重さだ。命《いのぢ》のやりどりする、武器《ぶぎ》の重さだ」

八重はうなずくと、思い切って銃を構えた。見よう見まねで覚えた構えだ。

足を広げ、角場の向こう側においてある杉板の的をまっすぐに見た。

銃を構えた八重に向かって覚馬はいった。

「にしは侍の娘だ。始めっと決めだら極めるまで引ぐごどは許さねぇ。弱音吐ぐごども許さねぇ」

八重がふり向いた。

「まだ、極めだごで、誰がほめでくれるどいうごどもねぇ。いやなら、今すぐ銃を置げ」

八重はまっすぐに覚馬の目を見つめた。

「覚悟《かぐご》はいいいな」

「はい！」

八重は唇を真一文字に引き結び、もう一度、的を見つめた。

的の先に、ひと筋の道が開けていくのを感じた。目に喜びがあふれた。

第三章　蹴散らして前へ

覚馬が江戸から戻り半年が過ぎ、会津にも遅い春が訪れた。雪どけ水をたたえた川が白波を蹴立ててドウドウと音をたてて流れ、梅、桃、桜、連翹《れんぎょう》、木蓮……すべての春の花がいっせいに咲き乱れ、町を淡い花の色に染め上げている。

八重はこのところ暇さえあれば、熱心に砲術の本を読んでいた。

「八重、八重……」

佐久の声がしても、八重の耳には届かない。

どこから舞い込んだのか桜の花びらが本の上にふわりとのったのを見て、八重はハッと現実に戻った。

「まだここにいだ。早ぐしねぇど、お針のお稽古に遅《おぐ》れっから」

廊下から聞こえた佐久の声に、八重は「はい！」と本を閉じ、胸元に入れた。砲術を学ぶことを許してもらったが、裁縫や作法など習い事はこれまで通り、続けている。会津の武家の娘として、女の心得をおろそかにすることは許されなかった。

覚馬は日新館で教えることになった。

「これがパトロン。鉛弾ど火薬《かやぐ》を強紙《こわがみ》で包んである。弾込めの時は、まず端を嚙みやぶる」

その日、覚馬は誰もいない教室で、講義の予行演習をしていた。その様子を廊下から覗いていたのは、与七郎、幸之進、鉄之助の面々だ。

「お一人で、何《なぬ》してんだべ？」

与七郎が首をひねった。幸之進は顎《どぎ》に手をやった。

「夷敵の鉄砲なんか、習う者がいんだべが」

「んだな。武士の本分は、弓、槍、刀《かだな》だ」

砲術は足軽などの下級武士が学ぶ格下の武術とされ、上級武士は依然として見向きもしない。会津藩だけでなく、日本全国大方がそうだった。


八重はしぶしぶ裁縫の稽古に出かけた。お師匠さまは時尾の祖母・高木澄江《たかぎすみえ》である。だが自分でもうんざりするくらい八重は裁縫が苦手だった。時尾はらくらくと針を動かし、着物でもなんでも巧みに縫い上げてしまう。なぜ針の目を一定にきれいに作ることが出来るのか、八重は不思議でならなかった。縫いかけの足袋の底に針を刺しながらため息がもれそうになった。なんとか仕上げて八重は結んだ糸をはさみでチョンと切り、顔をあげた。

「お師匠さま、出来ました！」

「どれ……まあ……」

八重から手渡された足袋を重ねた澄江が絶句した。左右の大きさが違っている。方がひとまわりも大きい。娘たちの間にくすくす笑いが広がった。

「右ど左でこんなに違《つが》う。一針一針、もっと丁寧に刺さねばだめだがら。そもそも八重さんは……」

澄江が小言をいいかけたときに、八ツを告げる鐘が鳴った。

「おばば様《つあま》、八ツになりました」

すかさず時尾がいった。八重への助け船だ。

「あらそうがし。んだら、今日はこれまで」

「お師匠様、ありがとうごぜいやした」

娘たちは、きちんとお辞儀をして裁縫道具を片付けはじめた。

「時尾、お茶《ぢゃ》の支度《したぐ》しっせ」

八重は手早く道具を片づけると立ち上がって一礼した。

「私《わだす》は、これにて失礼いたしやす」

「まあ、お茶の一杯《いっぺい》も飲んでかせ。まだ言ってきかすごどがあっから……」

そういって澄江が顔をあげると、すでに八重の姿はなかった。

「八重さん、鉄砲玉みでぇ」

時尾は肩をすくめてくすっと笑った。

裁縫道具の風呂敷包みを抱えて、高木家を飛び出したとたん、八重は人とぶつかりそうになった。ハッとして顔をあげると、与七郎の姉の二葉と供の女中だった。

「なにごどです？」

「二葉さま……ごめんなんしょ」

ぺこりと頭をさげるや、また走り出した八重の後ろ姿を、二葉が見つめた。すらりとした体つきに華やかな目鼻立ち、優しく結ばれた唇が愛らしかった。女中が眉をひそめた。

「なんだべ、おなごが供も連れねぇで」

「八重さんは昔《むがし》からああだ」

「んだら、今のが、鉄砲撃ってるっつう噂の……」

そういって笑いかけた女中を目でたしなめ、二葉は「ほんに、風変わりな子」とひとりごとのようにつぶやいた。

八重は町はずれまで行くと、お気に入りの桜の木の下に裁縫道具を放り出し、するするっと登って、木の枝に腰掛けた。風もないのに、ちらちらと花びらが舞い落ちる。まるで桜色の雲の中にいるようだった。八重は懐から『炮術言葉図説』を取り出すと膝の上に広げた。

「筒《つつ》を左の肩《かだ》に当てで構えだるを、正面に取り出し、まず火蓋を開けで……」

重たげに咲く花の合間から、白い絵の具を薄く溶かしたような淡い水色の空が見えた。柔らかな春の日差しが心地よかった。

「いい天気だ……」と深呼吸した八重の目の前を一羽の白い蝶が通り過ぎた。思わず伸ばしたその手に、ぽとりと何かが落ちた。八重はわっと飛び上がった。あわてて手を大きくふってモコモコ動く毛虫を振り落とし、あっと思ったときには、本まで下に落としていた。

旅姿の男は足元に落ちた本を拾い、いぶかしげに上を見上げた。

「ん？」桜の花の間から、八重の顔が覗いた。

ふたりは怪訝な顔で見つめ合った。風が吹き、桜の花びらがふたりを包んだ。

男は象山の塾で覚馬と一緒だった尚之助だった。覚馬を訪ねてわざわざ江戸からやってきたのである。覚馬が帰宅すると、権八、三郎も加わって宴が始まった。

「驚きましたよ。空から砲術の本が降ってきたのですから」

「猿の子でもいるがど思ったが？」

覚馬の言葉にぷっと噴き出した三郎を、八重はきっとにらんだ。

「本は、木の上で読むのが一番《いちばん》です。誰にも邪魔されねぇし」

権八は「呆《あき》れた奴《やつ》だ」と首をふった。覚馬が身を乗り出した。

「んだげんじょ、驚いたのはこっつだ。いぎなり訪ねて来っとはな」

「覚馬さんの文に、会津で蘭学所《じょ》を開くとあったので」

「おい。確かに、いずれ教授になってほしいどは書いだげんじょ、まだ、開設の許しも下りでねぇんだぞ」

「あれ、そうでしたか……」それからふたり顔を見合わせて笑った。久々の再会を心から喜んでいた。話が一段落するのを見はからって、八重は覚馬ににじりよった。

「兄様《あんつぁま》。そろそろ、砲術の講義を……」

「今日は休みだ。大事なお客さんだぞ」

「えーっ」がくっと八重の肩が落ちた。佐久に台所を手伝うようにいわれ、八重はしぶしぶ奥に入った。

やがて覚馬は自分が考える会津藩の改革について尚之助に語り始めた。

「まずは、日新館で西洋砲術の指南さ始めだ。蘭学所も、なじょしても開設のお許しをいだだかねばなんねぇ。あど、もう一押しってどごだ。授業の中味《なかみ》は、ここにある。語学に砲術、舎密《せいみ》術……医術も教《おす》える。大坂《おおざが》の適塾《てきじゅく》がら、昔馴染みさ呼び寄せで……」

権八のこめかみがピクリと動いた。

「大坂？　……あの古川春英《ふるかわしゅんえい》か？　あれは、無断で藩を飛び出した者だぞ」

「昔《むがし》のごどです。なんとか、お取《ど》りだでを願ってみやす」きっぱりいい、覚馬は続けた。「西洋式の調練を始めるごども、お役所に願い出でいる」

「西洋砲術、蘭学、そして洋式調練と揃えば……象山先生の塾ですね！」尚之助は膝を打った。

自信たっぷりの覚馬の横顔を見つめながら、権八の胸がざわざわと波立ち始めた。覚馬がいっていることは、会津藩が大切にしてきたものを否定することでもある。

「覚馬……そう急ぐな。ここは会津だ。江戸ど同じに考えだら、うまぐいがねえぞ」と権八がつぶやくと、覚馬は「万事心得ておりやす」とだけいい、上機嫌で尚之助に酒を注いだ。


その晩、佐久が機を織る傍らで、八重は糸を繰った。

「あの人、ずっといる気だべか。……私《わだす》の砲術が、後《あど》回しになる……」

そうひとりごちた八重に「ほら、糸。まだ緩んでる！」と佐久の声がとんだ。

あわてて糸を調え直した八重を佐久は、じっと見た。

「高木つぁまのおばんっつぁまがら、今日、お小言さ頂戴した。八重は、お針の稽古に、身が入ってねえって。お針さ疎かにするようでは、砲術はやめるよう、兄様《あんつぁま》に言わねばなんねぇな」

「そんなぁ……」と八重の眉が八の字になった。だが、他の娘たちより裁縫がぐんと下手なのは事実だった。八重はうつむいてため息をもらした。


そのころ、覚馬と尚之助は土蔵の作業場にいた。

「蘭学所のこと、象山先生も喜んでおいででした。今は、人を育てることが何より大事だと」

覚馬は象山からの書状を読んでいた。尚之助は象山が蟄居している松代まで会いに行き、書状はその折に託されたものだった。「人材を得ることが第一にて候。迂遠に似候えども、教育よりほか道は御座無く候」とあった。

「先生は、お変《が》わりなかったか？」

「ええ。少しも……」

象山は松代藩家老の下屋敷を借り、聚遠楼《しゅうえんろう》と名付けて住んでいた。蟄居になっても以前と変わりなく、学問を続けていた。

「何かを始めようとすれば、何もしない奴らが、必ず邪魔をする。蹴散らして、前へ進め、と」

尚之助は象山の覚馬への伝言も伝えた。覚馬は唇を引き結んだ。

「蹴散《けぢ》らして前へ、が。……先生らしい」

それから覚馬は尚之助にたずねた。

「こっつには、いづまでいられんだ？　出石藩には、なんと願い出できた？」

「お暇《いとま》をいただいてきました。紐付きのままでは、会津で働けませんからね。ひとまず、浪人です」尚之助はこともなげに続けた。

「村医者の三男坊ですからね。士分と言っても、学問で身を立てるしかない軽輩ですし」

「いいのが、そんなごどして……んだげんじょ、そんじゃ、万一《まんいち》の時《どぎ》に、戻る場所がねえぞ」

「戻る？　それは考えてなかったな。覚馬さんがやると言うなら、蘭学所は出来るに違いない。そう思ったので。ぐずぐずして、また誰かに先を越されては詰まりませんからね」

にやっと笑った。黒船乗船のことだ。あのとき覚馬と尚之助は、吉田寅次郎に先を越されてしまった。覚馬の顔に笑みがじわじわと広がった。どんと尚之助の肩を叩いた。

「よし、今度は一緒にやっていぐべえ！　力貸《つから》してくんつえ。会津で仕官できるように、オレが願い出る。きっと大丈夫だ」

象山の塾で考えたことを実行に移すのは今だと、覚馬は体に力がみなぎってくるのを感じた。

翌朝、井戸端で顔を洗っていた尚之助はダーンという射撃音に導かれるように、角場に足を向けた。目をむいた。ゲベール銃を構える八重に、覚馬の叱責が飛んでいた。

「目ぇ閉じんな、臆病者！　そったらごどでは、まだまだ実弾は撃でねぇぞ。もう一回」

「はいっ！」

八重はきびきびと火薬を詰め、再び空砲を撃った。なかなかの腕前だった。八重と目が合った瞬間、尚之助はふふっと笑った。

「笑った……？　何がおがしぃんだべ」

八重はむっと眉根を寄せた。

それからほどなく、蘭学所開設の許可が下りた。しかし、何度願い出ても、尚之助の教授方就任は、認められなかった。そんなある日、覚馬不在の昼中に砲兵隊長の林権助が山本家にやってきた。

久しぶりの梅雨晴れだった。林は座敷ではなく、縁側がいいといって庭からまわった。庭のアジサイが鮮やかな紫に染まっていた。

「覚馬は腕さ上げだな。先だっても、ゲベール銃の試射で、百発撃《ぱづ》って八十五発命中させだ。学問もよぐ身に付けで。江戸行ぎを推挙したわしも、鼻が高《たげ》ぇわ。ははは」

「畏れ入りやす」

「んだげんじょ……ほどっつーもんも弁《わぎま》えねえどな」

林が遠くの山々に目をやった。権八の顔から微笑が消えた。

「何《なぬ》か、ありやしたか？」

「蘭学所開ぐのも、よそがら人さ連れで来んのも、会津のためになんべ。そんじも、あんまり急ぐど、上がつむじ曲げる。天狗になったと叩《ただ》がれる。若《わげ》ぇもんは、とがぐ事を急ぎすぎる。ちっと手綱さ引いでやれ」

「よぐ、言って聞がせやす」

頭をさげながら、権八は危惧したとおりになってしまったとほぞをかんだ。

林は「お、降ってきたが」と空を見上げ、立ち上がった。ポツリポツリと大きな雨粒が庭に丸いしみをつけ始めた。いつのまにか空に雲が重く垂れこめていた。

急に降り出した雨に、八重はお針の道具を抱えて走り出した。通りの向こうから尚之助が駆けてくるのが見え、小さく会釈をした。そのころには地面を叩くような激しい降りになっていた。

「ああ、これはいけない」

尚之助はすれ違いざま八重を軒下に引っ張った。軒から滝のように雨が流れ落ちる。

「兄様《あんつぁま》は、御一緒では？」

八重は尚之助の横顔を見た。尚之助は恬淡《てんたん》と雨を見つめていた。

「上の方と話があるそうで、まだ学校です」

八重は唾をのみこむと、「あの……蘭学所《じょ》、うまぐいってねぇのですか？」と尚之助にたずねた。最近の覚馬はめったに笑わず、難しい顔ばかりしている。何か問題が起きているに違いなかった。

「お弟子が、集まらないのです」

「なじょしてだべ？　私《わだす》なら、真っ先《さぎ》に習うのに。洋式銃はよぐ出来てる。あれを作《つぐ》ったのだがら、蘭学は大《てい》したもんです。オランダ語ができだら、西洋の砲術書も読めるし。……お針の稽古より、ずっと面白そうだ」

一気にまくしたてた八重の目を覗いて、尚之助がふっと笑った。八重の目が三角になった。

「まだ笑った。前に、角場でも笑わっちゃ。おなごが鉄砲撃づのが、そんなに可笑《おが》しいべか？」

「いいえ。……嬉しくて、つい」

「嬉しい？」

あまりに意外な言葉に八重は思わず首をひねった。尚之助は笑顔でうなずいた。目が糸のように細くなった。

「八重さんは、いい腕をしている。さすがに、覚馬さんのお仕込みだけあります」

「ありがとなし。……んだげんじょ、悪い癖があって、いづも叱られる。撃づ時《どき》、つい目をつむってしまうんです」

「ああ。私も、覚えがあるな」

「いっそ……糊《のり》でこう、貼っておぐべか」

八重は指で上下の瞼を開いてみせた。尚之助がこみあげてくる笑いをこらえた。

「目のことは、忘れましょう。ただ、弾の行方を追うことだけを、心がけてご覧なさい。あなたなら、きっと出来ます」

八重はこんな風に男の人と話したことはなかった。鉄砲のことを覚馬以外の人と話したのもはじめてだった。まっすぐに目を見て、あなたなら出来るなどといわれたのも。急に胸の鼓動が速くなった。

軒下に、若い武士が駆け込んできたのはそのときだ。八重がまばたきをした。与七郎だった。与七郎は、並んでいる八重と尚之助を一瞬、怪訝そうに見た。

尚之助が一礼し、与七郎が名乗った。八重が、尚之助が覚馬の仲間で山本家に滞在していると伝えると与七郎は、「え……」といったきり言葉をのみこんだ。

「おーい。稽古に遅《おく》れんぞ」と与七郎を呼ぶ幸之進と鉄之助の声が道の向こうから聞こえた。与七郎は軽く頭をさげ、弾かれたように雨の中に飛び出していった。雨の中を仲間と歩きながら一度与七郎がふり向いたことに、八重は気づかなかった。

覚馬は雨の中、番傘を差して歩いていた。怒りが堰《せき》を切ってあふれ出していた。学校奉行添役の言葉が頭の中でこだましている。尚之助の仕官はかなわない。他国の者を抱える余裕などない。古川春英帰藩の件も取り下げで、帰国すれば脱藩した科人として捕縛する。蘭学所の開設を許したのは早計だという意見があるとまでいわれた。

「なんもわがってねえ……わがらず屋どもが……」

そのとき番傘を差した藩士がどんとぶつかってきて、覚馬の傘が飛んだ。だが二人組の藩士は覚馬の顔をじろりと見るとうすら笑いを浮かべ謝りもせずに行き過ぎようとした。

「ちっと待で。ぶっつがって謝りもせんのが！　傘さ拾え」

だがふたりは「ふん。おのれで拾え」「西洋かぶれの足軽が……」と鼻で笑った。

「にし、鉄砲が一番《いちばん》ど吹聴してるそうでねぇが。鉄砲は足軽の持ぢ物《もん》だ。それを一番と言うがらには、にしも足軽に違《つげ》えねえ」

「飛び道具なんぞ、刀《かだな》も槍もまどもに使《つが》えねぇ、腰抜げ武士の使うもんだべ」

ふたりは唇をゆがめながらせせら笑い、立ち去ろうとした。

覚馬の頭に血が上った。「待で！」とひとりの藩士の肩をぐいっと摑んだ。藩士の番傘が吹っ飛んだ。「腰抜げどは、誰のごどだ！」と怒鳴った。

ふたりはぎらりと覚馬をにらみ、「抜ぐ気《ぎ》か？」と刀の柄に手をかけた。

覚馬は歯噛みした。刀を合わせたら、切腹、家の取り潰しは免れない。これからの改革もすべて頓挫してしまう。さりとて引くわけにもいかない。雨脚は遠のくどころか一層強さを増していた。

雨は黒河内《くろこうち》道場の屋根も激しく叩いていた。

「せぇい」「やあっ」与七郎たち門弟の槍の稽古を、西郷頼母と黒河内伝五郎《でんごろう》が道場の正面に座り、見守っていた。ついに与七郎の槍が、鉄之助の槍を巻き上げ、はじき飛ばした。

「それまで」と黒河内が膝を打つと、「よし。次はわしが相手《あいで》だ」と頼母が立ち上がった。

覚馬の声が入口から聞こえたのはそのときだ。「黒河内先生！　失礼仕ります」と大声でいうと、覚馬はずぶ濡れの姿で道場に入って来た。着物も袴も雨を吸い体に張り付いている。髷も乱れ、髪が頬にへばりついている。そしてその体から殺気が立ち上っていた。覚馬は低い声でいった。

「槍の試合さ致しやす。ご検分、お願い致しやす」

覚馬の後ろから、ふたりの藩士が姿を現した。

覚馬は槍を構え、裂帛《れっぱく》の気合いとともに踏み込んだ。最初の一手で、相手の肩を打ち、道場の隅まで吹っ飛ばした。「次！」つばを飛ばして覚馬は叫んだ。二人目の藩士が立ち上がり、槍を手に覚馬の腕を狙って打ってきた。すかさず、覚馬の槍がはねあげ、はねあげざま、飛燕《ひえん》のように槍を回転させ、相手の脚を打った。二人目の藩士もまた大きな音をたてて転がった。

「まだまだ。さあ来い！」

覚馬が道場の隅で倒れているふたりに向かって怒鳴った。

「それまで！」黒河内の声が響いた。覚馬は息を長く吐くと、槍をおろした。そして道場の隅に倒れこんだままの藩士をにらみつけた。

「わがったが。鉄砲は腰抜げが使《つが》うものではねえ。武士の表道具だ！」

「強《つえ》ぇ。まるで鬼神だ……」与七郎が呆けたようにつぶやいた。圧倒されていた。覚馬は会津藩でも一、二を争う槍の使い手だと思った。

頼母は覚馬をそのまま帰しはしなかった。覚馬を呼び寄せると叱りつけた。

「遺恨を含んで、槍を振るう奴《やづ》があっか。馬鹿者め！」

覚馬は正座して「申し訳ございやせん。あまりに無礼ゆえ、つい……」と詫びた。

「にしも、ちっと控えよ。わしの耳にも届いでんぞ。にしは、鉄砲の強さを言い立《だ》で過ぎる。ご先祖代々、弓、槍、刀《かだな》でご奉公に励んできたのだ。鉄砲の方が強いど言われれば、腹が立づのも道理であろう」

「御番頭様も、左様にお考えですか！」

「獅子が嚙みづくような顔をすんな。聞ぐ耳を持で。声高《こわだか》に言い立でるだけでは、敵が増えるばっかりだぞ」

今までのやり方では乗り切れない時代がやってきている。なぜ、その現実に目を向けないのか。黒船に弓や槍、刀で太刀打ちなどできない。武士の沽券《こけん》では勝てない相手なのだ。そして、会津藩がそうした戦いに巻き込まれるのは明日かもしれないのだ。覚馬の胸は焦燥に焼かれていた。

当時、幕府は下田に滞在中の米国総領事・ハリスの対応に追われていた。ハリスの狙いは、日本と交易をするための、『通商条約』を結ぶことにあった。

嘉永六年、ペリーが来航して開国要求を迫ったのを機に、幕府は海防のために品川沖に砲台建設を計画した。会津は第二台場の築造を担った。台場の完成後は、その守備を命じられた。

その日、容保は家老の山川兵衛や陣屋役人とともに、品川第二台場にいた。

「ペルリ二度目の来航の節《せつ》、江戸が無事であったは、この砲台ゆえにござい まするな。一昨年の大地震では、火薬庫も吹き飛ぶ有様でしたが、ようようここまで立て直しました」

火薬庫の前で手を合わせると、兵衛が感慨深くいった。容保がうなずいた。

「みなの懸命の働き、ありがたく思う。あの折、砲台を守って命を落とした者たちは……まことに哀れであった……」

江戸直下型の安政《あんせい》の大地震で、第二台場は壊滅的な被害を蒙っていた。陣屋が倒壊し、多くの人が下敷きになった上、火が追い打ちをかけた。この地震で、和田倉門《わだくらもん》にあった会津藩邸も倒壊した。あわせて一六〇名を超す会津藩兵の命が奪われた。藩邸、台場、その陣屋などを立て直すための費用は、会津藩の財政をひっ迫させた。

「多難の折ではあるが、ここは我らが守らねばならぬ。みなみな、よろしく頼む」

容保の言葉に、兵衛の胸が詰まった。

前年の秋、婚儀が行われ、敏姫は容保の正室になっていた。

容保が上屋敷に戻ると、敏、照、腰元たちが手をついて迎えた。

「お帰りなされませ。お疲れあそばしてございましょう」

上座についた容保を、敏が甘えるように見た。敏は長い毛が美しい狆《ちん》を抱いていた。

「ご覧ください。姉上が連れてきてくださいました。まん丸な目。愛らしゅうございますね、兄上……わが君さま」

ちょっと恥ずかしそうに笑った目元に初々しさがにじんでいる。

後ろに控えていた照が優しく敏にいった。

「お気に召したのなら、差し上げますよ」

「まことですか！……いえ、いりませぬ。姉上様が連れて来て下さる方が楽しゅうございますもの」

敏は容保をすくいあげるように見つめると、ため息をついた。

「間もなく、殿がお国許に戻られたら、屋敷はまた、淋しゅうなります」

「その犬、いただいてはどうだ？　少しは慰めになろう」

「でも」と口ごもった敏に、照が柔らかい口調で切り出した。

「奥方さま、文でお歌のやりとりをなされませ。歌を詠んでいる時は、お心の中に殿様のお姿が浮かびます。離れておいででも、お寂しくありませんよ」

「うむ。それが良い」

容保はそういって照を見た。ふたりの顔に微笑みが同時に浮かんだ。

照から譲り受けた狆はかわいらしかった。敏は転げるように走る犬を追いかけたり、膝にのせたりしながら、ときおり鈴を振るような声をあげて笑った。奥方といっても、まだ十五歳である。だが、ふっと敏は動きを止めて、中老を見た。

「のう、松島。姉上は、なにゆえ婚家を去られたのだろう」

「お子がお生まれにならなかったゆえと、伺っておりまするが」

「まことに、それだけであろうか……？」

敏は目を泳がせた。それから何事もなかったように、敏は狆と戯れ始めたが、またしばらくするとまた首をかしげてひとりごちた。

「姉上は、どなたを思うて、歌をお詠みになるのであろうな」

その目は少しばかり淋しげだった。


覚馬が藩庁に呼び出されたのは、容保が国入りして間もなくのことである。夏の真っ青な空が広がる日だった。

藩庁には簗瀬、萱野、頼母、内蔵助《くらのすけ》など家老が揃っていた。簗瀬の前には、覚馬が出した何通もの意見書が置かれていた。覚馬は平伏したまま、簗瀬の言葉を聞いた。

「まず鉄砲入れ替えの儀であるが、これは叶わぬ。品川砲台修復のごどもあり、物入りの折だ。鉄砲に回す金はない」

「ご城下の鉄砲鍛冶を使《つが》い、領内で鋳造すれば、かがりも抑えられるものど存じまする」

覚馬は畳の目を見つめながらいった。簗瀬はそれには答えず続けた。

「ほがに、洋式調練採用の願いであるが、我が藩は長沼流軍学をもって兵の訓練を行《おごな》う。これもお取《ど》り下げじゃ」

「仰せ、ごもっともとは存じまするが、ご公儀におがれでも、軍備の洋式化に力《つから》を入れておられる折、鉄砲、大筒《おおづづ》を新式に改《あらだ》めるは、急務ど心得まする」

「遠間では弓。引きづげでは槍、刀《かだな》にで敵《てぎ》を倒す。武士の戦の作法は、ただこのひとづだ」

覚馬は目の前が暗くなるような思いがした。だが、引き下がるわけにはいかない。

「それは、あまりに……佐賀、薩摩《さつま》を始め、西国諸藩は、すでに軍制改革を進めでおりまする。会津が後《おく》れをとっては……」

いつしか覚馬は顔をあげていた。

「これ、出過ぎたごどを申すな」と制したのは頼母だった。

「なれど……」

「お家《いえ》の軍制に、砲術指南風情が口を挟むものではない!」

簗瀬がギラリとにらんで一喝した。畳に額をこすりつけんばかりに平伏した覚馬を、もうひとりの家老・萱野の言葉がさらに打ちのめした。

「分限を弁《わきま》えよ。そなだが勧める蘭学では、身分の高下を教《おす》えぬのか?」

「いいえ、左様なごどは……」

「若《わか》い者《もん》が蘭学にかぶれるごどを、危ぶむ声も上がっていんぞ」

そういった萱野に、簗瀬がうなずいた。

「やはり、蘭学所《じょ》を認《みど》めだは、早計であった。いま一度《いづど》、見直さねばならぬ」

その瞬間、覚馬を押さえていたものが音をたてて壊れた。気がつくと「古い……」といっていた。座がどよめいた。簗瀬が目をむいた。

「今、なんと申した」

「兵制改革のごど、蘭学所のごど、いま一度、殿のご裁可を仰いでいだだきとう存じまする!」

覚馬は、かみつくようにいった。

「ただいま申し伝えたごどが、主命である」

憤然と簗瀬がはねつけた。覚馬は顔をあげた。ふたりの家老をにらみつけた。

「そんなはずはねえ！　お殿様は黒船をよぐご存じだ。弓矢で戦うだの、蘭学はいらぬだのど、思し召されるはずがねえ」

泡をふかんばかりの勢いで声を荒らげた。呆然と覚馬を見下ろす簗瀬と萱野に向かってさらに続けた。もう止まらなかった。

「あなた方《がだ》は世界を知らぬ。まるで……まるで井の中《なが》の蛙《かわず》だ！」

「控えよ！　覚馬」

ぴしりと頼母がいった。

「いかん……やっちまった……」

覚馬はようやく我に返った。翌日、覚馬に下された処分は禁足。無期限の外出禁止だった。


日がな一日、覚馬は寝転がったまま、空を見つめていた。暑苦しいほど蟬が鳴き、青い空にもくもくと入道雲が浮かんでいる。禁足になって二十日が過ぎていた。

出仕する権八に佐久が「ご処分は、いづ解げんのがなし」とたずねた。

「わがらぬ。一年先《さぎ》が、十年先が……これがらは、三郎を厳しく仕込まねばなんめい。家《いえ》を潰すわげにはいがぬ」

権八の目は暗かった。

「行ってきらんしょう」

佐久は床に手をつき、権八に頭をさげた。佐久の後ろ姿にも、悲しみが揺れていた。

ふたりの姿をものかげから見ていた八重は、胸がつぶれそうだった。

土蔵の中に駆け込むと、八重は火薬の調合をしている尚之助に、吐き捨てるようにいった。

「私《わだす》には、わがんねぇ。兄様《あんつぁま》も尚之助様も、何も間違《まづが》ってねぇのに、なして……なして、罰を受げんのがなし」

すとんと床に座り込んだ八重の目に涙がにじんでいた。

「八重さん。ままならぬことも、あるのですよ。世の中には……頑固ですからね、会津は」

尚之助がいたわるような目で、八重を見た。


「オレも、これで終わりが……」とつぶやき、覚馬はもう一度寝返りをうった。とたんにまばたきを繰り返した。目の前に八重の足が見えたからだ。

「兄様、これ」

八重が小さな木箱を差し出した。中にはパトロンがぎっしりと詰まっていた。パトロンとは弾薬のことである。

覚馬は起き上がり、パトロンを手に取った。尚之助が八重の後ろから顔を出した。

「八重さんが作りました。手ほどきは、私が」

「ふーん、よぐ出来でる」

「兄様《あんつぁま》、この弾、撃ってみでくなんしょ」

八重は覚馬に詰め寄った。だが、覚馬は「ああ……いや、後《あど》にすんべ……」とまたごろんと寝そべった。大あくびをし、けだるそうに眼を閉じ、頭をかいた。

八重はそんな覚馬をじっと見下ろした。やがて木箱を手にとった。

「では、私《わだす》が撃って参ります」

「ああ、行ってこい」

いかにも面倒くさいとばかりに覚馬は手を振った。

八重はパトロンの入っている箱を持ち、ひとりで出ていった。

覚馬は目をあけた。じっと天井を見つめた。

と、覚馬は「あ、いげねぇ」とガバッと跳ね起き、角場に向かって走り出した。尚之助が何事かという顔で続いた。

「八重、やめどげ」覚馬が叫んだ。顔が青ざめていた。

だがゲベール銃を手に角場に立つ八重にその声は届かない。

八重は足を開き、的に向かって銃を構えた。

「私は、続けやす。人に笑われでも、構わねぇ。兄様がもう諦《あぎら》めるど言っても……、私は諦めねぇ。鉄砲を極めるまで、一人でも続けやす」

覚馬と尚之助が角場に走りこんできたのと同時に、八重は、引き金を引いた。

ダーンという射撃音が耳をつんざいた。

八重は目を大きく見開いたまま立ちすくんだ。蟬の声も消えていた。

「おい、大丈夫か？　にし、実弾撃づの、初めでだべ」覚馬が八重に駆け寄った。

「えっ」尚之助の口がゆがんだ。空砲と実弾では反動の衝撃がまるっきり違うのだ。

八重がへなっと腰を下ろした。それから「命中……」とつぶやいた。杉板の的に、きれいな穴が開いている。

覚馬の顔に笑いが広がった。八重も尚之助も笑い出した。覚馬がふたりの肩を抱いた。

「よし。……蹴散《けぢ》らして、前に進むが！」

八重は大きな声で「はいっ」と答えた。

蟬の声がまた戻ってきていた。

この年の秋、ハリスは江戸に入り、将軍・家定《いえさだ》に謁見した。家定は病弱で世継ぎもおらず、暗愚の君とも噂されていた。そのために将軍後継に一橋慶喜《ひとつばしよしのぶ》を据え、政務を代行させようという建議が持ち上がっていた。

慶喜は水戸の徳川斉昭の子で、その英才ぶりは世に知られていた。

覚馬の目にあの日から輝きが戻った。

蹴散らして前に進む。象山のように、八重のように、絶対にあきらめない。家に閉じ込められていようと、やることは山ほどあった。銃の改造である。

「この位置がうまぐねぇんだ」

覚馬が尚之助に銃を手渡した。

「撃ちよくなるように、直せないものでしょうか」

ふたりは流れ落ちる汗ものともせず、延々と議論を続けていた。八重は、傍らに座り、ふたりの話を必死で書き留めた。だが、ついにたまりかねて口をだした。

「あの！　ちいっとゆっくり話してくなんしょ。書ぐのが追いつかねえし」

覚馬がうなずいて、八重にいった。

「照門の位置が良ぐねぇんだ」

尚之助が「ここのことですよ」と銃を指差した。

「はい……」

八重がうなずき、筆を走らせた。

覚馬が顔をあげた。

「鉄砲鍛冶に、やらせでみっか」

「では、図面を引きましょう」

尚之助はもう紙と筆を手にしていた。

開国を巡る攻防。将軍家の後継争い……。

幕末の動乱が、いよいよ幕を開けようとしていた。

第四章　妖霊星

安政五年（一八五八年）二月。

鶴ヶ城の評議の間には、容保をはじめ、主だったものが全員、顔を揃えていた。

「通商条約調印の件、不首尾となれば、あるいは、メリケンと一戦交える仕儀となるやに聞ぎ及びまする。かがる折に、山本覚馬が兵制改革を献策したは、武人として正しき振る舞い。禁足《きんそく》など、早ぐお解ぎになるがよろしかろうと存じまする」

番頭の西郷頼母が切り出すと、簗瀬ら家老はぴくりと頬を動かした。

「これ、控えよ」

簗瀬が上段から諌めようとした。だが案に相違して容保は「構わぬ」と頼母を促した。時代は動いていて、会津藩も変わらなければならないことを容保は身に染みて感じていた。


江戸の彦根藩邸の茶室では井伊直弼が、その右腕と頼む宇津木六之丞《うつぎろくのじょう》と密談中だった。

「水戸と薩摩の者が都に入った。一橋慶喜公を将軍後継に推すよう、公家達に入説《にゅうぜい》しておるようじゃ」直弼の声は苦かった。

「厄介にござりますな」宇津木が乾いた声でいった。

「水戸が、朝廷にしきりと攘夷を吹き込んでいる。一橋殿が世継ぎとなっては、通商条約調印に邪魔が入ろう」

「それでは、勅許を得るのも、難しくなりまする」

「なんとしても、紀州《きしゅう》の慶福《よしとみ》様をお選びいただかねばならぬ」

宇津木がうなずいた。

この頃、幕府は、将軍の後継者指名を巡って、一橋派と紀州派の二つに割れ、互いに京の朝廷を取り込むべく動き始めていた。


前日に降った雪が解け、通りはぬかるんでいた。八重は泥が着物にはねあがるのも構わず、走って家に戻った。

「お吉！　林様は？」

水仕事をしていたお吉に駆けよった。

「今しがだ、おみえになりやした」

覚馬の上役であった大砲奉行・林権助が家に来たと聞いて、八重はあわてて戻ってきたのだ。

座敷では、林が口を開いたところだった。林はお茶を出して下がろうとした佐久に「ご妻女も、ここで一緒に」と同席するようにいい、一同の顔を見回し、おもむろに切り出した。

「これは、まだ内々《ないない》の話だがの。一両日中にも正式な御使者が立って、覚馬はお城さ呼ばれる」

権八はごくりと唾をのみこんだ。息をつめて林の顔を見た。

「では、禁足は？」

「解げる。お許しが出だ」

林がゆっくりうなずいた。ほーっと息をもれた。

「お役目《やぐめ》は、いかがなりやしょう？」

権八は重ねてたずねた。林の目が明るく光った。

「西洋砲術指南役、蘭学所教授人、共に復職する。お城に呼ばれんのはそのごどばかりでねぇ」

「何《なん》か、別《べづ》のご処分が？」

佐久が眉根を寄せて胸を押さえた。

「覚馬は此度……軍事取調役《やぐ》ど大砲頭取に抜擢されるごどあいなった」

林は胸をはった。覚馬が驚いた顔で「軍事、取調役……？」とつぶやいた。

権八も「大砲頭取……！」のあとが声にならない。

そのとき、襖の向こうでは、八重が座敷に面した廊下で正座していた。近寄った尚之助に八重がふり向いた。その目に涙が盛り上がっていた。

八重は口に人差し指をあて、もう一方の手で尚之助に隣に座るように床を指差した。林の話は続いていた。

「殿がじきじきに決定を下されだ。わしの説得が功を奏して……と、言いだいどごろだがの。御番頭の西郷様が、殿の御前で兵制改革は急務と訴えられだのよ」

「御番頭様が……」

「話を聞がれだ殿は、直ちに覚馬の禁足を解ぎ、改革に着手せよど仰せになった」

覚馬はがばっと平伏し「ありがとうごぜいまする！」といった。頭があげられない。改革に着手せよ、待ちわびていた言葉だった。

胸が熱くなった。目に涙がにじんだ。

「頭あげろ。まだ、他《ほが》に話がある。以後は、軽々しぐ喧嘩沙汰など起ごしてはならぬぞ。にしは、気が短ぐでいげねぇ。そごでだ。嫁をとって身を固《かだ》めろ。わしが良《い》い縁談さ持ってきた」

八重は驚きのあまり「縁談っ！」と叫んだ。あわてて口を押さえたが遅かった。耳をつけていた襖が開いた。

「こら、八重っ！」佐久が声をはりあげた。身を固くしたのは八重ばかりではなかった。八重の隣で尚之助も正座したまま、身をすくめていた。

佐久が「川崎様まで……」とあきれたようにいうと、「不調法者がっ！」と権八の怒鳴り声が響き渡り、ふたりは揃って頭をさげた。

だが、林がポンと膝を打った。

「いや、丁度良《い》い。にしの腕前、見せて貰うべ」

八重の顔を見てそういった。


八重はたすきをかけると角場に立ち、ゲベール銃に弾を込めた。権八と林と尚之助がその動きを目で追う。覚馬は八重に向かって、「構え」と叫んだ。

八重は足を開き、銃を両手で持ち上げると、肩と右頬で固定した。目を見開いて、真剣な表情で照準を合わせる。撃鉄を起こした。

「撃で！」

ダーンという射撃音が耳をつんざいた。八重は銃を下ろすと「的を見で参りやす！」と走っていった。林は感嘆したように首を振った。

「見事《みごと》なもんだ。おなごでも、鍛錬次第であれほどの腕となっか」

「火縄銃に較べ、洋式銃は威力《いりょぐ》もあり、取り回しもしやすいのでごぜいやす」

権八の声に、八重の「黒丸上方を射抜ぎやした！」という声が重なった。

「見事であった」

八重は胸をいっぱいにしながら、林に向かって一礼した。林は覚馬にいった。

「武術の心得《こころえ》の浅い者でも、洋式銃が使えれば、十分に戦の役《やぐ》に立づな」

「はい。早速に鉄砲組さ作《つぐ》り替えで、洋式調練と新式銃の撃ぢ方《がだ》を教《おす》えやしょう」

「んだげんじょ、銃は高《たげ》ぇぞ。買い調《とどの》えるだけの金はねぇ。なじょしたもんだが」

「それには、ちっと策《さぐ》もごぜいやす」

覚馬はにっと笑うと、尚之助を見た。尚之助が口を開いた。

「領内の鉄砲鍛冶の手を借り、なんとか安上がりに作る手だてもあるかと存じます」

「川崎殿は、その道《みぢ》に長げ、今も、新式銃の工夫をしているどごろにごぜいやす」

一礼した尚之助を、林は頼もしげに見た。

「これは良い助っ人だ。よし。兵制改革、急ぎ進めんべ……縁談の話も、急ぎ進めんぞ」

「え？」

覚馬は、鳩が豆鉄砲をくらったような顔になった。

「相手《あいで》は御勘定方《がだ》の樋口《ひぐち》の娘だ。西向いでろど言われだら一年《いぢねん》でも西向いでるようなおなごだ」

「んだげんじょ、オレはまだ……」

言葉を濁した覚馬の肩を林が叩いた。

「いいがら、ありがたぐ貰っとげ。小姑が鉄砲をぶっ放す家《うぢ》に、嫁に来るおなごなど、そうはおらぬわ」

銃を手に戻ってきた八重を見ながら林が笑った。


翌日、覚馬は番頭詰所に頼母を訪ねた。「此度は、お口添えをいただきありがとうございやす」と覚馬が手をつくと、頼母は首をふり、重々しくいった。

「わしではない。殿が決せられだごどだ。これよりは一層の忠勤を励め」

そのあとで、手招きをした。怪訝そうな顔をしてにじりよった覚馬にくだけた調子でいった。

「んだから、忠告したではねえが。口《くぢ》が過ぎっと敵《てぎ》を作《つぐ》んぞど」

「まごどに、不徳の致すどごろ」

「なれど……にしを諫《いさ》めだ昨年の夏《なづ》どは、いささか様子が変わって参ったわ。エゲレス、フランスが、清国に攻め込んだごどは、存じておろう。……いづ、わが方に飛び火すっかわがんねえ。戦となれば、ご公儀の藩屏《はんぺい》たる我らが、先陣を切るごどどなろう。万一《まんいづ》の場合に備えねばならん。覚馬、洋式調練の指南、よろしぐ頼むぞ」

「ははっ」

「失礼いだします」と入ってきた男の顔を見て、覚馬はハッとした。「春英さん！」と思わず名を呼んだ。覚馬が推挙した古川春英だった。会津を出奔して大坂の緒方洪庵《おがたこうあん》の適塾に入門した医師であり蘭学者である。

「此度、蘭学所教授を拝命したるごど、誠《まごど》にありがたきごど存じまする」

春英は、いかにも蘭学者らしい総髪の頭を頼母にさげた。頼母がうなずいた。

「にしの適塾仕込みの医術、大いに広めでくれよ」

「はい」

春英はそれから笑顔で覚馬を見た。

「帰藩の件、お許しが下りたのですね⁉」

覚馬は頼母にいった。

「若年寄《わかどしより》の土佐《とさ》殿ど、内蔵助殿がご周旋くだされでの」頼母は一呼吸をおいて続けた。「もう一づある。願い出でいだ川崎尚之助の教授方就任、あれもお許しを得だ」

覚馬は息を呑んだ。

「ははっ！　ありがだき幸せに存じまする！」両手をつき、額を畳にこすりつけ、大声でいった。

「もはや、古き良きものを守るだけでは、立ぢゆがぬ。……藩を守るため、変えるべきごどは変えでいがねばな。……両名ともに、力《つから》を尽ぐせ」

ついに時が来たと、覚馬は力がみなぎるのを感じた。


覚馬に、うらが嫁いできたのはそれから間もなくのことだった。

満開の桜の夜だった。綿帽子をかぶったうらは、まるで桜の精のようだった。八重と三郎は、座敷で開かれている祝いの宴を、庭から覗き見た。

「きれいなお嫁様……。私《わだす》だぢの姉様《つあま》だよ。仲良《なが》ぐしていただごうな」

「はい」

お吉や手伝いの女たちがひっきりなしに、酒や料理を運んでいた。覚馬や権八の同輩や上役、親せきの人はみな赤い顔をして、笑っていた。ときおり、謡をうなる声も聞こえた。

「やあ、賑やかですね」

後ろから声が聞こえた。ふり向くと尚之助が立っていた。てっきり尚之助も座敷の宴に加わっていると思っていたのに、そうではなかったことに気がついた。八重はあわてていった。

「中《なが》で、御一緒されてはいがかです？」

「遠慮しておきます。居候の身ですから」

淡々といった。八重の胸が痛んだ。

「申し訳ねえなし。兄様《あんつぁま》がら聞ぎやした。仕官の件だけは、なじょしても叶わねぇど……。尚之助様は会津のために働《はだら》いでくれでんのに」

だが、尚之助はからりと笑った。

「私は、構わぬのですよ。身分や立場など、どうでも良いのです。ここでは、私のやりたいことが出来る。それで十分です」

八重は初めて見るような目で尚之助を見つめた。身分や立場こそが自分を自分たらしめているものと、覚馬も、そしてたぶん八重も思っていたことに気づかされたのだ。でもそうではない生き方を尚之助はしている。心の中を爽やかな風が吹き渡ったような感じがした。

「もっとも、こちらで居候を続けることになるのが、心苦しいのですが……」

「なんも。そったらごどは、ちっとも」

なんだか、嬉しくなって笑顔がこぼれた。

「あれ。覚馬さん、よそ行きの顔してるな」

そういって、尚之助が笑ったとき、どこから飛んできたのか、一枚の桜の花びらがふたりの間をひらひらと舞い降りた。


宴が終わると、覚馬はいつものように机に向かった。講義用の兵学の資料をまとめなければならなかった。夜が更け、行燈《あんどん》がじじっと音をたてた。その音で、覚馬ははっと我に返った。ふり向くと、うらが部屋の片隅でじっと座っていた。

「すまぬ。もうちっとで片付《かたづ》ぐ」

「はい」

しばらくしてふり向くと、やはりうらは同じ姿勢で座っていた。

「林様の仰せの通りだ……西向いでろっつったら、一年《いぢねん》でも向いでんな……」

覚馬は口の中でつぶやき、急いで書き物を片付けるとふり向いた。うらが顔をあげた。

「あのなし。父上も母上もいいお方だ。わがんねぇごどはよぐ聞いで、お仕えせぇ」

「はい」

「作業場《さぎょうば》には危ねぇ薬もあっから、にしは触んな。鉄砲にも、手ぇ出したらなんねぇ。……いっとぐごどは、そんだけだ」

「はい」

うらはいちいち生真面目にうなずく。なんだか覚馬はおかしくなった。

「気楽な家だ。にしも、のびのび暮《うぢ》らせ」

「はい」

「あ、それど、妹は女だでらに鉄砲さぶっ放す。たまに、とんでもねぇごどもしでかすげんじょ、まあ、じきに慣れんべ」

うらがやっと口許をほころばせた。


そのころ海軍伝習所の勝は、薩摩藩主・島津斉彬のもとを訪ねていた。

「メリケンとの条約の件は、いかがあいなるかの」

斉彬は、テーブルにおかれた薩摩切子のグラスを手にとると、葡萄酒を飲んだ。

「幕府は調印と腹を括ったようなれど、朝廷のお許しが下りぬようにござります」

勝は斉彬の端正な顔を見た。斉彬は勝に、開国をどう思うかとたずねた。

「国を開き、進んで交易を行ってこそ、異国と互角につきあえるものと存じまする」

斉彬が切れ長の目をしばたたいた。

「わしも同じ考えじゃ。だが、異国と渡り合うには、日本はもっと強くならねばならぬ。わしが軍艦や大筒を造らせているのは、薩摩一国を守るためではない。幕府と手を携え、国難に当たる覚悟でいるのだ」斉彬が笑うとその場が明るくなった。「さればこそ、幕臣のそなたとも、腹を割って国事を談じている」

勝も笑って「はい」とうなずいた。

「なれど、幕府の役職は譜代門閥に占められ、我ら外様は政《まつりごと》に加われぬ。この慣例、変えることはできぬものか」

勝は「なかなかに……」とうなった。斉彬は続けた。

「門閥にとらわれず、有為の人材を登用してこそ、国は強くなる。……その望みを、わしは、一橋慶喜公に託している」

「どなた様がお世継ぎとなられても、天下のことは公明正大、公然と議せられるべきと存じます。筋の通った政の行われない国は、異国から侮られまする」

勝はいった。気骨のある男だと斉彬は眉を上げた。

「なるほどの。……一人、引き合わせたき家臣がおる。西郷という者だ。そなたとは、話が合いそうだ」

そういって斉彬は葡萄酒のグラスをとった。

そのころ、西郷吉之助は、慶喜を将軍継嗣に擁立すべく、京の有力公家たちの周旋にあたっていた。その日、相対していたのは、左大臣近衛忠煕《このえただひろ》だった。近衛忠煕の正室は薩摩の前藩主島津斉興《なりおき》の娘で、薩摩とは関係が深い。近衛は西郷の持ってきた書翰《しょかん》を手にしていた。

「関東は、大もめのようやな」

「一橋様《さあ》ご推挙のご内勅をばいただけもすよう、お力添えをば賜いたく……」

近衛は文箱の中をちらりと覗いた。金包みが入っているのを目の端にとらえると、目をゆらりと泳がせた。

「越前《えちぜん》の春嶽《しゅんがく》公も、使いを寄越しよったな」

「慶喜公は、水戸のご出身。尊王のお志の高かお方にございもす」

近衛は文箱を引き寄せると、「やはり次の将軍は、慶喜さんがよろしやろうな」といった。

こうした情報は、すぐに江戸にもたらされる。

「島津公より、京の有力公家たちを、わが方に引き込んだとの知らせが入っておりまするぞ」

一橋慶喜にそう伝えたのは、越前福《ふく》井《い》藩主松平春嶽だった。

「では、朝廷の推挙が得られるのか」

「おそらくは。……幕府は条約調印の勅許も受けられず、四苦八苦の様子にござります。あなた様がお世継ぎと決まれば、我らの手で幕政改革が一気に進みましょうぞ」

感に堪えぬといった表情でいった春嶽に、慶喜は唇を引き結びうなずいた。

ところが……それから間もない四月、紀州派の思いがけない反撃が始まった。突如として、井伊直弼が大老に就任。……時代は、斉彬や春嶽の思惑とは、反対に動き始めた。

「兄様《あんつぁま》、そっちだし。ほら！　そごに大ぎいのが！」

八重の声が川原に響いていた。覚馬と尚之助、そして三郎が尻端折《しりはしょ》りで、ヤスを手に魚を狙っていた。八重も裸足になり、着物の裾をからげて川に入り、堰止めした浅瀬で魚を追っていた。初夏の陽射しに川の水がまぶしく輝いている。

尚之助がえいっといいながらヤスで突いた。だが、また逃げられた。覚馬が笑った。

「下手《へだ》くそが。よぐ見で刺せ。静がに追え。魚がびっくりすんぞ」

覚馬が魚を突き刺すと、土手の上で見ていた時尾が魚籠《びく》を手に走り下りた。魚籠の中で跳ねる何尾もの魚を見て、「大漁だ」と時尾が目を丸くした。八重と目を合わせて笑った。

「兄様《あんつぁま》、私《わだす》にもやらせてくなんしょ！」と八重がまた川の中に駆けていったとき、うらと徳造が「昼餉《ひるげ》さお持ぢしやした」と姿を見せた。

「すこだま捕れたがしぃ？」と魚籠を覗き込んだ徳造に八重がいった。

「兄様はまああ。尚之助様と三郎は、逃げらっちばっかり」

笑い声が川原に響き渡った。ふと見ると、うらがひとり離れて黙って弁当を並べていた。八重はヤスを持って、うらに駆け寄った。

「姉様も、一緒にやらねぇがし？」

「私は、すぐに戻っから。家《うぢ》に仕事があっからなし」

「これで突いだら面白《おもしえ》がら。ほら」

八重がヤスをもたせようとすると、その手を、うらが振り払った。

「そったらごど、おなごのするごどでねぇがら」

ぼそっといった。家へ戻るうらの後ろ姿を、八重は複雑な思いで見つめた。

うらはよい嫁という評判だった。あの口うるさい時尾の祖母が「よぐ働《はだら》ぐ嫁さまだ」と感心しているほどなのだ。八重は時尾と並んで土手に座った。握り飯を食べながらつぶやいた。

「みんな褒めんだ。よぐ出来た嫁だって。んだげんじょ……私《わだす》には異国《いごぐ》がら来た船みでぇだ。もう二月《ふたづぎ》になんのに、ほどんど口《くぢ》きいだごどねぇ。姉様《つあま》は、いづも黙って働いでで……」

「嫁に行ったら、誰でもそうでねぇの？　女今川にもあんべ。我《が》を立てず、黙って夫ど舅に従うのが、女の道《みち》だって」

あたたかな風がふわりと頬をなでていく。八重は口をとがらせた。

「うぢではみんな、言いだいごと言うげんじょ」

「八重さんのうぢは、よそどはちっと違うがら」

時尾がくすっと笑う。

「そうだべが。……んだら、嫁に行ぐって、つまんねぇごどだな。姉様がなじょな人が……私には、さっぱりわがんねぇ」

握り飯を食べ終わった覚馬たちがヤスを手にまた川に下りていくのが見えた。八重は立ち上がると「私もやります！」と手をあげ、土手を駆け下りていった。

安政五年（一八五八年）四月、彦根藩主・井伊直弼が大老に就任した。そして六月十九日、幕府は、日米修好通商条約の締結に踏み切った。その日、二十一発の礼砲が、江戸湾に響き渡った。しかし勅許をえぬまま結んだ条約だった。

その四日後の二十三日、一橋慶喜は老中御用部屋で井伊直弼に詰め寄った。

「勅許を得ずに条約を結ぶとは、なにごとか。帝に対し不埒千万！」青筋を立てて迫った。「このこと、上様はご存じか？　そなたの独断ではあるまいな」

しかし何をいっても直弼は「恐れ入りましてござります」と頭をさげるだけで、埒があかない。

「もう良い。上様にお目にかかって、ご存念を伺う」

業を煮やした慶喜がそういうと、直弼が顔をあげた。

「畏れながら。上様には本日はご不快にて、お目通りは叶いませぬ」

門前払いだった。

そして翌二十四日、徳川斉昭が水戸藩主の徳川慶篤《よしあつ》と尾張《おわり》藩主の徳川慶恕《よしくみ》（のちの慶勝《よしかつ》）を引き連れて登城した。駆けるように足を進める斉昭らに茶坊主たちはあわてて道を譲った。

「水戸のご老公か？　今日は、御三家のご登城日ではないが……」

容保は、ただならぬ様子で大廊下の間に向かう斉昭の後ろ姿を目で追いながらつぶやいた。その容保の耳に「押し掛け登城とは、なにやら大荒れに荒れそうな」「条約調印の一件と、お世継ぎ争い。さて、どちらに付くのが得か」という茶坊主たちのささやきが聞こえた。斉昭の姿が見えなくなると茶坊主たちの姿が消えた。懇意の大名に報告に走ったのである。

徳川将軍家に次ぐ御三家のうち水戸徳川家と尾張徳川家の藩主が連れ立って登城し、面会を求めたというのに、直弼は顔色も変えなかった。「しばしお待ちいただけ」と家臣に伝えると、悠然と書類を見続けた。斉昭たちは待たされ続けた。

「もう茶はいらぬ！　大老はまだかっ」

ついに斉昭が茶坊主にまで怒鳴り始めたそのとき、すっと襖が開き、直弼が姿を現した。

「お待たせ致しました。御用繁多にて、失礼仕りました。今日は、何か急ぎの御用でも？」直弼は悠々と上座に座り、目をあげた。

「知れたことじゃ。勅許を得ずに夷狄と条約を結ぶとは、見過ごしにできぬ」

肩をそびやかし、斉昭は大声でどなった。直弼がかすかに顎を引いた。

「その儀は御免下され。清国を打ち破ったエゲレス・フランスの艦隊が、攻め込んで来るとの知らせがあり、アメリカとの和平を急ぐこととなりました」

「なれば、違勅調印の件、お手前が早急に都に上り、帝にお詫び申し上げよ！」

これで首に刀をつきつけたと斉昭は思った。だが、直弼は目を細め、神妙に頭をさげた。

「まことに、仰せの通りにござりまする。左様致しまする」

直弼がこうでると斉昭は、予想していなかった。開き直った直弼を糾弾することだけを思い描いていた。言葉が見つからない斉昭に代わって慶篤が口を開いた。

「将軍お世継ぎの件は、いかがあいなった。朝廷よりのご沙汰はあったのか」

「すべて調ってござる。一両日中にも、上様より仰せいでがありましょう」

ためらいもせず直弼はいった。何かおかしいと慶篤の胸がちりっと鳴った。重ねてたずねた。

「まさか、紀州殿ではあるまいな」

「その儀は、申しかねます」

斉昭が目で慶恕を促した。慶恕が切り出した。

「朝廷は一橋殿の擁立を望んでおられると承る。ご叡慮との行き違いがあっては恐れ多いと存ずるが」

「すべて調ってござる」直弼は涼しい顔を崩さずにそういい「お話は、もうお済みにござりますか？」と三人の顔を見回した。張りつめた沈黙が流れた。ややあって再び口を開いたのは、直弼だった。

「ところで……、本日は御三家のご登城日ではござりませぬぞ。押し掛け登城が御法度であること、よもやお忘れではござりますまい」

ぴしゃりといって、三人をねめつけた。

「む……無論じゃ」斉昭は歯嚙みしながらいった。

「左様なれば結構。重いご処分覚悟でご登城された割には…さしたるお話でも、ございませんでしたな」

直弼はそういいながら立ち上がった。屈辱に頬をひきつらせる斉昭には目もくれず、背筋を伸ばして部屋を出て行った。

翌日、徳川慶福を将軍の後継者に定めることが発表された。ほどなく、斉昭に謹慎、春嶽に隠居謹慎、慶喜に登城停止の処分が下り、一橋派は政治の表舞台から消えていった。


容保が彦根藩上屋敷を訪ねたのはその数日後の晩のことである。直弼は、容保を茶室に招き入れた。シャッと茶せんをふる音が止むと、直弼は茶碗を手に取り、すっと容保の前に置いた。

「頂戴仕ります」

作法正しく茶を飲み干した容保に直弼がいった。

「炉の前に座ると、慌ただしき日々が嘘のように、心が鎮まります。して、本日お訪ねの趣は？」

容保は姿勢を正すと、顎を引いた。

「一橋様を始め、御三家の御処分の件、あまりに過酷との声が上がっておりまする」

直弼は容保をじっと見つめた。

「物事の筋目は、通さねばなりませぬ。ご家門であろうと、法に背けば処分を受ける。その秩序が国を治めるのです。世評に踊らされ、公家や諸藩の顔色を窺っていては、政道を踏み外します」

声に自信があふれていた。容保は静かに視線をあげた。

「なれど、厳しく出ては敵を作るばかり。勅許を受けず条約に調印したこと、不敬と難じる者もいる折にござります」

「容保どの。そもそも、鎖国などは幕府が定めた祖法にござる。天下の政は幕府がとり行うものと、朝廷より御一任いただいておるのですぞ」

「なれど、朝廷を軽んずるようなことがあっては……」

「臨機応変の判断を誤り、国を滅ぼしては、かえって不忠となり申す。無断調印の咎めは、我が身一身に背負えばすむこと」

容保はまばたきをした。

「それでは、掃部頭様の御身が危のうござります」

直弼はふっと笑みを浮かべた。

「宗観院柳暁覚翁大居士、と授かりました。わが戒名にござる。大老職を拝受した折に、菩提寺に託しました。命を捨てる覚悟なくては、国事には当たれませぬ」

「殿……」という声が外から聞こえたのはそのときだ。そして直弼の腹心の部下、宇津木が、茶室の戸口を開け「京より、急ぎの書状にござります」とだけいった。容保はその瞬間、直弼の顔に緊迫が走ったのを見た。ただごとではなかった。

長居は無用と、容保はすぐに彦根藩邸を後にした。だがやはり直弼の顔色を変えさせた京よりの書状とは何だったのか気になった。

駕籠に乗る前に今一度、彦根藩邸を振り返ったのはそのためだった。

そのとき、「あっ！」と近習が声をあげて、空を指差した。

容保もその指先を追った。呆然とした。

大きな星が流れていた。長い尾をひいていた。血を薄めたような不気味な赤黒い尾が帯のように空いっぱいに広がっていた。こんな流れ星は見たことがなかった。


直弼が受け取った書状は、水戸藩に朝廷より勅書が下ったことを知らせるものだった。徳川将軍家の頭越しに勅書が下るなど考えられないことだった。

直弼は歯ぎしりした。哄笑する斉昭の顔が思い浮かんだ。

「水戸に幕政の先頭に立てとの思し召しのようじゃが……水戸の者たちと攘夷派の学者が結託し、朝廷に働きかけたためとある……なんと、わしを謀殺する企みまであるようじゃ。もはや捨ててはおけぬ。これは謀反じゃ。……幕政を揺るがすものは、根から断ち切ってくれる！」

書状を握りつぶした直弼の目に、冷たい炎が燃えていた。


容保が見たその流れ星を、八重たちも会津で見ていた。

「あれ、見らんしょ！　妖霊星だし」

八重が空を見上げて叫ぶと、覚馬たちが縁側に出てきた。

覚馬が眉をひそめた。

「こんなでけぇ帚星《ほうきぼし》は、初めでだ。鎌倉幕府が滅んだ時《どぎ》にも、妖霊星が現れだど聞ぐが……」

「何かの前ぶれだべが？」

八重が首をすくめた。尚之助が首を左右にふった。

「妖霊星なんて迷信ですよ。天体の働きのひとつに過ぎません」

きっぱりと言い切った。覚馬はうなずいたものの、不安な気持ちはおさまらなかった。

「江戸はコロリ騒ぎの最中だ……。あの星が余計《よけい》に不安を煽らねどいいが」

六月、長崎で流行り始めたコレラは、瞬く間に広まって大勢の死者を出していた。

コレラはもともとインド・ガンジス川デルタ地帯で発生した。それが一九世紀に世界に蔓延し、この頃、日本で流行したのは、米艦ミシシッピー号がもちこんだとされている。長崎で広がったコレラは人口の多い江戸に入ると、さらに猛威を振るい始めた。犠牲者たるや、江戸だけで二十万人以上だといわれる。

この病は、薩摩藩主・島津斉彬の命も奪った。


そして安政五年（一八五八年）九月、水戸藩への密勅に関わった者たちの検挙が始まった。安政の大獄《たいごく》の幕が切って落とされたのだ。

徳川斉昭は国許にて永蟄居、徳川慶恕、一橋慶喜、松平春嶽、山内容堂《やまうちようどう》、伊達宗城《だてむねなり》らは隠居謹慎。直弼は武家だけではなく公家も容赦しなかった。左大臣・近衛忠熙、右大臣・鷹司輔熙《たかつかさすけひろ》、前関白・鷹司政通《まさみち》、前内大臣・三条実萬《さんじょうさねつむ》が辞任して落飾させられた。

直弼による峻烈な弾圧が始まったという話は会津にも伝わっていた。覚馬も気にはなっていた。

そして安政六年（一八五九年）、五月。覚馬は江戸から届いた書状で、その残忍な弾圧の実態を思い知らされる。

その日、会津の空は雲ひとつなく晴れ上がっていた。風がしきりに鳴っていた。

うらと八重は家の裏の小さな畑で汗を流していた。うらは鍬をふり上げ、畝《うね》を作っていた。八重は、畑にササゲの苗床を運んでくると、うらを見た。

「姉様《つあま》、はい」

「いい苗に育ったなし」

子どもが手を広げたように大きな葉っぱを二枚つけた苗を、うらは愛おしそうに見つめた。それから八重と共に慣れた様子で、作ったばかりの畝に苗を植え付けた。

八重は、ササゲの苗の根元の土を両手で軽く押さえながらいった。

「夕べ、兄様《あんつあま》だぢが話しておられやした。メリケンとの条約以来、日新館でも攘夷攘夷ど、騒ぐ人が増えだそうです」

「ええ……」

「兄様は、西洋の学問を学ばねのは、まごどの攘夷ではねぇって言うげんじょ……姉様は、どう思いやす？」

八重は汗をふきながら、うらを見た。

「私《わだす》は、表向《おもでむ》ぎのごどはわがんねぇがら」

その答えを予想していたような気もしたが、八重はやはりたずねずにはいられなかった。黙々と苗を植えているうらに挑むようにいった。

「姉様は、気がかりではねぇんですか？」

「え？」

「攘夷を言う人の中《なが》には、兄様《あんつぁま》の洋式調練や蘭学所を、目の敵《かだぎ》にする人もいんです」

うらは指でつくった小さな穴にササゲの苗をそっとおいた。

「旦那様《つぁま》に、ちゃんとお考えがあんべがら」

八重はカッと頭に血が昇るのを感じた。

「他人《ひと》ごとみでぇな言い方《がだ》だ……」

うらがゆっくりふり向いた。

「お役目《やぐめ》のごどに、おなごが口《くぢ》出すものではねぇもの」

柔らかい声でそういうと、また目を伏せて土を指で寄せた。日焼けした額に汗の粒が光っていた。

八重は「んだげんじょ……」と口の中でつぶやいて土をぎゅっと押さえた。

佐久の「ひと休みして、お茶《ぢゃ》にすんべ」という声が家から聞こえた。うらはさっと立ち上がり、土のついている手を払い、「支度して参りやす」と戻って行った。

八重は太い息をはき、立ち上がった。いつのまにか、佐久が八重のすぐ後ろに立っていた。

佐久はかがみ込んで、植えたばかりの苗を見てにっこりと笑った。

「きれいに植えで。見らんしょ。うらの仕事は、いづでも心《こごろ》がこもってんな」

「え……」八重はハッとして、うらが植えたササゲの苗を見た。どの苗も小さな頭を天に向け、心地よさそうに葉を広げていた。

「いい嫁貰って、覚馬は幸せ者《もん》だ」

覚馬が家に駆けこんできたのはそのときだ。

「尚さん、家《うぢ》が！」覚馬の顔は、蒼白だった。何かとんでもないことが起きたのかもしれないと、八重はぞっとした。

覚馬は奥から走り出てきた尚之助に駆け寄ると、懐から書状を取り出した。

「勝先生がらだ。蘭学所に届いだ」

「先生に、何か？」

尚之助はぴんとはりつめた声でたずねた。

「寅次郎さんが、捕まった」

覚馬は尚之助の目を覗き、かすれた声でいった。

「え！」

尚之助の顔が赤くなったかと思うと、次の瞬間、白くなった。

「去年から、萩の獄舎に繋がれでだみでいだげんじょ……、江戸に送《おぐ》られ、ご公儀の評定所で直々のお取り調べを受げるごどになったんだど」

「いったい、何の嫌疑で？」

「評定所どはただごとでねぇ。ひょっとして、去年からの大捕り物に関《かが》わるごどでねぇがと」

「まさか。寅次郎さんは、ずっと萩にいたんですよ。そんな嫌疑、かかるはずありませんよ」

尚之助は激しくかぶりをふった。八重は立ちすくんだまま、寅次郎の笑顔を思い出していた。

正月のあの日、凧を揚げていると「私にもやらせてください」といって、子どもよりも夢中になって凧揚げをしていた。与七郎の凧の糸を切った八重に「見事な腕前やったね」と澄んだ目を細めてくれた。八重は目をしばたたかせた。

「昔《むがし》、会津においでになった……あのお人ですか？」

「ああ……おおごとになんねえどいいんだげんじょ」覚馬が目を伏せた。

「何かの間違いですよ。きっと」

不安を吹っ切ろうとするように尚之助がいった。

安政の大獄は、この後、多数の受刑者を出し、それはやがて、大きな厄災となって、会津に降りかかることとなる。

第五章　松陰の遺言

アメリカ、イギリス、ロシアの国旗を掲げた商船が何隻も停泊している。港の前の通りには、異国のものを扱う店も立ち並んでいた。どの店にも横文字の看板がかかり、青い目の異国人たちが歩いている。尚之助はふり向いて、勝を見た。

「ここが横浜？　昔、黒船を見に来た時は、何もない漁村でしたが」

「異国人は利に賢《さと》い。開港して一月やそこらで、もうこの繁盛ぶりだ」

前年に締結された日米修好通商条約により、安政六年（一八五九年）六月五日下田、箱館に加え、横浜と長崎が開港したのだった。勝は通りを横切った異国人水夫を顎でさした。体が大きく色が抜けるように白い。「あっちはオロシヤだな」と勝がつぶやいた。尚之助は「……まるで異国のようだ」とうなずいた。

尚之助は雑貨屋を覗くと「土産を買って戻ります。寅次郎さんの消息、早く覚馬さんに知らせないと」とふり向いて勝にいった。

突然、鋭い悲鳴が響き渡った。ふたりはギョッとして悲鳴が聞こえた方を見た。通りの向こうからさっきのロシア人水夫たちが走ってきた。形相が変わっていた。水戸浪士数人が刀を振り上げて追いかけている。浪士たちは「攘夷ーっ」と叫び、その背中に猛然と斬りつけた。

声もたてず、ロシア人たちは倒れた。勝と尚之助はあわてて駆け寄った。だが駆けつけたときには浪士たちの姿が消えていた。勝はしゃがみこむと、水夫の手をとり、脈を診、首を横に振った。こと切れていた。

安政六年夏、大獄をはじめとする弾圧が続く一方で、攘夷浪士が異国人を襲撃する事件が続発……。江戸に送られた寅次郎こと吉田松陰は、伝馬町《でんまちょう》の獄に下り評定所の取り調べを受けていた。

会津にも夏が来た。鬱蒼とした緑に包まれた山にも里にも、朝から容赦ない太陽が降り注いでいる。八重は水を入れた桶を畑の脇におろすと、手拭いで汗をぬぐった。

畑のうらを見て首をかしげた。うらの口が動いていた。耳をすますと、「すくすく伸びて、偉ぇなあ」とか「きれいな色の実がなった」とつぶやいている。

「姉様は、豆や大根と話しすんだなし」

八重は畑仕事を手伝いながら、うらに微笑みかけた。

「聞いでだのがしぃ？　暑《あづ》い中《なが》で一生懸命に伸びでんのが健気でな、つい声かけてしまうんだ」

うらはいたずらをみつけられた子どものように、頰を赤く染めた。額と鼻の頭に汗が粒になっている。

「褒められだら、豆だって嬉しいべ。早ぐ大ぎぐなんべど、頑張ってくれる」

「ふーん。……姉様は、畑《はだけ》仕事がお好きだなし」

「土《つぢ》は温《あった》げえがらなし。……武家のおなごが、おがしいげんじょ」

「……あ、姉様、蔓がここまで伸びでる」

八重がササゲの蔓を指差すとうらは首を伸ばした。

「手竹さ、もうちっと伸ばさねばな」

うらが八重の目を見て、ふっと笑った。八重は初めてうらの心にふれたような気がした。

家に戻って八重が台所を覗くと、お吉がザルに小豆を入れていた。

「あれ、小豆……？」と八重がいうと、「赤飯《あかまんま》さ炊ごうど思って」佐久の目が細くなった。

「何かお祝いごど？」「ふふっ。……あのなし。うらに、ややこが出来た」

「ややこ！」

八重は思わず声をあげた。佐久は小豆を選りながら弾む声でいった。

「まだ覚馬にも知らせでねぇげんじょ、私《わだす》はばば様になんだ。初めでのややこだから、よーぐ気をつけてやんねばな」

「はいっ！」兄様の子どもが生まれる。八重の心が弾んだ。

外に出ると畑からうらの声が聞こえた。うらは小さな声で「千代の千代の土佐の娘は良い娘、聞いて三年見て四年……」と手まり歌を歌っていた。畑の作物や大地をあやしているようだった。

その日、尚之助が江戸から戻った。横浜土産が広げられ、茶の間に歓声があふれた。

「きれい」八重は裏にきれいな装飾がついた西洋風の手鏡をもらった。うらは縁取りがしてあるハンカチに「美しいごど」と目を見張った。覚馬には洋傘だった。コウモリ傘と呼ぶのだという。さっそくコウモリ傘を広げた覚馬は骨を指で弾いた。

「鉄で出来てる。贅沢なもんだ」

八重はビー玉を光に透かし、「透き通ってる……」とため息をついた。全部が珍しくてたまらなかった。尚之助は覚馬にいった。

「横浜はメリケン人の店ばかりで、蘭語はさっぱり通じませんでした。それでも、江戸の商人たちは、異国の品の買いつけに、大勢来ていましたよ」

「田舎《いなか》の村が、ていした景気だな」

黒船が来たあの寒村にメリケン人と商人があふれているというのも興味深かったが、覚馬の聞きたいことは別にあった。

やがて三郎はコウモリ傘を手に席を外したので、八重はうらを肘でつついて切り出した。

「尚之助様も無事お戻りで……、姉様、今日はいいごど尽ぐめだなし」うらがもじもじと「……あのぉ、実《じつ》は……」と口を開いた。だがその小さな声はたちまちかき消された。

覚馬が居住まいを正し、「で、寅次郎さんの様子は?」と尚之助にたずねたからだ。

「勝先生のお話では、評定所のご詮議が始まったところだそうです」

「詮議の筋は、なんだ?」

「それが……」

尚之助が口ごもったので、今だと、八重はうらに目で合図したが、うらは首を振ると声に出さずに「後で」と口をつぐんだ。

尚之助は天井を仰ぎ見て、寅次郎の話を続けた。

「ご老中間部詮勝《まなべあきかつ》様の襲撃を、企てたというのです」

「老中を、襲う!?」覚馬が目を見張った。

「間部様は、井伊大老の走狗《そうく》となって、弾圧に腕を振るい、水戸派や攘夷激派の恨みを買っていますゆえ」尚之助が低い声で続けた。

「まさか、寅次郎さんに限って……。そりゃ、何かの間違《まづが》いだべ」

「妙な話ですが……自分から罪を申し述べたというのです」

奉行から、梅田雲浜《うめだうんぴん》と密会し幕府を難ずる落とし文を書いたかどうかを問われた寅次郎は、梅田とは学問を談じたのみで、その一党とはまったくかかわりがないと、決然と否定した。

だが、「身は潔白と申すか」と重ねて問われると、「いいえ、罪はございます。別の策を立てておりました」と首を横に振り、「ご老中、間部詮勝様を襲い、此度の弾圧のこと、お諫めする策にございます。脅しに屈した開国は、国土を異国に破られたも同然。こげな折に、国を憂う者たちを弾圧しちょっては、人心は離反するばかりじゃ。繰り返し諫言いたし、それでもお聞き届けなき時は、一死をもって……」といったという。

覚馬は首をかしげた。覚馬が知っている寅次郎はそんな人物ではない。

「老中と刺し違《つが》える？　そんでは、横浜で異人に斬りづげだ浪士と、さして変わんねぇぞ。寅次郎さんが、そんな真似するはずねぇ。あの人には、誰より世界が見えでる」

「それが……条約調印以来、人が変わったように激しく攘夷を唱え、塾生にも蹶起《けっき》を促していたそうです」

玄関から「お頼み申す！　お頼み申す」という声が聞こえ、うらが立ち上がった。

「重追放……いや、島送《おく》りが」太い息をはいて覚馬は黙り込んだ。

「覚馬先生に、蘭学の御指南を……」と、玄関から野太い男の声が続いた。覚馬は暗い顔のまま、茶の間を出ていった。

浪人風の男ふたりが玄関に立っていた。応対するうらの後ろに三郎が傘を持ち、立っていた。

「オレに用がね？」

覚馬が姿を見せると、ひとりの男が「山本覚馬どのか」とたずねた。

「蘭学の話なら、日新館で承るが……」覚馬が言い終わる前に、その男がいきなり刀を抜き、「攘夷ーっ」と叫び、斬りかかった。

覚馬はとっさに体をひねり危うくよけたが、袖を切られた。

もうひとりの男も刀を抜き「夷狄におもねる奸物《かんぶつ》め。覚悟！」と叫びがてら、刀を振り上げ、覚馬に向かい走った。うらがとっさに「やめてくなんしょ！」とその腰にしがみついた。動きを止められた男は歯噛みし、うらを思い切り蹴り飛ばした。

玄関に駆けつけた八重は三郎の手から傘を奪い、「兄様《あんつぁま》！」と覚馬に放り投げた。覚馬が傘を摑むのと、男が刀を振り下ろすのとほとんど同時だった。覚馬はその傘で刀を受け止め、はじき返した。もうひとりの男も刀を振り上げ、向かってきた。

「痛っ」その男が目を押さえた。ビー玉が弾け飛んだ。八重がビー玉を次々に投げつけていた。それでも男たちは攻撃の手を緩めない。だが式台にあがってきた男は、突然「うわ！」と叫ぶと、抜刀したまままもんどりうって倒れた。その足元からビー玉が転がった。

あわてて立ち上がろうとする男を覚馬はすかさず、傘で突いた。

ダーン。銃声が響き渡った。八重が振り向くと尚之助が上に向けて空砲を撃っていた。

「まずい」男たちはそうつぶやくと、脱兎のごとく逃げ出した。尚之助が追いかけた。

八重はうらに駆け寄った。うらは額に脂汗を浮かべて、顔をゆがめていた。うめき声が唇からもれる。目は閉じられたままだ。「姉様！」八重の呼びかけにも答えない。

「うら、なじょした！」

覚馬がうらの肩を摑んだ。すぐに医師が呼ばれた。医師は首を振り、帰って行った。


覚馬の腕も手当が必要だった。作業所で、八重が消毒をして布で縛った。

やがて息をはずませた尚之助が帰ってきた。

「諏訪社《すわやしろ》の方まで見て回りましたが、みつかりません」

「そうが……」

重い沈黙がたれこめた。覚馬が絞り出すような声でいった。

「オレに、隙があった……んだげんじょ……、あやづらは、まるで狂犬だ。……ヤヅらの言う攘夷とは、なんだ。……オレを斬って攘夷が。異国《いごく》の水夫を斬って攘夷が。……蹶起《けっき》を煽《あお》り、老中を襲い、人の命《いのづ》さ奪って、それが攘夷がっ！」

覚馬はガタンと音をたてて立ち上がり、こぶしを握った。

「見づけだして、ぶった斬《ぎ》る！」

その肩に権八が手をおいた。

「父上！」覚馬の目を見て、権八は首を横に振った。「もう、城下にはおるまい」

がくりと覚馬が膝をついた。うつむいたまま「……うらが、不憫だ……」とつぶやいた。

うらは部屋で床に就いていた。佐久が部屋に入ってくると、うらは薄目をあけた。

「旦那様は……？」

声がかすれている。

「無事だ」佐久がうらの顔を見つめてうなずいた。うらの顔がほっとなごんだ。

「おっか様……申し訳ございません。大事な赤子《やや》を……」

体を起こそうとしたうらの肩に佐久は手をやった。

「いいがら、横になってろ」

「旦那様に、お詫びを……」

うらの目からつーっと涙が伝った。

佐久がうらの手をとった。ゆっくりさすりながら頭をさげた。

「ありがでぇなし……うらのおかげで、覚馬は命拾《いのちびろ》いした。ありがでぇなし」

うらの目から堰を切ったように涙があふれだした。

廊下でその様子を見ていた八重も涙がこぼれてしかたがなかった。


うらが床上げしたのはその数日後の朝だった。

「起ぎで、大丈夫が？」佐久が心配そうな目をした。

「おがげで良ぐなりやした。おつけの菜っ葉さ、採ってきやす」明るい声でそういい、畑に足を向けた。畑では八重と三郎が水やりをしている真っ最中だった。

「今日もすくすく育ってくなんしょ」

八重がそういっているのを聞いて、うらは驚いてまばたきを繰り返した。

「誰ど話してんだ？」と三郎が聞いても、「いいがら」と八重は澄ました顔だ。

八重はうらを見ると、まぶしそうな目でたずねた。

「姉様。塩梅《あんばい》はいいのがしぃ？」

うらはうなずきつつ、「……これは……？」と豆の手竹を指差した。八重が笑った。

「蔓が伸びだがら、竹を接いでみだげんじょ」

「八重さんが？」

「オレも手伝いやした」

三郎が鼻先に指をくっつけた。八重がうらの顔を覗き込んだ。

「姉様が気にしてだがら……。余計なごどだったべか？」

うらは首を振った。八重は手竹に蔓をまきつかせているササゲを見つめ、つぶやいた。

「豆が喜んでるみでぇだ。これで、伸び伸び出来《でぎ》るって。……姉様？」

うらの目から涙がほろりとこぼれた。八重はあわてて駆け寄った。

「どごが痛《いだ》むのですか？」

うらは首を左右に振りながら、後から後からこぼれおちる涙を手の甲でぬぐった。覚馬はその姿を遠くから見つめていた。


松陰に裁きが下ったのは、安政六年、十月二十七日。

死罪だった。刑は、その日のうちに執行された。

その報を聞き、築地《つきじ》の軍艦操練所にいた勝海舟は「殺すことはねえ。……何も、殺すことは」と唇をかんだ。松代で蟄居中の象山も「まだ、死地に赴く時ではない。なぜ、事を急いだ……寅次郎」と瞑目した。

松陰刑死の知らせは、ほどなく会津にも届いた。覚馬は絶句し、やがて青ざめた顔で黙々と銃の手入れを始めた。全身から、悲しみとも悔しさともつかぬものが放たれている。誰も声をかけることさえできなかった。気遣わしげに覚馬の様子をうかがう八重に尚之助はいった。

「折り合いがつかないのでしょう。寅次郎さんの死を悼む気持ちと、攘夷派への憎しみが、覚馬さんの中でせめぎあって。うらさんのことが、ありますから……」

「んだげんじょ、吉田様も、兄様《あんつぁま》にとっては、大切なお人です……昔一度《むがしいちど》、会ったきりだげんじょ……」

八重は寅次郎と会った日のことを思い出した。年が明け、ようやく雪がやんだ日だった。寅次郎は八重の隣で、夢中になって空を舞う凧を目で追っていた。八重が首を振った。

「澄んだ、優しい目ぇして……あのお方が、兄様に斬りづげだ輩《やがら》と同じでしょうか？　吉田様は、誰も殺してねぇし、誰も傷づげではいねぇ。……そんじも、死なねばなんねいのですか？　兄様が辛ぇど思うんです……。大事な人が亡ぐなったのに、悲しむごどがでぎねぇなんて……」

ダーンと、激しい発射音がした。覚馬が角場で銃を撃つ音だった。

翌年の一月。通商条約の批准書を交わす使節団がワシントンに向かった。勝は随行し、咸臨丸に乗り込んでいた。

その勝から覚馬に書状が届いたのは、粉雪が舞い散る午後だった。

「勝先生からです」尚之助が差し出した書状を覚馬は、すぐに受け取ろうとしなかった。八重が手に取り、覚馬にぐいと差し出した。覚馬は唇を真一文字にして書状を開いた。

「私儀、此度米利堅へ渡海之御用、命じられ候。余日無く候間、松陰儀に付き、急ぎ書き送り候」という文で始まっていた。その書状の間から、小さく折りたたんだ紙がこぼれ落ちた。覚馬が拾い上げ、その文字を目で追い、声に出した。

「身はたとひ、武蔵の野辺に朽ちぬとも、留め置かまし大和魂……」

寅次郎の歌だった。勝の手紙には寅次郎こと松陰の最期が詳細につづられていた。

寅次郎は伝馬町の牢の中で自身の処刑を察知し、留魂録《りゅうこんろく》と名付けた遺書を書いたという。斬首の申し渡しが下りたのは留魂録を書き終えた翌朝だった。「身はたとひ武蔵の野辺に朽ちぬとも留め置かまし大和魂」は、その冒頭に記された辞世の句だった。

白洲で死罪を言い渡されたときの寅次郎の言動も、勝は記していた。

「此度の大事、私一人なりとも死んでみせれば、後に残る者《もん》たちが、きっと奮い立つ。天朝も、幕府も、藩もいらん。ただ、身一つで立ち上がれば良い！」

麻上下《かみしも》を役人から引きはがされながら寅次郎は叫び、最後にこう言い残した。

「至誠にして動かざるものは、未だこれあらざるなり！」

覚馬は手紙から目をあげると、立ち上がり、部屋を出た。

雪が降る庭に立った。肩に、髪に雪がうっすらと積もっていく。覚馬はゆっくり天を仰いだ。

「あの人は、まだ馬鹿正直に……お白洲で訴えだんだ。ご公儀のやり方《がだ》は間違《まづが》っている、このままじゃいげねえ、ど……。そのための命《いのづ》がげだ。精一杯の誠《まごど》だ……。無謀であろうど、愚かであろうど、一人の人間に、それ以上、何ができる……」

覚馬の目に涙が盛り上がった。大粒の涙がこぼれた。「至誠にして動かざるものは、未だこれあらざるなり」……誠意をもって対処すれば動かないものはない。覚馬のまぶたの裏に、澄んだ目をしていた寅次郎の笑顔が浮かんだ。


重苦しい冬がようやく明けた。彼岸に入り、早春の城下に、彼岸獅子《ひがんしし》の囃子《はやし》の音が響き渡った。彼岸獅子は会津の春の風物詩だ。家内安全、商売繁盛、豊作を願って、太夫獅子、雄獅子、雌獅子の三体の獅子が笛太鼓の囃子に合わせて踊る。

「尚之助様、時尾さん、早ぐ早ぐ」八重がふり向いてふたりを手招きした。髪を娘島田に結った八重と時尾の横顔が少し女らしくなっていた。その後ろを覚馬とうらが並んでゆっくり歩いた。

「ありゃあ小松村《こまつむら》の獅子だな」

「そうだなし」

「もうちっと、見でみっか?」

うらは笑顔で「はい」とうなずいた。

ちょうど小松獅子の一行と追っかけの一団が土手に着いたところだった。通り笛の音が風に乗って響き渡った。獅子が舞い始め、まわりを取り囲んでいた追っかけの歓声がいちだんと大きくなった。八重たちも足を止めた。

だが、八重は彼岸獅子から目を離すと、ふっと空を見上げた。奇しくもそこはあの日、寅次郎と凧揚げをした場所だった。胸が苦しくなった。「兄様《あんつぁま》……」振り返った八重に、覚馬は黙ってうなずいた。時尾が「あ……」と声をあげたのはそのときだ。その視線の先に、与七郎と幸之進と鉄之助がいた。「あ、与七郎だ」とつぶやいた八重を時尾はとがめるようにいった。

「もう大蔵《おおくら》様だよ。お父上が亡くなって、ご当主になられたんだから」

年明けに与七郎の父が急逝し、与七郎は十五歳ながら家督相続し、大蔵と名を変えたのだった。

「大蔵殿は日新館でも指折りの秀才ですよ。腕も立つ。今に会津を担う人物になると、たいそうな評判です」尚之助が感心したようにいった。

「昔《むがし》は、木登りでも凧揚げでも、ひけは取らながったのにな」

口をとがらせた八重を見て尚之助が声をあげて笑った。

「あれ、向こうからも来ました」

笑いをこらえながら、尚之助は指差した。

別の彼岸獅子の一団が通り笛を吹き鳴らしながらやって来るのが見えた。天寧《てんねい》獅子らしい。

彼岸獅子は、住んでいる町でひいきが違う。正月明けに稽古が始まれば見学に入り浸り、いざ彼岸になれば朝から晩までひいきの彼岸獅子にくっついて歩く追っかけの下級武士も多かった。町中で彼岸獅子同士が鉢合わせすると喧嘩が始まるのも茶飯事だった。

ことに小松獅子と天寧獅子は、勢いがあることで知られている。

ふたつの獅子団が行き合うと、互いに、場所取りを意味する御幣《ごへい》の付いた大弓をどんと立てた。その大弓は結界であり、それ以上、近づくなという意味だ。だが、これほど近づいて無事ですむわけがない。囃子方や追っかけたちがたちまち肩をいからせた。

「どげ。ここは、おらだちが舞う場所だ」「そっちごそ、どげ」

三匹の獅子たちも、ねめつけあっている。尚之助が眉をひそめて八重に耳打ちした。

「ひと悶着ありそうだな。大丈夫ですか？　ここで見ていて」

「彼岸獅子に喧嘩はつきものです。なあ」

八重は余裕たっぷり、時尾を見た。時尾がうなずく。これはこれで彼岸獅子の見物のひとつなのである。きょとんとした尚之助に、覚馬が「喧嘩も、たまには息抜《いき》ぎだ」と笑顔でいった。

にらみ合いを続けた獅子たちは、ついに「やっか」「おう」とほえるような声を出した。

そのとき、八重はふたつの集団の間に幼子がトコトコと歩いていくのを見つけ、息を呑んだ。子どもは押し合いを始めた男たちの中に飲み込まれてしまいそうだった。

「危ない！」八重は子どもに向かって走った。その姿を大蔵が目でとらえた。

大蔵はもみ合う男たちの間に割って入り、「みな、鎮まれ！」一喝した。

人だかりがふたつに割れたすきに、八重は幼子を抱きかかえた。

だが、頭に血が上った男たちはおさまらない。すぐに「なんだなんだ」「誰だ、止めるのは」と不満の声をあげ始めた。

大蔵がもう一度「子どもが目に入んねえが！」と声をあげた。

「あ！　うぢの春坊！」小松獅子のひとりが獅子頭を脱いで八重に駆け寄った。八重がその男に子どもを手渡すと、今までぽかんとしていた子どもが、火がついたように泣き出した。すかさず尚之助が駆け寄って、子どもの体をざっと見て「大丈夫。怪我はありませんよ」と男にいった。

「良《い》がった。……ありがどなし。ありがどなし」

みな気が抜けたような顔になっていた。

「よし、今がら仕切り直しだ。小松獅子はあっちで。天寧獅子は向ごう。それ、踊れ踊れ」

覚馬が前に進み出て、威勢よく叫んだ。獅子の一行は隊列を組み直し、ふたつに分かれて歩き出した。小松獅子の父親は何度も八重たちに頭をさげて去って行った。

「さすがは八重さんだ。素早い動ぎ、お見事《みごと》でした」

大蔵は八重にいった。ふたり顔を見合わせて笑った。それから大蔵は、覚馬や尚之助たちに折り目正しく会釈をすると、幸之進たちと立ち去った。後ろ姿を見ながら、大蔵の背中が大きくなったと、八重は思った。「大蔵様が……もう、与七郎ではねぇな」気がつくとそうつぶやいていた。小松獅子の舞囃子が響き始めた。梅の花の匂いが漂っていた。


安政七年（一八六〇年）三月三日。大名総登城のこの日、江戸に遅い大雪が降った。

彦根藩の藩邸上屋敷を出た井伊直弼の登城の駕籠は、内堀に沿って進み、江戸城桜田門外にさしかかった。

「訴えの者でござる！　お願いの者にござる」ひとりの武士が行列の先頭の供頭に駆け寄った。

「駕籠訴《かごそ》は許さぬ。控えよ」

男を取り押さえようとした供頭は次の瞬間、目をむいた。駕籠訴をした男が刀を抜き、斬りかかってきた。雪に鮮血が飛んだ。供頭の絶命の声と、ダンと短筒の銃声が重なった。

わらわらと白鉢巻き、たすき掛けの水戸浪士たちが飛び出し、直弼の供侍に猛然と襲いかかった。決定的だったのは、彦根藩士たちが雪の水分で刀身が湿るのを避けるため、両刀に鞘袋をかけていたことだった。鞘袋が邪魔してとっさに抜刀できない。鞘のままで刀を受け、あるいは素手で刀をつかんで抵抗したが、次々に雪の上に倒れた。

やがて浪士たちは直弼の駕籠を取り囲み、駕籠にぐさりと刀を突きたてた。

「う……」

うめき声がこぼれた。直弼は銃弾を体に受け、駕籠から出られずにいたところを刺しぬかれた。

「中におるぞ」駕籠の扉を開けると、血に染まったまま、直弼が浪士をにらみつけていた。浪士たちは直弼を引きずりだした。直弼が通ったところが赤い筋になった。

「愚か者……」と目をむいた直弼の耳に「井伊掃部頭《かもんのかみ》、覚悟！」という声が聞こえた。それが最期だった。白刃がきらめき、ばさりと首が落ちた。

この日、井伊大老を襲撃し、その首を討ったのは、水戸脱藩浪士ら十八名。大老暗殺の知らせは、会津在国中の容保の元にも届いた。

「掃部頭様が……恐れていたことが、とうとう……」

江戸から届いた書状を読んだ容保は唇をかんだ。直弼をいさめに、彦根藩上屋敷を訪ねた日のことが思い出された。「厳しく出ては敵を作るばかり」といった容保に、直弼は戒名を用意したと微笑んだのだ。直弼はこの日のことを予想していたのだろうか。

容保は顔をあげると、江戸へ向かって出発すると告げた。

江戸城では、容保ら有力な親藩、譜代大名が集められ、水戸の処分問題が話し合われた。

「上様は、尾張・紀伊《きい》のご両家に、水戸を討たせよとの仰せにござる」と老中の安藤《あんどう》対馬守が切り出した。

諸侯たちは「ご台慮《たいりょ》とあらば、致し方なきこと」と口にしつつ、互いに目くばせしあった。だが容保は口を結んだまま、一点をにらんでいた。


そのころ会津では、西郷頼母が若年寄御用部屋に田中土佐《たなか》と神保《じんぼ》内蔵助を訪ねていた。

「白昼堂々、大老が殺害されるなどとは、未曾有の大事にござりまする」

頼母がいった。直弼の暗殺は、徳川の威光の弱体化、そして刀によって政治を動かそうとする力が大きくなっていることを示す出来事でもあった。

「ご公儀は、なじょなっていぐのであろうの」

「殿は、掃部頭様どご親交が深い。難しいお立場にならねば良《い》いが」

土佐と内蔵助がため息をついた。頼母が顔をあげた。

「その儀にござるが、先《さぎ》ほど山本覚馬が詰所を訪ねで参りました」

覚馬は頼母に「会津は、幕府と水戸の間を取り持ぢ、和平を保つことに尽力すべし」という内容の建白書を持ってきていた。海外に開いたばかりで内乱が起きては異国につけ入られる。双方が矛を収められるよう、手を打たなくてはならない。建白書はそう訴えていた。

覚馬は苛烈に意見をいい、過去に禁足になったことがある。頼母は建白書を差し出した覚馬に「分際を弁《わぎま》えよ！　うがづに動ぐでないぞ」とくぎを刺したが、覚馬の建白書は高く評価していた。

「覚馬の申すごど、もっともと存じまする……」

頼母は、土佐と内蔵助の顔を見た。土佐が腕を組んだ。

「なれど、江戸表《おもて》がらの知らせでは、水戸様討伐が決まるであろうど」

「やはり、戦となりまするが……」頼母の顔が曇った。

「無用な差し出口は控えましょうぞ。ひとづ間違《まづが》えば、会津にも火の粉が降りかがる」

内蔵助が、顔をしかめた。


八重が角場に来ると、そこに覚馬が座り込んでいた。肩が落ちていた。

「兄様《あんつぁま》？　なんかあったのがし？」

「ああ……」覚馬は自分の手をふわりと開いた。「身はたとひ」の歌がつづられた紙が見えた。

「これ、吉田様の……」

「でぎんのは、ここまでだ……。こんなごどではねぇはずだ……寅次郎さんがやろうどしたのは、こった風に、国を二づに割るごどではねぇんだげんじょ、オレにでぎんのは、せいぜいこれだけ……」

覚馬はつぶやくと、こぶしを握り締め、膝をどんと叩いた。


江戸城の黒書院（西湖之間）では老中の諮問が続いていた。尾張・紀伊両家による水戸討伐で話がまとまりかけていた。

「なれば、水戸討伐でよろしゅうござろうか」

老中の安藤対馬守が見回した。諸侯たちがうなずいた。そのとき、涼やかな声が響いた。

「お待ちくだされ」

容保だった。「何か……」と安藤に問われ、容保は唾をのみこむと一気にいった。

「それがしは、水戸様を討ってはならぬと存じまする」

水を打ったように場が静まった。その場にいる全員が容保を見つめた。

「大老を害したは、脱藩した者ども。これをもって水戸藩を罰しては、筋が通りませぬ。また、天下の趨勢を鑑みるに、今、国内にて相争うは、慎むべきと存じまする」

容保は臆することなく顔をあげ、凛として老中たちを見つめた。

この容保の発言が、水戸討伐に傾いた評議の流れを一気に変えた。だがこれは後に会津を動乱の渦中に投げ込む、運命の一言でもあった。

第六章　会津の決意

「水戸は掃部頭《かもんのかみ》を殺《あや》めたのだぞ。何故《なにゆえ》、討ってはならぬのじゃ」

十四代将軍徳川家茂《いえもち》がまっすぐ容保を見下ろした。年齢はわずか十五歳。だがその表情は厳しく引き締まっていた。容保は自らを励ました。

「畏れながら申し上げます。此度のことは、脱藩浪士が引き起こしたものにて、水戸藩の罪ではございませぬ。今は国内にて争っている時ではございませぬ。何卒ご賢慮のほど、お願い申し上げまする」

容保はいい、再び、深々と平伏した。緊張で痛いほどだった。

やがて家茂がうなずいた。

水戸藩処断の件はこれで沙汰やみとなり、将軍の信を得た容保は左近衛《さこんえ》権中将《ごんのちゅうじょう》に任ぜられた。

この報に、一橋慶喜は「水戸の父上も安堵しておられよう。……会津の容保か……存外、腹の据わった男のようだ」と胸をなでおろした。越前藩主・松平春嶽は「思わぬところから助け船が出たわ。……なれど、一大名の進言で台慮《たいりょ》が覆るとは、幕府の屋台骨も緩んだものよ」と鼻をならしてほくそえんだ。井伊大老との争いに敗れ、謹慎の身となった慶喜と春嶽。このふたりが、再び政局の表舞台に登場するのは、まだ少し先のことである。

小半時もしないうちに八重の額に、玉のような汗が噴き出した。「やーっ」と声をあげ、八重は山川二葉の薙刀を払い返して打ち込む。すかさず、二葉が八重の刃を柄で止める。

この日、黒河内道場で娘たちが薙刀をふるっていた。時尾や井上雪《いのうえゆき》も、たすき姿も勇ましく互角稽古に励んでいた。八重は右手を後ろに引いて八双の構えをとった。勢いよく前に飛び出し、面、脛、胴と激しく打ち込んだ。二葉は後ずさりながら受け止めていたが、ついにその薙刀が飛んだ。八重は肩で息をしながら、口許をゆるめた。

桜田門外の変があった安政七年の三月、元号は万延《まんえん》と改元、続く翌年二月再び文久《ぶんきゅう》と改元された。その年も足早に過ぎ、湿気のこもった暑さは夏が近いことを思わせた。

二葉は薙刀を拾うと「もう一本！」と叫んだ。「はいっ」と八重が足を踏ん張り中段に構えた。

「八重さん、また腕さあげだな。なじょしても、一本がとれねぇ」

稽古が終わると、二葉は手巾で汗を押さえながらいった。

「二葉様も、手強ぐおなりでやす」

「次は、負げませぬ……あ、お雪様。この度は、おめでとうごぜいやす」

八重を軽くにらんだ二葉だったが、雪を見つけると表情は一変した。

「二葉様こそ、良《い》いお話だそうで」

ふたりは駆け寄るとにこやかに話し始めた。

「何がめでてぇんだべ？」

「お二人とも、縁談がまどまったそうだ」

時尾が八重に耳打ちした。目を輝かせた。

「縁談……？」八重は目をしばたたかせた。

「二葉様は梶原平馬《かじわらへいま》様に、お雪様は神保修理《じんぼしゅり》様に嫁《とつ》がれるそうだし」

八重は並んで台所仕事をしていたお吉にいった。

「それは、いいご縁だなし。お二人とも、いずれは御家老の奥方様だ。次は、嬢様の番でねぇが？」お吉が八重に体をぶつけた。

「私《わだす》？　まだまだ。考えだごどもねぇ」八重が肩をすくめた。

「もう、いづ嫁に行ってもおがしくねぇ年だべ。今に、降るほど縁談が来んべな」

「そうだべか」気のなさそうな様子で八重はうなずいた。

台所に入ってきた佐久は八重に近寄ると、笑顔で耳打ちした。

「あのなし……今、高木様のおばんつぁまがら、良《い》いお話があったげんじょ……」

お吉の目が細くなった。「ほらっ、もう来た！」八重は「えっ！」といったっきり、立ちすくんだ。

縁談ではなかった。お針の師匠をしている時尾の祖母・高木澄江が、八重に稽古の手伝いを頼みたいといってきたという。佐久はすっかりその気になっていた。

「時尾さんと一緒に、小さいお弟子さんの世話してもらえねぇがどのお頼《だの》みだ。おばんつぁま、近頃、めっきり目が薄ぐなってきたがら。八重の腕さ見込《ご》んでくれで、ありがでえこったなし」

「八重さんは仕事が早ぇがら。袷《あわせ》でも、一晩で縫い上げでしまうもんな」

うらがそういったので、八重はあわてて手を振った。冗談ではなかった。

「それは、さっさと針仕事さ片付《かだづ》げで、鉄砲の稽古さしてぇがらで……。なあ、おっか様、その話、お断《ごど》わりしてくなんしょ。じっと座ってんのは、性に合わねぇもの。おばんつぁまには時尾さんがいっから心配《しんぺい》ねぇ。お断りしてくなんしょ」

必死にいい、一礼して部屋を後にした。佐久の肩が落ちた。

「せっかぐの良《い》いお話を。八重どきたら……」

「嫌なもの無理にやらせねぇでも。八重さんも、じき嫁に行ぐんだし」

うらがとりなすように口をはさんだ。

「縁談は、まだ一つも来ねぇ。鉄砲撃づ娘を、嫁にほしがる家があんべが？」

うらが「あ……」と口を押さえた。佐久は長い吐息をついた。

八重は角場で、いつものように銃の手入れをした。

「お針より、もっと鉄砲のごどがやりでぇのにな。おなごでも砲術師範になれる国、どっかにねぇもんだべか……」

ため息だけが口をついてでる。空は今にも雨粒が落ちてきそうなほど厚い雲に覆われていた。


その翌日、城から戻ってきた大蔵は目を疑った。庭で、母の艶が姉二葉の結婚相手の梶原平馬と薙刀を構えて向き合っていたのだ。

「やあ！」という掛け声とともに、平馬がふみこんだ。「とう！」と母の体がひらめいた。次の瞬間、ぽろりと平馬の手から薙刀が落ち、「参ったっ！」と声がもれた。

「平馬様……何をしておいでです？」

血相を変えた大蔵に、傍らに立っていた弟の健次郎《けんじろう》がいった。

「私が、母上と稽古さすてたのですが……」

「あまりお強いゆえ、一戦交えてみだぐなって。……いやあ、見事な腕です」

平馬は照れたように頭をかいた。艶はまんざらでもなさそうにほほ笑むと、「さ、中へどうぞ」と平馬を中に誘った。平馬が来たというのに、二葉はなかなか現れない。

業をにやして艶が呼びに行くと二葉は鏡の前からさっと離れた。

「二葉、何してる？　梶原様がお見えだ。ご挨拶しっせい」

襖を浅く開けていった艶に二葉はふり向きもしなかった。二葉と一緒にいた妹たちが息を呑んだ。

「与七郎さ訪ねで来らったのでしょう。私《わだす》は行がなくても……」

「いいがら、早ぐ。……あんただぢも、一緒にご挨拶しっせい」

妹たちがわっと歓声をあげた。にこりともせず立ち上がった二葉の飾り櫛を艶は挿しなおしてやった。「はい。これで、良し」艶が満足そうに見つめると、二葉の表情が少しだけ和らいだ。

座敷には、祖父の兵衛と大蔵、そして健次郎が平馬に相対していた。兵衛は上機嫌だった。

兵衛は平馬に二葉の弟の健次郎を紹介した。

「大人《おどな》しい性質《たち》で、姉だぢがら、青びょうたんなどど呼ばれでおってな」

健次郎は薄い肩をゆらした。「おじじさま、そのごどは……」

「これは言わぬ方が良がった」兵衛がごま塩頭をなでた。

「その代わり、学問が良ぐできる。なあ」

大蔵が励ますようにいった。健次郎は時間があれば本ばかり読んでいる。一度読んだことは覚えてしまうという天分に恵まれていた。

「私も腕よりは、頭《あだま》さ使うほうが得意です。良《よ》い兄弟になれそうだ」

平馬がにこっと笑った。兵衛は居住まいを正して平馬に向き直った。

「平馬どの。それがし、家督を譲った倅《せがれ》に先立《さぎだ》たれ、大蔵だちは後ろ盾となる父を失い、心細い身の上どなり申した。二葉ともども、大蔵のごど、山川家のごど、よろしぐお引き立てくだされ」

筆のように細い髷《まげ》をのせた頭を深々とさげた。平馬も両手をついた。

「こちらごそ、お引き回しを願いやす。では、祝言のごどは、近いうぢに仲人さ立でで決めるごととして……そろそろ、行ぐか」大蔵を見た。

すっと障子があいた。艶だった。艶に続き、二葉が現れた。二葉は敷居際で三つ指をついた。

「やっと現れだが。これが、大蔵の姉でござる」兵衛がいった。

これが平馬と二葉の最初の出会いだった。二葉は唇を引き結び、背筋を伸ばして頭をさげた。二女の美和、三女の操、四女の常磐が続いた。五女の咲は艶の腕に抱かれている。

「なあ、新しい兄様《あんつぁま》！　ご挨拶が済んだら、一緒に遊ぶべ」

四女の常磐が平馬に駆け寄った。とたんに二葉の声が飛んだ。

「常磐。今がら兄様などとお呼びしては、失礼だ」

「構わねぇ。じき兄と妹だ。なあ」平馬は温和な顔をほころばせた。

「いいえ、けじめどいうものがありやすから」二葉はきっぱりといった。

「ははは。うちで一番堅《いぢばんかで》ぇのが、二葉の頭だな」兵衛が二葉を見て笑った。

帰りぎわ平馬は二葉に優しげにいった。

「二葉どの、これがら、仲良《ながよ》ぐやっていぎやしょう」

「はい」二葉は生真面目な表情でコクリとうなずいた。


その日、八重と尚之助は新たに誂《あつら》えた銃の具合を角場で確かめていた。

「照門の位置《いぢ》が、良ぐねぇようです」

「まだまだ直すところだらけですね」

八重は尚之助にうなずき、もう一度銃を構えた。

「ははあ、そう構えだどごは、ながなが様になってる。鉄砲担《かづ》いだ、巴御前《ともえごぜん》というところだ」

ぎょっとしてふり向くと梶原平馬と大蔵がいた。平馬は声をあげて笑っていた。なんて失礼な男だと八重はむっとした。ふたりは覚馬を訪ねてきたという。覚馬はまだ帰っていなかった。

「ほお。これが、ご城下の鍛冶屋に作《つぐ》らせだ鉄砲ですか？」

平馬は台の上の銃に手を伸ばした。平馬の手が届く前に、八重が横からその銃を取った。

「勝手に触らねぇでくなんしょ！」

女から怒鳴られて平馬の顔がこわばった。構わず、八重は続けた。

「角場にある道具は、ひとづ扱いを間違《まづが》えば、命《いのづ》に関わる物にごぜいやす。お申しつけいただければ、私《わだす》がお見せいたしやす」

「これは私が軽率だった。では八重どの。その銃の威力、ひとづご披露願いでぇ」

試作品で安全とは言い難い銃だった。八重に代わって尚之助が撃とうとした。

「いいえ、ご指名とあらば、私が撃ってご覧にいれやす」

八重は尚之助を制すると、銃を手に角場にすっくと立った。パトロンを嚙み破った。

「用心してください。弾が浮きやすいですよ」

そういった尚之助にうなずき、八重はパトロンを装填すると、撃鉄を起こし、銃を構えた。

「では、立ち放しがら、お目にかけやす」

大蔵も平馬も食い入るように見つめていた。

ダーン！　弾が杉板の真ん中をきれいに射貫いた。平馬と大蔵がうなった。

覚馬が帰宅すると大蔵、平馬、尚之助がまわりを囲んだ。

湯吞を盆にのせて運んできた八重を平馬はちらっと見た。

「先ほどは、妹御にきづーいお叱りさ受けやした」

「なにが、無礼なごど言ったのが？」

驚いて顔をあげた覚馬に、八重はすました顔でいった。

「素人が無闇に鉄砲さ触ってはなんねぇど、申し上げただけです」

「おい、梶原どのはご用人だぞ」

「ご用人でも殿様でも、危ねぇものは危ねぇ」

平馬が「仰せごもっとも」と柔らかに笑った。覚馬は頭をかいた。

「ああ言えばこう言うで。お転婆もんで、手を焼いでおりやす」

「いや、妹御は面白《おもし》えい。打でば響ぐようだ。あまり生真面目なおなごは、息《いぎ》が詰まってかないませんよ」

「では、うぢの姉などは、さぞかし息が詰まるのでは……？」

大蔵が眉をひそめた。平馬が胸の前で手を振った。

「いやいや、二葉どのはあれで結構。武家の妻は、あれぐらい堅ぐなければ」

「で、今日は何の御用で？」と覚馬がいうと、平馬が笑みを消した。

「鉄砲組の銃、新式に入れ替《が》えるにはいがほどかがるか、お伺いに参りやした」

「なじょして、平馬どのが、左様なごどを？」

「此度、わが殿は、幕府の評議に加わるよう、ご下命を賜りやした。ご親藩の会津が幕政に加わるのは、これまでためしのなぎごど」

だが平馬はそこで言葉を切った。興味津々という表情で耳を傾けている八重を一瞥した。

「おい、あっち行ってろ」覚馬が八重にいった。「え？」とまばたきをした八重に、覚馬はもう一度目で促した。大蔵が低い声でいった。

「井伊大老の一件以来、攘夷派の浪士たちが、不穏な動きを強めでいるようです」

「幕府は、朝廷に攘夷の実行さ約束しだげんじょ、勝ち目のねぇ戦をやるとは思えねぇ」

平馬がそういうと、覚馬が身を乗り出した。

「んだげんじょ、約束《やぐそぐ》さ反故にしたら、朝廷に対し不敬の極みどなりやす」

「何が起ぎるがわがんねえ時《どぎ》に、幕政に加わるのです。これを機に、鉄砲組改革のごど、推し進めてはどうかど」平馬が腕を組んだ。

「私も幾度か上に願い出てはいるげんじょ……」

覚馬は口ごもりつつも将来を嘱望されている若い大蔵や平馬が時代を見つめ、藩改革をも視野にいれているということに励まされる思いがした。


その年の晩秋、疱瘡《ほうそう》を患って寝ついていた容保の正室・敏姫が亡くなった。

「宝鏡院殿鑑室智明大姉」と書かれた位牌の前で手を合わせる容保の後ろ姿を見つめながら、照は敏との最後の時間を思い出していた。

敏は床に臥《ふ》し苦しい息の中、やせた手を照に差し出した。照がその手をとると思いがけぬほど強い力で握りしめた。そして敏は「殿を……お頼み申します。支えとなってくださいませ。殿の、姉上として……」といった。熱でうるんだ目でいった。

姉として――その言葉が胸に染みた。「私が戻ってきたばかりに、辛い思いをしておいでだったとは……お気持ちに気づかず……私の、科《とが》にござります。お敏様……」照も位牌に向かって手をあわせた。頬を涙がはらはらとつたった。長いまつげが震えていった。


文久二年（一八六二年）四月、時代の歯車を大きく動かす事件が起きた。

薩摩の島津久光《ひさみつ》が、千人の軍勢と大砲を率いて、京に上ったのだ。

折しも、ひとりの会津武士が公用の旅の途中、京に立ち寄っていた。秋月悌次郎《あきづきていじろう》である。秋月の宿にも、薩摩藩士が大勢乗り込んできた。

大名が朝廷に近づくことなど、江戸開闢《かいびゃく》の慶長以来二百五十年、なかったことだった。

この年の二月皇女和宮《かずのみや》と将軍家茂の婚儀が行われ、公武合体がなったと幕府は胸をなでおろしていた。しかし、京都朝廷では皇女和宮を降嫁させたにもかかわらず、依然幕府優位が変わらないとしていらだち、不満を募らせていた。そこに自藩の政治的発言力を高めようとする薩摩藩が乗り出したのだった。

六月、薩摩は朝廷の勅使を奉じて江戸に入り、武力を背景に、将軍の上洛を迫った。

翌七月、勝海舟は軍艦操練所頭取《ぐんかんそうれんじょ》に任ぜられた。

「勝先生、軍艦操練所頭取ご就任、おめでとうございます」

榎本武陽《えのもとたけあき》が日に焼けた顔をほころばせた。榎本は長崎海軍伝習所で勝と一緒になった人物だ。開明の思想と知識を持ち、義理人情に厚く、涙もろい。江戸っ子同士、気が置けない間柄だった。

「なに、たかが五百石よ。それより、榎本さんたちのメリケン留学、行き先がオランダに変わったってね」勝はふっと鼻をならした。

この年、榎本はオランダに留学することが決まっていた。

「メリケンは、去年からの戦が治まらず、南と北にわかれ、天下分け目の大戦《おおいくさ》となったそうです」

「国を二分する合戦か……。他国の騒ぎと、暢気に構えてもいられねえな。外様大名の薩摩が、朝廷を使って幕政を動かすなんざ、前代未聞よ。幕府の威信も落ちた」

「しかし、ご公儀も変わるのではありませんか。一橋公が将軍後見職に、春嶽様が政事総裁職に就いたのですから」

「さて、あのお二方、どれほどの器かね。周旋した久光公は、オレの見立てじゃ、ただの田舎モンよ。薩摩が江戸に下ったすきに、都じゃ、長州や土佐が、金を使って公家達を抱き込んじまった。これからの政《まつりごと》は、京で決まるぜ」勝は皮肉な表情でいった。

そのころ将軍後見職の一橋慶喜と政事総裁職の松平春嶽は、一橋邸で会っていた。

慶喜は苦虫をかみつぶしたような顔でいらいらと歩き回っていた。

「薩摩は余計なことをしてくれた。わしは、将軍後見職などに、なりとうはなかった」

「それがしも同様にござりまする。政事総裁職などは名前ばかりで、さしたる力もございません」

「それどころか、朝廷と幕府の板挟みとなり、双方から憎まれる損な役目よ。さりとて、何もせぬというわけにもいかぬ。……実に、迷惑千万」

「まずは、都の抑えにござりましょう。上様ご上洛の前に、不逞浪士どもを追い払わねばなりませぬ。一日も早く、京都守護職を置くことです」

春嶽がいった。朝廷は、京都守護職に薩摩をと望んでいた。慶喜は首を振った。

「薩摩はいかぬ。これ以上、都で力をもたれては困る」

「では、一人、ふさわしき者がおります」

慶喜は立ち止まり、春嶽の顔を見下ろした。春嶽の目が底光りした。

「血筋、家格ともに申し分なく、兵力とご公儀への忠誠心を併せ持つ者」

「というと……会津か」慶喜が手を打った。頰をひきつらせるようにほくそえんだ。

「会津中将、松平肥後守が適任にござりましょう」春嶽がうなずいた。

「だが、受けるであろうか？　厄介と知れている、このお役目を」

「引き受けていただかねばなりますまい」

春嶽はそういうと、片方の口の端をひきあげて笑った。

流産から二年半が過ぎ、三ヶ月前、うらは女の子を産んだ。赤ん坊の泣き声が奥から聞こえている。二葉との薙刀の紅白戦を控えた八重は、今日も朝から三郎を相手に薙刀の稽古を続けていた。

「あ、兄様《あんつぁま》！　薙刀《なぎなた》の稽古さ、お願いしやす。三郎では相手《あいで》になんねえし」

家から出てきた覚馬を見ると、八重は顔を輝かせた。だが、覚馬は振り返りもしない。

「今、それどごろでねえ」というと、あわただしく外に駆け出して行った。

「なじょしたんだ？」八重の胸がざわめいた。

家に入った八重の耳に、茶の間の佐久と権八の会話が飛び込んできた。

「まだ出過ぎだ口きいで、禁足《きんぞく》さくらわねばいいんだげんじょも」

身をもむようにいった佐久を権八は叱りつけた。

「そったらごども言ってられめぇ。京都守護職さお受げしては、お家《いえ》の一大事《いちだいじ》だ」

八重は部屋に入ると、権八にたずねた。

「兄様《あんつぁま》が血相変えで出で行ったがら、何かあったがど……京都守護職とは、なんですか？」

「これ、立ち聞《ぎ》ぎしたらなんねぇ！」佐久が珍しくきつい目をした。

「ごめんなんしょ。聞こえでしまって」

「都さお守りするお役目《やぐめ》だ」権八は天井をにらみ、そういったきり口をつぐんだ。

「では、おめでてぇごどですね。都さお守りすんのは、武門の誉れにごぜいやす。きっと、会津の名も上がって……」

「浅はかなごどさ言うな！　お国の大事に、おなごが口出すものでねえ」

八重の声は、怒気をはらんだ権八の声にかき消された。

いつになく厳しい権八の表情に、一体何が会津に起きているのかと八重は不安になった。


覚馬は、城中に入っても足を緩めなかった。頼母を探して走った。

頼母は佐川官兵衛と一緒にいた。ひと目につかぬ物陰で官兵衛は頼母に、都に行かせてほしいと懇願していた。

「くどい。そもそも、にしは謹慎の身ではないか。勝手に登城するとは何事か」

頼母はとりあわない。官兵衛は食い下がったが、覚馬の姿を見ると、「出直して参りやす」と一礼し、去っていった。

「今度は覚馬か……官兵衛め、京に連れで行げど直訴しに参ったわ。奴《やつ》は、五年前に、江戸で人を殺《あや》めで謹慎中だ。京勤《づと》めなど叶わぬ」

頼母は苦々しい表情でいった。青ざめていた覚馬の顔が一層白くなった。

「では、京都守護職の件、拝命されたのでごぜいやすか!?」

「いや、殿は、国許《くにもと》に諮《はか》ったうえでなげれば、お返事はなさるめぇ」

「良がった……。ご家老、そのお役目《やくめ》、お断《ことわ》りすることは出来ぬものでしょうか。二百里も離れだ都に出兵しては、人も金もかがり、肝心の兵制改革が遅れやす」

覚馬は畳み掛けるようにいった。頼母は憮然とした表情を崩さない。

「ああ。わがった」とだけいい、覚馬を押しのけて歩き出した。覚馬が追いかけた。

「お待ちください！　まだ続きが……出過ぎたごど存じやすが……」

頼母はくるりとふり向いた。射るように覚馬を見た。

「では、控えでおれ。にしに言われずとも、かように割の合わぬお役目、お引き受げできぬわ」

低いが、腹に響く声でいった。


しかし、そのころ……。会津藩江戸屋敷で、容保は松平春嶽と相対していた。

「これほどお頼みしても、京都守護職、お引き受けいただけませぬか」

挑むようにいった春嶽に、容保は「重ねてご辞退申し上げまする」と一礼した。

「公方様には、会津どのへの御信任篤く、この役目を果たせる者は、ほかにないとの思し召しにござりまするぞ」

「会津は奥州の田舎にて、都とは風俗、気質、あまりに異なりますゆえ、そのような大役、とても勤まりませぬ」

「しかし都が荒れていては公方様のご上洛もままならず、幕府と朝廷を結ぶ公武一和も調いませぬ」

「この儀ばかりは、何卒……」

一歩も退かず固辞を続ける容保を、春嶽はねっとりとした目つきで見つめた。

「のう、肥後守どの。会津松平家には、藩祖・保科正之公が定められた、土津《はにつ》公《こう》御《ご》家訓《かきん》なるものがあると聞き及びまする。御家訓には、徳川宗家《そうけ》に忠勤を尽くすべし、との一条があるとか……ご下命に従わぬは、御家訓に背くこと……ではござりませぬか？」

容保の唇が震えた。


早馬で江戸に上った西郷頼母と田中土佐は会津藩江戸屋敷に入るとすぐに容保との面会を求めた。

「国許の衆議は決してござぃます。守護職拝命の儀、お断りくださりますよう。蝦夷の警固、房総の守備、品川砲台の守りど、大役を勤めて参り、このうえの京都出兵はとても耐えられませぬ」

土佐は同意を求めて平伏した。だが、容保はじめ、江戸家老の横山主税《よこやまちから》も江戸留守居役の外島機《としまき》兵衛《へえ》もみな、声を出さない。やがて容保はいった。

「守護職のお役目……お受けする。すでに内々に受諾の旨を伝えた」

「なんと……」と頼母の顔から血の気がひいた。

「都のありさまは、国許にも聞こえておろう。秋月」

江戸家老の横山が苦い声で促した。控えていた秋月悌次郎が口を開いた。

「都は諸藩の武士で溢れかえっておりました。長州、土佐らは、即今攘夷を唱えで策動《さぐどう》し、不逞浪士らは、ますます勢いづいでおりまする」

「さればごそ、京都守護を勤めれば、会津が政争の渦中に巻き込まれるは必定《ひつじょう》」

頼母は膝を進めた。相手が容保といえど首肯するわけにはいかなかった。

「なれど、会津は強い……公武一和のため、都を守護し奉ることができるのは、我が藩をおいてない」容保がいった。

「薪《たきぎ》を背負って火を消しに行ぐも同然の、危うぃお役目《やぐめ》にござぃまするぞ！」頼母が声を荒らげた。

「頼母どの。殿は、幾度も堅くお断り申し上げたのだ」

横山が制した。だが頼母は前のめりになって続けた。

「されば、断固としてご辞退くだされ。井伊掃部頭さまの悲運を、なんと思し召される。ご公儀は尊王攘夷派の威勢に押され、彦根藩を十万石の減封に処されだ。掃部頭様は、死に損《ぞん》でございまする。いざどなればご公儀は、トカゲの尾のように、我らを切り捨てまする。殿は、会津に彦根ど同じ道《みち》を辿らせるおづもりが」

頼母は肩を震わせていた。容保は天を仰いだ。

「大君の義、一心大切に忠勤を存ずべし。二心を懐《いだ》かば、我が子孫にあらず。徳川御宗家と存亡を共にするのが、会津の務めだ。このお役目、逃れられぬ。是非に及ばぬ。このうえは、都を死に場所と心得、お役目を全うするよりほかはない。みな、覚悟を定め、わしに力を貸してくれ……」

悲痛な声で容保はいった。土佐、横山、外島らの目に涙が浮かんだ。男泣きに泣いた。

「得心がゆぎませぬ。此度のごどは、会津の命運を左右する、二股道。殿は、会津を滅ぼす道《みち》に、踏み出してしまわれだ」ただひとり、頼母だけは乾いた目で、怒りをあらわにした。

「言うな、頼母！」と容保がぴしりといった。頼母は厳しい目で容保を見つめ返した。

文久二年、閏八月一日、容保公は京都守護職を拝命した。

勝つとばかり思っていた薙刀の紅白戦で、八重は二葉に不覚をとり、負けた。

「今日は、お見事《みごど》でした。二葉様は、ずんとお強うなられだ」

八重が試合の後にそういうと、二葉から思わぬ答えが返ってきた。

「私《わだす》の覚悟が、これまでとは、違っているのです。京に参ります。梶原様がご上洛されるごどなりやした。ご出立の前に祝言さすませ、私もおっつけ京に上りやす。皆様、出陣の覚悟で上洛されるのです。私もいざど言う時《どぎ》は薙刀《なぎなだ》を振るって家《いえ》さ守らねばなりませぬ。武家の妻ですから」

会釈して道場を出ていく二葉は凛として美しかった。

帰宅した八重は、覚馬にも京に上るようにご下命《かめい》があったことを知った。

覚馬は帰宅の途中で官兵衛に呼び止められた。官兵衛は「わしの分まで働《はだら》いでこい。頼む。わしの槍は、お役《やぐ》に立てぬ……都で、命《いのづ》さ捨てでこい」といった。いいようのないやりきれない気持ちに覚馬は襲われた。見えない力に流されていくようだった。

八重はうらと共に氏神様に手を合わせた。

「殿様のお供《ども》さ仰せつかんのは、名誉なごどだなし。んだげんじょ……やっと、この子が生まっちゃのに……」うらがつぶやいた。八重はうらの肩をそっと抱いた。

容保公の上洛は、その年の師走と決まり、千人の会津藩士たちが、共に京に向かうこととなった。

第七章　将軍の首

佐川官兵衛は謹慎中で京に上れぬ悔しさを、後進の指導にぶつけた。連日、黒河内道場で若手藩士に槍の稽古をつけた。大蔵や幸之進らは容赦なく官兵衛の槍を叩きこまれた。すさまじい槍を繰り出しながら、官兵衛は「死に身にならねば、戦場では役《やく》に立たぬぞ！」「にしら、わしに代わって、殿をお守りせいよ」と繰り返し言い続けた。

文久二年のその秋、京では天誅の嵐が吹き荒れていた。浪士が、公家の家臣が、町奉行所の与力までもが斬り殺され、都は血の色に染まった。

明るい空が丸く広がっている。八重の目の前をとんぼがすいっと通り過ぎた。紅葉の赤に染まったような色をしていた。山道を登り、八重たちが小屋掛けの茶店に辿り着くと、神保修理と新妻の雪が縁台に座り、仲睦まじく田楽を手にしていた。

「お雪様！」と八重が声をかけると、雪はふり向いてはにかんだ笑みを浮かべた。

「修理どの。奥方様を迎《むが》えられ、おめでとうございやす」

覚馬がまぶしそうな目で見た。「ありがとう存じやす」修理は律儀に頭をさげた。

初めての上洛が間近に迫り、出立前の時を家族と過ごす藩士たちが、東山《ひがしやま》を訪れていた。

一行は湯川《ゆがわ》の川岸に行くと、八重と三郎は平たい小石を探し、水切りを競い始めた。八重が見事に石をはねさせ、雪は「お見事《みごと》！」と手を叩いた。ふっくらした唇と大きな目が愛らしい。

覚馬と尚之助と修理は、川原に腰を下ろした。

「都は、天誅騒ぎが、いっこうに治まらねぇようです」

修理がいった。修理は家老・神保内蔵助の長男で容姿端麗、秀才の誉れ高い人物だ。

「一人斬れば、万民が震え上がる。それが狙いでしょう」

覚馬は声をひそめた。修理の切れ長の目に空が映っている。

「奉行所や所司代ではもはや手に負えず、会津の武力を頼みどする声が、日に日に高《たが》まっているそうです。んだげんじょ、先乗《さぎ》りした公用方《がだ》の知らせでは、不逞浪士の中《なが》には、堂上《とうしょう》公家ど密かに通じ、策謀《さぐぼう》を巡らす者だぢもいるどか」修理はいった。

「公家か……」と尚之助がつぶやいた。策謀こそ、公家の十八番である。修理が続けた。

「不案内《ぶあんない》な都で、そのような者だぢを相手取るには、力《つから》だけでなく、策《さぐ》もいりやしょう」

「企《たぐら》みだの策だの、無骨な会津には不得手だが……」

覚馬のいう通り、忠義に生きる会津武士は策謀から最も遠いところにいた。

「そんじも、将軍家ご上洛の前に、騒ぎは鎮めねばなりません。京都守護職……重いお役目《やぐめ》です」

修理はいった。ことの難しさを思い、覚馬は途方に暮れるような思いになった。

「お雪様は、都に上られんですか？　二葉様は、藩のお許しを得で、梶原様を追って行がれるそうです」八重がたずねると、雪はうつむいた。

「私《わだす》は参れませぬ。……旦那様が、国許《くにもど》で父上、母上にお仕えせよと仰せなので」

「ほんに、お寂しいごどですね。嫁がれて、間もねぇのに」

「ほんに、二葉様が羨ましい……」

雪の横顔にさびしさがにじんでいた。

「よし、乗った」と、後ろから三郎の弾んだ声が聞こえた。八重はふり向いた。

「何してんだ？」

三郎は、放り投げた小石がこの松のいちばん太い枝に乗ったら願い事がかなうといった。里の者が行う運試しだという。

「ふーん。何願った？」八重がたずねると、三郎は胸をはった。

「オレも、兄様《あんつぁま》ど一緒に、京でお勤《づど》めができるように」

「んだら、私《わだす》は……兄様が、京で手柄を立でるように」

八重が放った小石はポンと松の枝に乗った。ふふっと八重が嬉しそうに笑った。

「お雪様も、やってみらんしょ」雪がうなずいて小石を拾った。手をあわせ何かつぶやいた。だが、小石は転げおちた。雪はあわててまた石を拾った。

「やめでおげ。幾度《いぐど》も試すものではねぇ」後ろから声がした。修理だった。

「んだげんじょ……」口ごもった雪に修理はとびきりの笑顔を見せた。

「運試しなど無用だ。必ず戻ってくる。案ずるな。信じで、待ってろ」

雪は頬を薄紅色に染めると「はい」と、花がほころぶように笑った。

覚馬はざんぶと温泉の湯に入った。飛沫が飛び、肩まで湯につかっていた尚之助が顔をしかめた。それからふたり声をたてて笑った。覚馬は静かに体を湯に沈めると口を開いた。

「上洛前に尚さんを仕官させたかったが、まだダメだった。会津はこったとこが古ぐて良《い》ぐねぇ」

申し訳なさそうにいった。尚之助は手で顔をつるりとなでた。

「構いませんよ。今のままでも、銃の改造は進められますから」

「……オレはな、そごの背炙山《せあぶりやま》に、反射炉さ作《つぐ》るごどを考えでだ」

背炙山は東山温泉の後ろにそびえる山だった。

「反射炉……大砲の鋳造ですね」

反射炉があれば、大砲の砲身を鋳造することができる。覚馬はうむとうなずいた。

「いざっつう時《どぎ》は、寺の鐘を鋳つぶして大砲を作《つぐ》りゃいい。何《なん》かの時《どぎ》は、このごど、オレに代わって上に進言してくれ。留守を頼む……。蘭学所《じょ》のごど、家《うぢ》のごど。それがら、会津のごど」

「承知しました。しかし……家を託すなら、私よりふさわしい人がいますよ」

尚之助はふふっと笑い始めた。覚馬も「ああ」と苦笑した。


風呂上がりの体に、ひんやりとした秋の山の風が心地よい。覚馬が縁側で夜風に吹かれていると、八重と三郎がやってきて、隣に座った。

「明日、姉様に土産買うの、忘れねぇでくなんしょ」

八重が念をおした。覚馬が鼻の横をこすった。

「わがった。……そういえば、うらに何《なん》か買ってやったごど、いっぺんもねぇな」

八重は覚馬に体を向け、居住まいを正した。

「兄様《あんつぁま》。お留守の間、家《うぢ》は私《わだす》が守りやす。安心してくなんしょ」ときっぱりといった。

三郎があわてて正座して「オレも、守りやす」と続けた。

「尚さんのいった通りだ……」覚馬が口の中でひとりごちた。

「姉様やみねには、私がついでおりやす。兄様が戻られるまで、嫁にはいがねぇ」

八重は思いつめた顔で続けた。みねは覚馬とうらの一粒種だ。

「そんじゃ嫁ぎ遅《おぐ》れんぞ」

「さすけねぇ。まだ話も来てねぇし」

八重は手を横に振ると肩をちょっとすくめた。

「一《ひとっ》つも来ねぇが」目を細めて覚馬がそういうと、三郎も一緒に笑った。

「角場で鉄砲さ磨いで、お戻りをお待ぢしておりやす」

八重はふたりをちょっとにらんでから、とびきり明るい声でいった。


権八は小刀で煤竹《すすたけ》を削りながら、佐久に「うらは？」とたずねた。佐久は機を織る仕草をした。

覚馬が京に上ると決まった日から、うらは一日も休まず、夜遅くまで機を織り続けている。

「出立《しゅったづ》前に、新《あだら》しい着物さ拵《こしら》えでやりでぇのでしょう」

佐久は縫物を続けた。だが、権八の前にあるものをふと見て、あきれた顔になった。

「旦那様。耳かぎ、何本持だせる気だ？」

「道中で折れだら難儀すんべ。……おめぇごそ、まだ足袋拵《たびこしら》えで」

佐久は針を持つ手を緩めずに、すましていった。

「御所にあがっ時《とぎ》に、足袋がボロでは、覚馬が恥かきますべ」

権八が「なじょして、覚馬が御所に上がる？」と顎をしゃくった。

「上がんねぇが？」佐久がたずねると、「ああ」と権八がうなずいた。

ふたりからふふっと笑いがもれた。

「……都は遠い。様子がわがんねぇがら、こったらごどしか、してやんにえい」

権八が切ない目をした。ふたりは深夜まで黙々と作業を続けた。


粉雪が舞い始めたころ……旅立ちの日がやってきた。

覚馬はその日まで、尚之助と八重と共に、会津で独自に銃の製造をするための工夫を重ねた。

「弾はここから入れます。……銃口から押し込むより、ずっと早く撃てる」

尚之助は油まみれの顔で、元込めの仕掛けの設計図と、仕掛け部分の模型を覚馬に見せた。

「なるほど……」とうなずいた覚馬は、すでに旅姿だった。

「ペルリ来航の折、幕府に献上された銃が、こんな仕組みだったそうです」尚之助がいった。

覚馬は模型を手に取った。「うん、よぐ出来てる」

「お戻りまでには形に仕上げます」覚馬と尚之助は目と目でうなずきあった。

「私《わだす》もお手伝いしやす」そういった八重の鼻の頭が煤《すす》で汚れていた。

旅姿の藩士たちは、隊列を組んで歩き出した。覚馬は鉄砲隊を率いていた。修理や梶原平馬の姿も見えた。どの家族も両手を握りしめ、無言で見送っていた。二葉は平馬の姿を、雪は修理の姿を一瞬も見逃すまいと見つめた。うらも覚馬の姿を一心に目で追った。うらの手に赤い櫛がしっかりと握られていた。

その前の夜、覚馬からもらった飾り櫛だった。みねが寝付いた後、覚馬は照れくさそうに、ひょいと差し出したのだ。温泉に行ったときに買ったものだという。嬉しくて声がでないうらに、覚馬は「気に入らねぇが？」とたずねた。まるで少年のような目をしていた。

「ありがてぇなし……」とうらが髪に挿すと、覚馬は頬を緩めて「ああ。ながながいい。……きれいだ」と目を細めた。それからみねの寝顔を見た。

「みねのごど、頼む。戻って来っ頃《く》には、大ぎぐなっててんべな。どんだけ別嬪《べっぴん》になってっか、顔見んのが楽しみだ……」そして覚馬は思い切りうらを抱きしめた。

八重と尚之助は城下のはずれまで懸命に走った。

「尚之助様、ほら、もうあそこに！」

葉を落とした桜の木の下で八重は立ち止まり、山間の道を指差した。雪の中、山に向かって歩いている隊列が見えた。

「兄様《あんつぁま》ぁ。行ってきらんしょうー」口に両手をあてて叫ぶと、八重は大きく手を振った。「ご無事で、戻って来てくなんしょー」隊列が見えなくなるまで叫び続けた。

磐梯山も白くなっていた。吹く風は冷たく、頬を突き刺すようだった。

頼母は鶴ヶ城の一室で、ひとり唇を噛みながら目を閉じ座っていた。

「とうとう、動き出したが……みな、堅固《けんご》で……」

血をはくような思いで絞り出した声は、かすれて最後まで声にならなかった。


覚馬たちは江戸の藩邸に着くと、庭に並んだ。

奥から姿を現した容保はいった。藩士たちが顔をあげた。その顔を容保はゆっくりと見回した。

「面《おもて》をあげよ」

実直を絵に描いたような顔ばかりだった。

「みなも承知と思うが、今は、朝廷とご公儀が手を携え、一体となって進んでいただかねばならぬ時である。それには、まず、都が平安でなければならぬ。京都守護は重いお役目だが、これを果たすことができるのは、会津をおいてほかにない。この上は、ご先祖代々の名を辱めぬよう、一心に勤める覚悟じゃ。君臣心を一つにして、都をお守り致そうぞ。よろしく頼みいる」

固唾を呑んで容保を見つめていた藩士たちが一斉に「はっ」と頭をさげた。

「今宵は、殿より酒と餅が振る舞われる。存分に過ごすが良い」

横山がそういうと、小さな歓声があがった。容保がみなを見つめていった。

「寒い季節の旅立ちとなる。みな、体をいとえよ」

翌日、容保一行は江戸を発ち……文久二年十二月二十四日、都に入った。半月かけての入京だった。「會」と染め抜いた藩旗と、会津葵の旗印を翻し、容保は烏帽子に白鉢巻き、鎧直垂《よろいひたたれ》の軍装に身を整え、騎乗で京都に入った。黒羽織に黒の韮山笠《にらやまがさ》の藩士が整然と続いた。

「勇壮なもんやな」「これで都はひと安心どす」「見とおみ。きれえなお殿様や」

沿道には見物人が詰めかけ、口々にほめそやした。だが、会津を「カイヅ」と呼び、「奥州の田舎者《もん》かいな」という声もあった。

一行は、会津本陣を置く、黒谷《くろだに》の金戒光明寺《こんかいこうみょうじ》に入った。その日のうちに容保は関白・近衛忠熙を訪ねた。近衛忠熙は如才なくいった。

「京雀《きょうすずめ》ちゅうもんは、ほんまに口さがないもんやで。ほやけど、会津のお行列は絵巻物のようやとたいそうな評判どす」

「都のことは少しも存じあげませぬ。何卒、お引き回しのほどお願い申しあげます」

容保が頭をさげると、横山が反物などの献上物をすっと差し出した。

「中将さんは、気《きぃ》の利くお人や。うふふ」

近衛の眉がくっと持ち上がった。

「近衛様は、薩州関白と呼ばれている。薩摩《さつま》派のお方というごどよ」

秋月悌次郎はいった。覚馬と平馬は秋月と広沢富次郎《ひろさわとみじろう》から京の情勢を聞いていた。

「今、都で力《つから》を持っているのは、薩摩、長州、それから土佐。これに、それぞれ肩《かた》入れする公家が付いでいます」

広沢がいった。広沢も秋月同様、先発して上京した人物だった。秋月が続けた。

「西国の諸藩と公家が、なじょして結びついだがといえば……要は金だ」

「公家の暮らしは貧しぐ、屋敷は荒れ放題、内職に励むお方も多いのです」

広沢が腕を組んだ。秋月が苦々しい顔でうなずいた。

「そごで、自分の金元《かねもど》が損せぬように、競い合って策略《さぐりやぐ》を巡らすわけだ」

千年王城の地は魑魅魍魎《ちみもうりょう》の地でもあると、覚馬は戦慄する思いだった。


近衛はぱっと扇を開くと、顔を半分かくした。

「長州派の公家は、それはひどいもんや。まことに畏れおおいことやが、主上《おかみ》のお名前騙ろうて、勅書まで出しよる」

ぎょろりと目をまわして容保たちの反応を確かめると、声を潜めた。

「その筆頭が、国事御用掛《こくじごようがかり》のひとり、三条実美《さんじょうさねとみ》や。お腹の、お黒々なお方やして。アレには気ぃつけないかん。御所には、新年の祝賀で参内するのがよろしかろう。武家伝奏《てんそう》には、そない言うとくわ」

近衛はぐいと進物を引き寄せた。容保らは、「はっ」と平伏した。


薄明るい空から白い雪がひらひらと舞い散る穏やかな正月だった。遠くに雪化粧の磐梯山が見える。山本家の門前の松飾りにもうっすら雪が積もっている。

八重は火鉢の鉄瓶がしゅんしゅん鳴る座敷で、年賀の挨拶に来た時尾や日向《ひなた》ユキ、そして三郎とカルタ取りに熱中していた。

「身をつくしても〜」と佐久が詠むなり、八重が木札を弾き飛ばした。

会津のカルタは「下の句かるた」で、上の句を詠まず、いきなり下の句から詠む。読み札は絵札だが、取り札は木札だった。

「やらっちゃ」と三郎が悔しがると、八重は「ふふん」と得意そうに笑った。

次に「ものや思うど〜」と佐久が詠むと、今度は時尾が「はいっ」と弾いた。

「また、やらっちゃ。ちっとも取れねぇ」

ユキがすねたようにいった。ユキは十歳になったばかりだ。ユキの家と山本家は裏の垣根一枚でつながっていて、ユキと八重は姉妹のような間柄だった。

ユキは次の読み札を詠み上げようとする佐久を固唾をのんで見つめた。「乙女の姿〜」佐久の声が聞こえるなり、ユキは「乙女乙女」とつぶやきながら、目を皿にして探し始めた。

時尾は目の前の取り札に気づかないふりをした。八重も三郎も探すふりをし続けた。

「はいっ」ユキが大きな声を出して取り札を弾いた。みんなの顔がほころんだ。ユキは得意げに「乙女の姿しばしとどめん！」と下の句をそらんじてみせた。

「一休みして召し上がってくなんしょ」うらとお吉がお汁粉を運んできた。

「私《わだす》はそろそろ。家《うぢ》で、おばば様が待ってっから」

腰を浮かした時尾の前に「食べでがらけえっせ」と佐久がお汁粉の椀をおいた。時尾は一礼して、もう一度座りなおした。ユキはもう一回勝負して八重と決着をつけると張り切っていた。

八重はふとカルタの読み札を手に取った。公家や姫たちの絵姿が描いてあった。

「おっ母様。都のお方は、こんな姿してるんだべか？」

「さあ、これは昔《むがし》の絵だがら」

「お公家さんは万事昔風だと、とと様が話しておいでやした。古いしきたりが沢山あって、京に上ったみな様はご苦労なさんべな、ど」

ユキが大人びた口をきいた。三郎が「兄上、なじょしてんべがな……」と目をあげた。うらも
「無事に、年越されだべが……」とうつむいた。
八重は公家の絵札を手に取り、「都のみな様、兄様に親切にしてくなんしょ」とつぶやいた。
「カルタに願かけでも……」とユキが笑ったが、八重は真剣にカルタをみつめ「お頼みすっから」と続けた。佐久もうらも、三郎も同じ気持ちだった。

その日、容保は正装で京都御所を訪れ、小御所の御簾の前に正座した。

「おし、おし」と、天皇の到着を知らせる警蹕《けいひつ》の声がして、上段の間を仕切る御簾が揺れた。容保以下、全員が平伏した。議奏の公家が天皇に告げた。

「左近《さこん》衛《え》権中将《ごんのちゅうじょう》源《みなもとの》容保《かたもり》にございまする」

「臣《しん》容保、謹んで、守護職着任の儀を申し上げ奉りまする」

容保が澄んだ声で歯切れよくいった。

「遠路よりの上洛、大儀である。無事着任のこと、めでたく思う」

議奏の公家は、天皇に代わって、お定まりの挨拶を返す。

その時孝明《こうめい》天皇は御簾の中から容保を見ていた。

「あれが、会津中将か……まだ若いのう。なんと澄んだ目や……」

御簾のうちからトントンと音がした。公家たちが顔を見合わせた。トントンは天皇からの合図で、極めて珍しいことだった。

「まことに畏れ多いことやが、主上《おかみ》より格別のお志であらしゃります」

議奏の公家の言葉に、容保が顔をあげると、広蓋《ひろぶた》に、緋色の衣が置かれていた。御簾が静かに上がった。

「我が衣じゃ。直して、陣羽織にでもせよ」

孝明天皇の声が上からふってきた。容保はあまりのことにどうしてよいかわからない。

公家たちも異例のことにざわめいていた。

議奏の公家が容保に向かって、小さく咳払いした。容保は弾かれたように平伏した。

容保に同行した藩士たちは風を切って藩の本陣に戻った。

「武士が帝より御衣を賜るは、古来稀なことだそうだ。のう、秋月！」

土佐が笑みをたたえていった。秋月がすかさずうなずく。

「はっ。江戸に幕府が開かれでがらは、今日が初めで！」

「家中《かちゅう》の皆様にもお知らせいたしやしょう。わしが、触れ回って参りやす」

公用方付きお庭番、大庭《おおば》恭平《きょうへい》が飛び出していった。


藩士たちの歓声は容保の部屋にまで届いていた。

「拝領の御衣、お仕立ての手配が済みました」

修理が襖をあけて申し述べた。

「うむ。……のう、修理。なにゆえであろうの。初めて参内したわしに、主上は御衣ばかりか、お言葉まで下された」

容保は書見から目を離して、修理を見た。

を探らねばならぬ」容保は手を握りしめた。

「主上は、ご存じなのであろうか……都をこれ以上血で穢《けが》すは畏れ多い。穏やかにことを治める道

修理が「はい」とうなずいた。

「あれは、まことか。尊王を唱えるものが偽勅を出すなど、と」

心にかかっていた。思いあまって口にした。

修理が応えた。容保は近衛が「主上のお名前騙ろうて、勅書まで出しよる」といったのがずっと

「誠《まごと》を尽くす殿の思いが、帝にも伝わったのではありますまいか」

将軍後見職の慶喜と、政事総裁職の春嶽が京に上ってきたのは、それから間もなくのことであった。容保の話を聞くと、春嶽と慶喜は首をひねった。

「言路洞開《げんろどうかい》、と仰せか？」

春嶽は容保の言葉を繰り返した。慶喜は顎をしゃくりあげた。

「下の者の意見を聞く、ということか。それが、なぜ、不逞の輩を取り締まる策となるのだ」

「浪士たちの話をよく聞いてやり、そのうえで、公武一和こそ勤王の道であることを、誠を尽くして説き聞かせまする」容保はそういってスッと背を伸ばした。

「いや、手ぬるい！　公方様ご上洛までに、不逞の輩を一掃せねばならぬのだぞ」

眉をつりあげた慶喜に、容保は穏やかに述べた。

「無闇に捕縛などしては、かえって騒乱を招きまする。我らが、率先して融和をはかるべきかと存じますが」

「なれど、話し合いは手間暇がかかりまするぞ」春嶽がいった。

「会津本陣では、すでに訪れる浪士たちを迎え入れ、話を聞いておりまする。それがしも、藩士たちも、みな同様にござります」

春嶽は「ほお、それはご立派な」と皮肉な口調でいって、ちらりと慶喜を見た。

「では、その策で行かれるがよい。……だが、それがしは御用繁多、とてものことに付き合えぬ。守護職に任せる。ご勝手にやられよ」

慶喜が言い捨てた。手は貸さないと、慶喜は容保に断言したのだった。


会津本陣には浪士が次々に集まってきた。平馬や広沢らが、浪士と膝詰めで相対していた。その様子を見ながら、秋月は眉をひそめ、困った顔をした。

「一橋様は、確かに弁が立づ、お知恵もある。だが、どうにも信用がおげぬ。意見が通らねば作《さ》病《びょう》を構えで閉じこもり、辞める辞めるど周囲を脅す始末だ。後見職に就かれで以来、万事この調子よ」

「んだげんじょ、仰せにも一理ある。言路洞開だげで、事が済むどは思えませぬ」

平馬が渋い顔で首を振った。秋月が短いため息をついた。

「浪士どもの後ろには、西国諸藩の影がちらづいでおるからの」

「誠《まこと》を尽くして、動かぬものはない……百の策略《さくりゃく》より、一つの誠が人を動かすごどもありやす。浪士や攘夷派諸藩の中《なが》にも、人物はきっといる。情理を尽くして説けば、事態も変わるのでは？」

覚馬はいった。だが、平馬も秋月もうなずかなかった。うなるだけだった。

「武州《ぶしゅう》忍藩《おし》脱藩、坂梨誠二郎。申し上げたき儀がござる！」

玄関から声が聞こえた。「ほい、まだ来た」と秋月が立ち上がった。


古川春英が種痘を施すというので、八重と時尾はユキや二葉たち姉妹を率いて春英の役宅を訪ねた。佐久は、亡くなった敏姫が種痘を植えていれば助かったことを知り、知り合いに種痘を勧めて回っていた。

「これ。武家の娘が、そんな弱虫でなじょする。じきに私《わだす》もいなくなんだよ」

後ろに隠れようとした妹の常磐を二葉が叱った。二葉の出立の日取りが二月末に決まっていた。

「天誅が、おっかなぐねぇのですか？」とユキがたずねた。

「旦那様からの文には、人心も和らいで、騒ぎが鎮まってきたどありました」二葉は応えた。

「そうがし。良《い》がったぁ……」

八重が胸に手をやった。二葉は胸をはった。

「んだげんじょ、どんなに恐ろしいどこでも、私は参るつもりでいやした。武士の妻ですから」

「二葉様、力むど武者人形みてぇだなし」

ユキが八重に耳打ちした。八重と時尾が顔を見合わせてくすっと笑った。京の騒ぎが鎮まったならば、覚馬が会津に戻るのも近いかもしれないと、八重の胸が弾んだ。

ところが……その年の二月二十二日、三条河原《さんじょうかわら》に木像の首が三つ、台の上にさらすように置かれるという事件が起きた。首は、北山等持院《きたやまとうじいん》にある足利《あしかが》将軍三代の木像から、引き抜かれたものであり、それぞれの首の下に「初代等持院殿尊氏」など位牌がつるされ、台の前には「逆賊　足利尊氏、同義詮《よしあきら》、同義満《よしみつ》」と、天誅を下す趣意が書かれていた。

駆け付けた覚馬と秋月は、絶句した。

「不気味だ。なじょして、木の首を……」覚馬はうめいた。

「捨て札を見ろ。足利将軍は、朝廷を軽んじた逆臣とある」

秋月に促されて札を読んだ覚馬の目がぎくりと細くなった。

「将軍が逆賊……では、これは徳川への当てつけが……？」

町奉行所の役人たちが野次馬を追い払っていた。野次馬がいっぱいに集まっているにもかかわらず、冬枯れの荒涼とした川原に何羽ものカラスが飛び交い、耳障りな羽音をたてていた。


木の首を晒した者たちは、すぐに知れた。会津藩の密偵・大庭恭平が一味に潜入していたのである。容保は大庭を執務室に呼ぶと直接たずねた。

「尊氏公は朝廷から官位を賜ったお方。その首を辱めるは、朝廷を貶めるも同じことだ。尊王を唱える浪士たちが、なんのために左様な真似をするのか」

容保がそういうと、大庭はいきなり脇差をぬき、腹に突き立てようとした。修理と土佐はあわてて大庭に飛びかかり、脇差をとりあげた。大庭はがばっと手をついて、がくりと首を落とした。

「晒し台に首を並べたのは、それがしにござい まするっ！」

誰もが息を呑んだ。大庭はかすれた声で続けた。

「足利将軍の首は、すなわち公方様のお首！　攘夷をやらぬ将軍は逆臣ゆえ、いずれ首を討つどの脅しにございまする」

「公方様を討つだと⁉」容保が色をなして聞き返した。

「そなた、探索のために一味したのであろう。奴《やつ》らど心《ごころ》を通じたのではあるまい」

土佐がとりなすようにいった。

「わがらんです……。奴らど共に熱に浮がされ……腹を切らせてくだせい！」

涙を流しながら、大庭は獣のように叫んだ。

「……狂っている……。尊王攘夷とはなんだ。それでは、まるで幕府を倒す口実ではないか」

容保は大庭を見た。そして容保は自分の言葉に戦慄した。

「殿……仰せの通りやもしれませぬ。尊王攘夷は、もはや表看板に過ぎず、真の狙いは、幕府を倒すごどにあんのでは」修理が低い声でいった。

「倒幕……。なれば、言路洞開など、なんの役にも立たぬ……。幕府打倒を狙う輩に、融和策など通じぬわ。……わしが、愚かであった」

容保は吐き捨てるようにいった。容保は頭を振り上げると、厳しい声でいった。

「所司代と町奉行所に命じ、直ちに賊を捕らえさせよ！　一人も逃すな。この後、不逞の輩は、厳罰をもって処断いたす！」

慟哭している大庭を冷たく一瞥し、容保は立ち上がった。

八重が角場に行くと、思いがけない人がいた。大蔵だった。大蔵は銃のことで尚之助を訪ねてきたという。

「私《わだす》もお宅に伺うところでした。二葉様にお餞別を届げに」

「お気遣い痛み入りやす。……実は、私もご下命を受げやした。まだ先《さぎ》のごどですが、夏の勤番交代の折に、私も京に上りやす。上洛の前に、私は……その……」

そのとき尚之助が入ってきた。

「天誅騒ぎは、鎮まったのではねぇのですか？」

八重が大蔵にたずねた。八重は大蔵が途中で言葉を呑み込んだことに気づかなかった。

「将軍家のご上洛を前に、まだ不逞の輩が暴れだしたようです」

「そんな……兄様《あんつぁま》のお戻り、近ぇと思ってたのに……」

「殿もついに、厳しい取り締まりをご決意されました」

大蔵が厳しい表情でいった。

「やはり、そうなりましたか……会津の武力が、あだとならねば良いのですが」尚之助は目をつぶり、ため息をついた。

「あだって？　なんのごどです？」

八重が気色ばんだ。

「強い力を持つ者は、初めは称えられ、次に恐れられ、末は憎しみの的となる……覚馬さんも、それを恐れていました」尚之助がいった。

「憎《にぐ》まれる？　幕府のお指図で、朝廷さお守りしていんのに。はるばる都まで行って、働《はだら》いでおられんのに。そったごど、あるはずがねえ。会津が憎《にぐ》まれるなんて……」

八重は首を横に振った。尚之助がいったことが八重には理解できなかった。

第八章　ままならぬ思い

　文久三年（一八六三年）三月、十四代将軍家茂は上洛し、孝明天皇に拝謁した。公武一和の絆を強めるための儀式であったが、裏では長州派公家たちの様々な策略が渦巻いていた。

　京の町には血なまぐさい風が吹き荒れている。尊王攘夷を唱える無頼の輩や、「天誅」といっては騒乱を起こす者たちがあふれていた。

　三条大橋で、また人斬りがあったと知ると、容保は眉根を寄せた。町奉行所の者も不逞浪士に怯《おび》えていて、探索は一向に進まない。見回りの藩士を増やしてはいるが、会津藩が浪士を捕縛するのも憚《はばか》られた。そんなとき、土佐がいった。

「その儀、うってづげの者だぢがおりまする。幕府が集《あづ》めだ浪士の一党が、守護職のご差配を受げだいど願い出て参りました」

「浪士か……」容保はうなった。

　命を受けて、覚馬と秋月は、京都壬生村《みぶむら》に浪士たちを訪ねた。剣術の稽古をしている様子を見ながら、秋月が耳打ちした。

「二百《にひゃぐ》を超える人数で入京したど聞いたが、わずかしかおらぬようだな」

覚馬は背後に鋭い視線を感じて振り向いた。ひとりの男が覚馬を刺すような目で見ていた。

覚馬と秋月を案内したのは土方歳三《ひじかたとしぞう》だった。土方の後ろにその男が控えている。

「元は二百四十人ほどもおりましたが……ご公儀への忠心薄き者は無用ゆえ、追い払いました。我らは京師《けいし》に留まり、将軍家の警固にあたる所存にござる。尽忠報国の士、総勢二十四名。精鋭揃いにござる。なあ、斎藤くん」

刺すような目の持つ主は、斎藤と呼ばれて、一礼した。斎藤はまた覚馬を見た。首筋がひやりとした。

「土方という男《おどご》ながながの切れ者ど見だ。使い手も揃っている。あれなら、市中取り締まりの役《やぐ》に立づべ。……何が気になるが？」

藩邸に戻る道を歩きながら秋月は覚馬にいった。覚馬は考えこんだ。

「あの者だぢ、ちっと剣呑《けんのん》かど。……斎藤という者など、ただならぬ殺気を発しておりやした」

「なに、公用方《かだ》が睨みを利かせで、無茶はさせぬわ。ともがぐ、今は手勢が欲しい」

秋月が言い切った。この日、壬生浪士組は会津藩お預かりと決まった。


その日は、二葉の最後の薙刀の稽古の日だった。八重と時尾は稽古前に二葉に駆け寄ると、挨拶を交わした。京が不穏な状態になっているということは、会津にも伝わっていた。

「覚悟《かぐご》して参りやす。ただ……弟《おどうど》の祝言を見届けられねぇごどだけが、心残《こごろ》りで」

二葉がいった。八重の目が丸くなった。だが、八重よりもっと驚いたのは時尾だった。

「えっ！　大蔵様が、祝言……？」

思いがけないほど大きな声を出した。大蔵の相手は槍術の名手・北原匡の娘・登勢《とせ》だという。

「へーえ。与七郎が、もう嫁取りが」

八重が感慨深くつぶやくと、二葉がにらんだ。

「大蔵は、今では二十人を率いる物頭《ものがしら》です。身を固《かだ》めるのは当だり前《めい》だべ」

「はい……」思わず八重は首をすくめた。

「あ、あの、祝言はいづ……」

時尾が勢いこんでたずねた。だが話は途切れた。黒河内が道場に入ってきて稽古が始まった。


稽古の帰り、時尾は八重の家に寄った。時尾はその日の稽古で足首を捻挫したのだった。

「あーあ、腫れでる……稽古中にぼんやりすっとは、時尾さんらしぐもねぇ不覚だったなし」

八重は、時尾の足首に湿布を貼りながらいった。時尾がため息をついた。

「……なあ、八重さん。一度《いちど》、お見がげしたごどがあんだげんじょ……お似合いだと思う。お登勢様なら、お美しいし、家柄も申し分ねぇし……」

「大蔵様の、祝言の話が？」

時尾がうつむきながらコクンとうなずいた。そしてささやくように続けた。

「ご出世されで京に上られるんだがら、お嫁様さ迎《むが》えられでも不思議はねぇ。山川様とは、家も釣り合わねぇし。ご縁がねぇのはわがってたげんじょ……」

「ご縁？」

「私《わだす》、バカみでぇ……一人で勝手に思って、勝手にがっかりして……なじょにもなんねぇものを……ずっと」

時尾の目から不意に涙がこぼれた。八重はハッとした。そして思い出した。いつも時尾は八重の後ろから大蔵を見ていた。大蔵の姿を見つけると誰より早く立ち止まり、道を譲っていた。

「知らながった。なんも話してくれねぇんだもの……」

八重は時尾の膝に手をやってゆすぶった。時尾がぽろぽろと涙をこぼした。

「話しても、仕方ねぇがら。……んだげんじょ、やっぱり、切《せつ》ねえ……私《わだす》…一生嫁にいがねぇ」指で涙を押さえながら時尾はつぶやいた。

「何言うの」八重が目を見張った。

「んだって、他《ほが》の誰んとごにも行きたぐねぇもの。……お針や手習い教《おす》えで、ずっと一人で生きでぐ……」鼻水をすすりあげた。八重の胸が詰まった。切なくなった。

「私も嫁にいがねぇよ。鉄砲は、捨てられねぇもの」

気がつくとそういっていた。時尾が八重の手をとった。ふたりは目を見つめてうなずきあった。

「あ……」と八重の口があいた。「え、なに?」と時尾が八重の顔を覗き込む。

「そもそも、私に縁談が来んべが」

八重がそういって額をぴしゃりと叩いた。時尾がふふっと笑った。風が庭の桜の花びらを運んできたのか、ひとひら、ふたりの膝の間に舞い降りた。

「なあ。仕方のねえごどって、一杯《いっぺい》あんな」時尾が涙にぬれた顔をあげてそういった。

「うん……」と八重がうなずいた。

壬生浪士たちの前に容保が姿を現した。修理が申し述べた。

「このほど、会津藩お預かりどなった、壬生浪士たちにございます」

「都を鎮め、宸襟《しんきん》を安んじ奉るよう、力を尽くせよ」

容保が述べると、浪士たちは平伏したまま「ははっ」と応えた。

壬生浪士組の最初の仕事は四月二十一日の家茂の摂海《せっかい》の巡見の警固だった。

駕籠にのった家茂の列の後方を、壬生浪士組は髪を大たぶさに結い、揃いのダンダラ模様の羽織を着て歩いた。壬生浪士組、後の新選組《しんせんぐみ》は、将軍警固の列の中で、ひときわ異彩を放っていた。


その日覚馬は、勝海舟から連絡を受け、料亭「小松屋」に向かった。

「軍艦奉行並《なみ》どは、たいしたご出世だ」

勝の立派な身なりに覚馬は目を見はった。

「昔の貧乏勝が、今じゃ千石取りさ。ま、それだけ、世の中が変わったってこった。まるで下剋上よ。こうなるといろんなものが湧いて出る。……たとえば、熱に浮かされたような、今の攘夷騒ぎだ。慶喜公は、五月十日を、攘夷の日と決めて江戸に帰《けえ》ったが、ナニ、幕府の方じゃ、真に受けている奴は誰もいねえや」べらんめえの江戸弁は相変わらずだ。

「攘夷派が、まだ騒ぎ始めますね……」

「そんなに攘夷がしたけりゃ、エゲレスとでもメリケンとでも、戦を始めりゃいいのさ」

「んだげんじょ、今、戦をしては……」

「負けるに決まってる。負けて初めて気づくだろうよ。己の弱さにな。……戦はしねぇがいい。だが、攘夷も出来ず、開国もせず、その場しのぎの言い逃ればかりしてちゃ、どうにもならねえわさ。一敗地にまみれ、叩きつぶされて、そこからはい上がりゃ……十年後、百年後、この国も、ちっとはましになるだろうよ」しわがれた声で勝はいった。

覚馬は殴られたような気分だった。十年後、百年後の日本のことなど考えたこともなかった。

「なあ、覚馬。会津は、都で何をしようってんだい？　食い詰め者を抱え込んで、人斬り一味にでも仕立てる気かね？」

「壬生の、浪士組のことですか……」

覚馬がたずねると勝は眉をひそめて、うなずいた。

「オイラ、あんなのは好かねぇな。人斬りに人斬りをぶっつけてちゃ、きりがねえ」

「んだげんじょ、治安は守らねばなんねえです。他《ほが》にやりようがありますか？」

「それを考えるのが、おぬしの役目だ。考えて、考えて、考え抜いてみろ。象山先生や、死んだ寅次郎さんは……遠い先の日本まで、思い描いていたぜ」

「はい……」覚馬は頭をたれた。

勝と別れた覚馬は加茂川《かもがわ》に出た。川面に揺れる町の灯りを見つめながら、覚馬はこれからの会津をどうしたらいいのか、十年後百年後の人々のために今自分は何をすべきかと考え続けた。

文久三年、五月十日。実際に攘夷に打って出た藩が、ただ一藩だけあった。長州が、下関《しものせき》海峡で米商船を砲撃したのである。

そして……五月二十日、長州派の若い公家、姉小路公知卿《あねがこうじきんとも》が刺客に襲われた。事件への関与を疑われた薩摩は、御所から遠ざけられ、朝廷では、長州派が一手に実権を握った。

尊王攘夷派の急先鋒である三条実美の元にその日集まったのは、水天宮宮司・久留米の真木《まき》和泉《いずみ》、長州の桂小五郎《かつらこごろう》、久坂玄瑞《くさかげんずい》だった。三条は壬生浪士組の話を持ち出した。

「ようやっと、薩摩の者どもを御所から締め出したというに、また、やっかいな者が現れたわ」

真木が苦々しい声でいった。久坂が相槌をうった。

「攘夷親征《じょういしんせい》に向け進まんならん時に、邪魔じゃね、壬生浪《みぶろ》どもは」

「ほんまに邪魔なんは、後ろにいる会津や。奥州の田舎もんと思うてたが、浪士を手勢に仕立てるとは、思いのほか智恵もあるようや。真木、策があるのやろうの」

そういった三条に向かって、真木はにやりと笑ってみせた。

その日は夏を思わせる暑さだった。十日後に京に出立する大蔵が尚之助に挨拶にやって来た。登勢との祝言は明後日だという。あわただしく立ち去ろうとする大蔵を尚之助が呼び止めた。

「あ、そうだ。……以前、お借りしたままの本がありました」

「それはまだ、いずれ戻った時《どぎ》に」

「取ってきます。ちょっと、待っていてください」

尚之助は作業場の二階に走って行き、八重と大蔵のふたりだけになった。

「兄様《あんつぁま》によろしぐ伝えでくなんしょ」八重は大蔵にいった。

「はい」とうなずいた大蔵を、八重は羨ましそうに見て、ため息をついた。

「やっぱり私《わだす》は、生まれ損《そご》なったな……こった時《どぎ》に何《なん》もできねぇのは、じれってぇ。……もし、男《おどご》に生まっちゃてだら、都にはせ参じて、兄様ど一緒に働《はだら》ぐのに」

「鉄砲を担《かづ》いで？」大蔵がたずねると、八重は短くうなずいた。

「んだ。鉄砲なら、大蔵様にも引けは取らねぇ」

「一度《いぢど》、お手合わせ願いでぇもんだ」

「いづでも、受げて立ちやす」

大蔵は天を仰いで声をあげて笑った。八重も笑った。

「ふふっ。あーあ、ほんに男だったら良《い》がった」

「……オレも、そう思う」

大蔵はそういって、八重の目をじっと覗きこんだ。

「八重さんが、男ならば……子どもの頃のように、競いあう仲《なが》でいらっちゃ。共に銃を取って、戦《たたが》うごどもできた。……決められだ縁組みに……心《こごろ》が迷うごとはながった」

「え？」とまばたきを繰り返した八重を、大蔵はじっと見つめた。

「京で、会津を思う時《どぎ》には……きっと、真っ先《さぎ》に、八重さんの顔が浮がぶ。あなだは……会津そのものだがら」

大蔵は唇を真一文字に結ぶと、八重に一礼して足早に去って行った。八重の胸がつんと疼《うず》いた。

大蔵の祝言が行われているその日、八重は城下のはずれの桜の木の枝に座り、いつものように砲術の本を読んでいた。だが、ふと大蔵の言葉を思い出し、本から顔をあげた。

「あれは、なんだったんだべ……おがしなごど言って……」

首を振って、心のもややもやをふりはらった。「よし、学問やんべし」とひとりごちてまた本に目を落とした時、人の声がした。

官兵衛と頼母だった。官兵衛は頼母に振り払われても懇願を続けていた。

「常の時《どぎ》なら、それがしも大人《おどな》しくしておりやす。んだげんじょ、今は危急の折です。京都本陣では、得体の知れぬ浪士を雇《やど》い入れだど聞ぎやした。そんくれぇなら、わしを都にやってくだされ！お許しがねぇなら、脱藩して、都さ馳せ上るまで！」

「ばかもの！　そったごどしたら、二度と殿の御前には出られんぞ。ならぬことはならぬ！」

ついに官兵衛を頼母は怒鳴りつけた。官兵衛は悄然として立ちすくんだ。

「こった時に、ご奉公が出来ねぇなら……六年前のあのどぎ、死罪さ賜った方が良がった……」

官兵衛はそうつぶやくと、一礼して去って行った。

頼母はその後ろ姿を見送ると、やりきれない思いをぶつけるように桜の幹をドンと叩いた。

「わっ」枝がゆれて、八重が声をあげた。

「誰だ？　そごで何してる」

頼母が怒鳴った。八重は恐る恐る「あ、あの……」と葉っぱの間から顔をだした。

「ん？　にしは、確か……あの時の……覚馬の妹《いもうど》」

「八重にごぜいやす。も、申し訳ごぜいません！」

八重は枝から飛び降り、深々と頭をさげた。

頼母は、桜の木の下に腰をおろすと砲術書をめくり、八重にたずねた。

「これが、面白いのが？　変わった奴《やづ》だ。おなごが鉄砲なぞ学んで、なじょするる」

「それは……私《わだす》が男ならば、都に馳せ参じてぇのですが。佐川様のように」

頼母はギロリと八重をにらみつけ、「官兵衛のごどは、知っておろう」といった。

「はい……江戸詰めの折に、喧嘩で人を殺《あや》められだどが」

「切腹仰せづけられるどごろを、殿のご温情にて一命《いぢめい》を救われだ。今ごそ、ご恩に報いる時だど、勇み立っているが……あの燃えるような忠義心、裏目に出るかもしれぬ……」

「お気《ぎ》の毒に……上洛のお望みは、叶わねぇのでしょうか？」

「にしが口《くぢ》を出すごどではねぇ」頼母が声を荒らげた。八重は首をすくめた。

「はいっ。……んだげんじょ、私にも覚えがありやす。あの、追鳥狩の時に……」

八重は今でもあのときの容保の姿と言葉を鮮やかに思い出すことができる。容保は「もう良い。叱るな。……武士らしく名乗って出たのだ。卑怯な振る舞いはしておらぬぞ」といった。

「お殿様のお情け深さ、武士らしいど言わっちゃ時の嬉しさ。心《こごろ》にしみで今も忘れられねえだし。私のような者でさえ、お殿様のために働《はだら》ぎでぇど思うのです。佐川様はどれほどかど……ご家老様？」八重は一点を見つめたまま動きを止めた頼母に呼びかけた。頼母はハッと顔をあげた。

「そうよのう。人の心を動がすものは、罰の恐ろしさより、温《あだだ》がい情《なさけ》がもしれぬ。なれば、寛容の心こそが、憎しみがら身を守る盾《たで》どなるはず……。良い話を聞いだ」

頼母は立ち上がった。山の彼方に目をやった。

「都に行がねばならぬ。……抜き差しならぬごどになる前に、今度ごそ、お止めせねば」

ひとりごとのようにそういうと、足早に立ち去った。

尊王攘夷急進派の三条実美が朝議を取り仕切っていた。

「後見職は関東に下ったきり、攘夷をいたす気配もございません。この上は、会津中将を江戸に使わし、事の次第を糺《ただ》させるが、よろしいと存じまする」

飛ぶ鳥を落とす勢いの実美に意見する公家はいなかった。

「待て。守護職が関東に下っては、都を守る者が、おらんようになる」

玉座の孝明天皇がひとり口をはさんだ。

「それはまた、他の者に命ずれば済む話。武士は会津だけではございません。早速、会津に、関東下向の勅命を、お伝えなされませ」

実美は帝をあっさりとしりぞけると、武家伝奏《てんそう》に命じた。


早速、会津本陣の容保のもとに、武家伝奏より勅命が届いた。

「江戸に戻り、一橋公を励まして攘夷をさせよとあるが……薩摩がいなくなって、守りが手薄という時に、我らが都を留守にするなど、考えられぬ……」

勅書を前に、容保は考え込んだ。

同じころ、御所では孝明天皇が手を打って女官を呼んでいた。

「先の関白、近衛《このえ》忠熙《ただひろ》を呼ぶのや。三条らに、気づかれてはならんぞ」

声を押し殺し、だが断固として女官に命じた。

勅書に納得できず、熟考を重ねていたところに、修理があわただしく入ってきた。

「勅書が参りましてございます！」

横山がうんざりした顔をした。

「いかがしたのじゃ。江戸に下れとの勅状なら、すでに届いておるぞ」

「帝より先《さぎ》の関白近衛様に、密々に渡されだものにございます。ご一同、お控えくだされ。帝のご真筆にございまする」

修理は漆塗りの文箱を捧げ持っていた。一同が平伏する中、修理は進み出て、容保の前に文箱を置いた。容保は深々と一礼し、震える手で文箱の紐を解き、中の書状を開いた。

「これは……」

容保の顔色が変わった。勅書には「守護職を関東に帰すことは、朕《ちん》の望むところではない。なれど、堂上《とうしょう》たち申し条を言い張るうえは、愚昧《ぐまい》の朕が、何を申すも詮無きこと」とあった。

「江戸へ下れとのご下命は、ご叡慮《えいりょ》ではない……公家たちが、勝手に決めたものとある」

容保が目をむいた。土佐が膝をすすめた。

「では、先《さぎ》に届いた勅旨は、いったい……」

「偽勅の話、やはりまことであった……会津を都から追い出し、朝廷を意のままに操ろうとする者の企みゆえ、決して従うなとの仰せじゃ」

憤りで容保の手が震えていた。その先の文字を目で追った容保が息を呑んだ。ただならぬ様子に、修理が「殿？」と声をかけた。

「これ即ち、朕がもっとも会津を頼みとするゆえ……もっとも会津を……主上は、それほどに、我らを頼りにしておられるのか……」

容保の唇が震えた。頬をひと筋の涙がつたいおちた。


頼母が、黒谷の本陣に到着したのは、その数日後だった。頼母は容保に会うなり、いった。

「ご就任当初、殿は対話の道《みち》ごそ第一とされておいででした。それでごそ、公武一和は無事に調うものど、頼母、感服仕っておりました。なれど、ただいまは、素性怪しき浪士組をお抱《かか》えになり、不逞の者はこどごどく処断するご方針に変わられだ」

「もはや、厳罰をもって処するより、都を守る術《すべ》はないのだ」

「いま一度《いちど》、言路洞開のお立場に、お戻りいただくごどはできませぬが？」

「できぬ。すでにその時ではない」

にらむように見つめている頼母に、容保はぴしゃりといった。

「なれば、改《あらだ》めでお願い申し上げます。……京都守護職、ご退任くだされ。この先、守護職のお役《やぐ》目《め》を続けては、会津の手も、名も、血にまみれまする。守り神ど称《ただ》えられるのは、今だけのごど。いずれ殿は悪鬼の如《ごど》ぐ恐れられ、諸人の憎しみを買いましょう。勤番交代の藩士一同《いぢどう》、すでに会津を発ちましたなれど、それがしが道中にて押し戻しまする。何卒、退任の御決断を！」

ぐっと容保に迫った。頼母の体から、熱気のようなものが立ち上っていた。だが、容保は首を横に振った。

「主上は我らを頼みとされておられる。守護職のお役目はなんとしてもやり通さねばならぬのだ」

「すでに、春嶽公は総裁職を放り出し、公武合体派の諸侯も京を去られた。今はただ会津のみが、都で孤立しておりまする」頼母は一歩も引かなかった。容保は唇をかんだ。

「損な役回りゆえ、放り出せというのか？　それは、卑怯であろう。会津には御家訓がある。他藩とはひとつにならぬ」

「では、そのために、会津が滅んでも良いど思し召すか」

頼母が決死の表情でそういうと、容保は「なにっ」と絶句した。

「殿は捕らわれでおいでだ。二心を抱ぐものはわが子孫にあらずという、御家訓の一条に……」

容保は「もう良い。下がれ」と手を振った。だが、頼母はさらに言葉を重ねた。

「なれど、そうまで拘られるのは……殿が、他国《たごぐ》よりご養子に入られだお方ゆえ。会津は、潰させませぬ！」頼母の目は赤く血走っていた。

「主上は、ただ一人で国を担う重さに耐えておいでだ。一藩を賭けてでも、お守りする。……それが会津の義だ。去れ。国許に帰り、沙汰を待て」

容保は頼母を見据えてそういうと、立ち上がった。

覚馬と秋月が戻ってくると、石段の前で旅姿の頼母が本陣を振り返っていた。

覚馬たちは頼母に駆け寄った。頼母は「京の本陣はなじょなどころが、見に参ったのだ」といい、覚馬に八重に会ったと笑った。

「妹が、まだ、何か粗相を？」

覚馬が唾をのみこんだ。頼母は覚馬の肩を叩いた。

「いや、なかなが良き娘だ。ははは。……会津を……潰すなよ。殿をお守りせよ。何があろうとも。……良いな」

「はい」と応えたふたりの顔をもう一度見ると、頼母は去って行った。

国許に戻った頼母を待っていたのは、蟄居の命だった。


七月。会津は、御所で馬揃えを披露することとなった。馬揃えを天覧に供するのは、二百八十年前、信長公以来のことで、会津藩兵はその名誉に沸き返っていた。

ところが……予定された日は、雨のため順延となり……その翌日も、朝から雨であった。伝奏からは雨天の折は日延べとの連絡がすでに伝えられていた。

「急ぎ支度《したく》を。ただちに馬揃えを始めよとのお達しです！」

夕方、平馬が転がらんばかりに本陣に走りこんだ。血相が変わっていた。

「なぜだ。雨はまだ降り止まぬぞ」

秋月が空を見上げながらいった。平馬は首を振った。

「出陣の折には、雨や雪《ゆぎ》など物の数ではないはずだど、言ってきたのです」

「話の行き違いが……？　いや、これは、謀られだ」

秋月が憤然といった。

「満足に支度が調《ととの》わぬよう、不意打ぢを食らわせてきたのでは」覚馬は唇をかんだ。

帝の前で容保に恥をかかせようとする三条一派の差し金であった。

まんまとその手に乗るわけにはいかなかった。気をひきしめ、兵を集め、隊列を組み、粛々と御所へ向かった。

雨は降り続けている。その闇の中にホラ貝が響きわたった。

御所に「會」と染め抜いた旗と、参内傘の馬印が翻った。

緋色の陣羽織を着た容保が鹿毛の馬に乗り、その先頭に颯爽と立った。甲冑具足を付けた藩士が続いた。大砲隊を率いる林。鉄砲隊を率いる覚馬。精悍で勇壮な面構えばかりだ。

孝明天皇は容保の陣羽織に目を見張った。容保にさずけた衣で作ったものだとひと目でわかった。その顔に微笑が広がった。

陣太鼓が鳴り、容保は旗を振った。兵列は整然と動いた。鉄砲隊が隊列を組み前に進んだ。覚馬が「構え。撃でーっ！」と叫ぶと空砲が一斉に発射された。

かがり火に刀槍の白刃が煌《きらめ》く。苛烈な闘志が立ち上った。一糸乱れぬ動きは、絵巻のように美しくもあった。

天皇の隣に坐した実美の顔がいまいましげにゆがんだ。

天覧馬揃えは、会津藩の訓練された軍事力を天下に示すことになった。

からっと晴れた日だった。風が草の甘い匂いを運んでくる。水田が緑の海になっていた。八重が城下のはずれの桜の木にやってくると、木の下に頼母が立っていた。

「御家老様……」八重が呼びかけた。

「おお。八重が」

「何をしておいでですか？」

「枝に夏毛虫がついでおるでな。取り除いてやろうがど。……放っておいで木が枯れではいがぬゆえ。そっちは、何しに来た？」

素手で葉についた虫の巣を払いながらいった。

「本を読みに……」

八重は胸元の本を取り出して頼母に見せた。頼母が笑い出した。

「まだ木の上でが。今日はやめておげ。毛虫の進軍と鉢合わせすんぞ。にし、良い腕をしていんだってな」

頼母は鉄砲を撃つ真似をした。八重は殊勝に答えた。

「日頃、鍛錬は積んでおりやすが……」

「鍛錬した腕を、何に使《つが》う。おなごでは、鉄砲足軽にもなれぬぞ」

「それが、口惜しゅうごぜいやす」ちょっとむきになった八重を、頼母は柔らかな目で見た。

「ふふっ。ままならぬものよ。……誰も、望み通りには生ぎられんか」

自重するようにつぶやいた。八重は思わず一歩前にでた。

「ご家老様も、ですか？」

「もう家老ではない。殿のお怒《いが》りに触れで、職を解がれだ。官兵衛同様、謹慎の身どなったわ。腕があっても使う場所がないどごろは、八重と同じよ。……桜守りの爺にでもなっか。ははは」

頼母は幹に手をあてると、緑の葉をいっぱいにしげらせる桜を愛おしそうに見上げた。

「桜が枯れぬように、せめでも、災いの元《もど》を取り除きたかったのだが……」

その横顔は、胸がひんやりするほど寂しげだった。八重は頼母の隣に足を進めると、桜の枝に手を伸ばした。虫の巣のついた葉をとった。

「私《わだす》に、お手伝いさせてくなんしょ。木が枯れでは、私も困っからし」

八重は手を伸ばして、また次の巣をとった。頼母の顔に笑みが広がった。

「そうが。……よし、一緒にやんべし」

「はいっ」

磐梯山が陽光に輝いていた。

第九章　八月の動乱

雨中の突然の要請にもかかわらず、会津藩は短時間に大兵で馬揃えを見事にやってのけた。

会津藩を陥れようとした三条らの目論見ははずれた。だが形勢は変わらない。孝明天皇自身が会津藩を大和《やまと》への攘夷祈願の供にと望んだが、三条をはじめとする長州閥の公家の反対で退けられた。

覚馬が秋月の住まいである町家の二階を訪れたのは翌八月に入ってからだった。覚馬は、秋月に蘭学所ではなく、洋学所を作ると、打ち明けた。

「それは良い。これからは、オランダより、メリケンやエゲレスに学ぶ時代だ」

秋月はポンと膝を打った。

「会津藩士に限らず、洋学を志す者は、誰でも受け入れるつもりです。会津だけが利口になっても、世の中《なか》は変わらねぇ。誰もが学び、世界を見る目を養ってこそ、十年後、百年後《ひゃくねんご》、この国はもっと良ぐなる。秋月さんは、都をよぐご存じだ。他藩の方々《かたがた》にも顔が利ぐ。洋学所設立に、お力添《ぢから》え願えねぇでしょうか？」

そう覚馬がいったときだった。「秋月はん、お客さんどす」と町家の女房の声が下から聞こえた。階段を上がる足音がして、女房が顔をだした。

「こんなん、お持ちやした……」

小さな紙に「薩摩藩　高崎佐太郎」と書いてある。秋月が首をひねった。

「薩摩の高崎？　知らぬな……」

女房の後ろで黒い影が動いた。覚馬は刀に手をかけた。

ぬっと男が前に出た。殺気はない。覚馬はほっとして刀から手を放した。

「それがし……密命を帯びて参りました」

高崎は低い声でいった。それが都を揺るがす八月の政変の始まりだった。


月見飾りの支度をしていたとき、佐久が驚くようなことをいった。

「江戸をお発ちになり、間もなぐお国入りされるみでえだ」

照姫が会津入りをするというのだ。八重は遊びに来ていた時尾と顔を見あわせ、歓声をあげた。

飾りのススキを手にしていたユキも飛び上がった。

「お美しいお方なんだべな」八重がつぶやくと、時尾がコクンとうなずいた。

「歌もお茶《ぢゃ》も書も、なんでもよぐお出来になる」

「うわ。かぐや姫みでぇだ！」ユキが胸の前で手を合わせた。

「私《わだす》らも、姫様にお目にかがれんべが？」

八重がふり向いて佐久にたずねた。

「そうだなし。……お城にご奉公に上がる者《もん》もいるがもしんねぇな」

「鉄砲がお役《やぐ》に立づなら、私《わだす》もご奉公してぇげんじょ」

「とんでもねぇ。おなごの仕事は、お針が、お歌のお相手だべ」

佐久が一笑に付した。八重が口をとがらせてそっぽを向いた。

「私はご奉公には上がんねぇ。兄様《あんつぁま》がお留守の間、角場さ守んねばなんねぇもの」

「んだげんじょ、お城さ上がったら、嫁に行がなくても生きでいげんな」

時尾がつぶやいた。八重とふたり、目を輝かせてうなずきあった。

バーンと音がして、角場から「三郎先生、お見事《みごど》！」という声が聞こえたのはそのときだ。

「あれ、弟《おどうど》の声だ……」時尾がきょとんとした目をした。

「三郎、先生……？」

八重はつぶやき、立ち上がった。角場に向かって走り出した。角場では三郎がゲベール銃を構えていた。時尾の弟の高木盛之輔《もりのすけ》と伊藤悌次郎《いとうていじろう》が真剣な顔で三郎を見つめていた。

「台を肩に付けて、こう構える」

三郎が模範を示すと、盛之輔は並んでいる銃に手を伸ばした。

「なりませぬ！　三郎。子供に銃さ触らせではなんねぇ」

八重の声が飛んだ。とたんに三郎は神妙な顔になった。だが悌次郎はきつい目を向けた。

「オレだぢは、子供ではねえです。もう日新館さ通っていっからし」

「八重さまも、小せぇ頃がら鉄砲さ学んでいだんではねぇですか。そうだべし、姉上」

盛之輔が八重の後ろにいる時尾にいった。

「学ぶには、順序どいうものがあっからし。いきなり銃を構えではなんねえだし」

八重は穏やかにいった。

「では、何がら学べばいいのがなし？」

盛之輔と悌次郎の目は真剣だった。八重は銃を手に取った。

「火縄銃とゲベールでは、まず、火さ点ける仕組みが違いやす」八重はゲベール銃を持ち上げ、撃鉄をあげた。「ここに雷管さ押し込んで、火門座さ叩《ただ》ぐごどで火が点くのです」

八重の動作には一切の無駄がない。盛之輔と悌次郎は目を皿にして八重を見つめていた。八重はふっと笑った。

「二人は、なじょして早ぐ鉄砲さ覚えでぇのがなし？」

「鉄砲が、一番《いぢばん》強ぇがらです。鉄砲や西洋式の調練やんねど、他藩に後《おぐ》れをとりやす」

声を揃えて答えた。

「良《よ》いお心掛けだなし。世の中《なが》は動いでいやす。これがらは、鉄砲の時代だなし」

覚馬にも、このふたりの言葉を聞かせたいと、八重は思った。


薩摩藩士・高崎佐太郎と別れると、覚馬と秋月は会津本陣に向かって走った。高崎が語ったのは驚愕の内容だった。

「行幸は帝のご本意ではなく、畏れ多い事ながら、三条実美らがご叡慮を歪めて決したことにござる。帝は大和から、関東に向かわれるものと思われる。御所にお戻りになれぬよう、都に火を放つとの噂もござる。姉小路卿の横死以来、薩摩は御所から遠ざけられたが、尊王の志には、いささかも変わりはごあいもはん！　我らの望みは、会津を助けて、都をお守りすることにござる」と高崎はいったのだった。秋月はその言葉をひとこともらさず、伝えた。

容保はじめ、土佐、修理、横山はしわぶきひとつせずに秋月の話に耳を傾けた。

「帝を関東にお連れ参らせて、なんとするのじゃ」

家老の横山がいぶかしそうな顔でたずねた。

「おそらぐ、箱根《はこね》にて、幕府討伐の兵を挙げるものど存じまする」

秋月が応えた。座がどよめいた。

「幕府を討つだと……主上は、そのようなことお望みではないぞ」

容保の声は鋭かった。

「長州派の企みにごぜいます。この上は、兵力をもって君側《くんそく》の奸《かん》を一掃するほがごぜいませぬ。戦にならぬよう、会津と薩摩《さつま》が手を組み、武力をもって圧倒するのです」

容保は厳しい顔で考え込んだ。手を組むといっても在京の薩摩兵はわずか三百たらずだ。

「その話、信用ならぬ。御所から遠ざけられた薩摩が、巻き返しのためにする策略やもしれぬ」

横山がいった。秋月が顔をあげた。

「そうでないどは、言い切れませぬが……」

土佐は覚馬を見た。

「にしはどう見だ？」

「全てが偽りども思えませぬ。中川宮様《なかがわのみや》に、ご助力を賜りたいど申しておりやした。すでに、ご内諾を得ているものがど」

中川宮は、公武一和を唱え、孝明天皇の信任の篤い人物だ。やがて容保が前を向いた。

「秋月、高崎と共に宮をお訪ねせよ。長州を除く勅旨を賜るのだ」

よく通る声で容保はいった。

土佐は喉をごくりと鳴らした。

「薩摩《さつま》ど手を結ぶのですか？」

「ひとつ間違えば、我らが朝敵となりまするぞ！」

横山も諫めるように、容保に詰め寄った。

「会津は都を守るのが役目。この暴挙、見過ごしにはできぬ。……秋月、行け」

容保はきっぱりといった。秋月が一礼し、出て行った。

「覚馬。鉄砲隊の働き、頼りにしておるぞ」

「ははっ」覚馬は畳に額がつくほど頭をさげた。

それから容保は土佐に顔を向けた。

「土佐、京詰めの新兵は参っておるな」

「新参《しんざん》の者千人、滞りなぐ到着。すでに任《にん》に就いております」

「前の一陣は？」

「二日前に国許《くにもど》に向げで出立いたしました」

「直ちに呼び戻せ！　二陣八隊、二千の兵にて都を守るのだ」

その日、秋月らは中川宮に拝謁。勅旨が下り次第、全軍を率いて参内せよとの指図を受けた。

ところが……宮からの知らせが届かぬまま、数日が過ぎた。

連日臨戦態勢のまま、会津藩は待機していた。勅旨はなぜおりないのか。密議が長州にもれたのではないか。覚馬の胸は穏やかではない。兵士たちは焦れ始めていた。

八月十七日の夜、秋月と広沢が煌々と焚かれたかがり火の前を疾風のように走り過ぎた。そのまま本陣奥に消えた。御所に向かえという容保の命が下ったのはその直後だった。

ついに孝明天皇は長州派を除く覚悟を決めたのだ。

八月十八日、子の刻。会津軍は、黒谷の本陣を出て御所へと向かった。

壬生浪士たちも赤地に白く「誠」と染め抜いた隊旗を御所内に翻した。

会津兵は蛤御門と堺町御門の守りについた。薩摩兵は乾御門で構えた。

墨で染めたような夜空に、会津と薩摩の旗印が高く掲げられた。

覚馬は堺町御門の守りについた。物頭となった大蔵も一緒だ。

やがて合図の砲声が響き、在京諸侯や公家たちが続々と参内し始めた。そして彼らの前で長州を御所の警備からはずし、三条実美らの参内を禁止するとの勅が下された。

長州藩はすぐさま異変に気づき、河原町《かわらまち》の長州藩邸から堺町御門に軍勢が押し寄せた。

大砲二門を据え置き、後ろに槍を構えた兵士を従え、久坂玄瑞は閉ざされた門に向かい、大音声《だいおんじょう》で「門を開けれ！　ここはわが藩の持ち場じゃ！」と叫んだ。

「長州は禁門守護の任を解がれただ。早々に退散せよ！」

覚馬は叫び返し、鉄砲隊に合図を送った。鉄砲隊が一斉に構えた。

両軍がにらみあった。互いに一歩も引かない。白々と夜が明け始めていた。

　このとき長州側では、一戦交えてでも潔白を訴えるべきだと主張する久坂と、勅旨に逆らっては逆臣となるといって堺町御門のすぐ近くにある鷹司邸にこもった三条らとがせめぎ合っていた。

「向こうの兵は三万もおるそうやないか。わずか二千の会津で、御所が守れるか？」

　内裏では近衛忠煕が白い頬を震わせていた。武者姿の容保がきっぱりと首を横に振る。

「三万などとは、流言飛語にござります。精鋭二千の会津兵が守護し奉るうえは、一兵たりとも門内には入れませぬ」

「そない言うても……」近衛の言葉は、孝明天皇の声にかき消された。

「会津に任せよ。御所を守れ。頼むぞ、中将」

「はっ」と手をつきながら、容保は身が震える思いだった。


　いつしか雨が降り始め、横殴りの雨になった。覚馬は三条らがこもった鷹司邸の前で、屋敷を守る長州藩士とにらみあっていた。応援の薩摩藩士も駆けつけた。

　降りしきる雨に打たれながら、会津と薩摩、そして長州の藩兵は鉄砲と槍を互いに向け合っていた。刻々と時間ばかりが過ぎていく。

　夕刻になったころ、伝令の兵が久坂の元に駆け寄った。久坂の顔が苦渋で歪んだ。

「退《ひ》け！」久坂が手を振った。血を吐くような声だった。

　長州兵が引きあげて行っても、会津藩士たちは構えをとかなかった。

「奸賊はみな退散した。禁裏は我らが守り抜いだぞ」

　堺町御門から土佐がかけつけてそういうと、はじめて兵士たちがわっと声をあげた。

そして容保が馬に乗ってやってきた。容保はひざまずこうとする兵士たちを制した。

「みな、よくやった」

容保はいった。容保も全身、雨に濡れていた。土佐が手を空に突き出し叫んだ。

「勝ちどぎをあげよ！」

「おーっ！」と腹から絞り出すような大音声が響き渡った。

その夜、三条ら、尊攘派の七人の公家は、長州藩士と共に都を落ちた。幕府打倒を狙った勢力は一掃され、八月の政変は終わったのである。

翌日、会津は孝明天皇から宸翰《しんかん》と御製《ぎょせい》を賜った。「たやすからざる世に武士《もののふ》の忠誠の心を喜びてよめる」との言葉書きと共に「和《やわ》らくも武《たけ》き心も相生《あいおい》の松の落ち葉のあらず栄えん」という歌が書かれていた。松とは会津松平家のこと。会津の繁栄を祈る和歌だった。

和歌は藩士一同の前で詠み上げられた。

「会津の忠心が、主上の御心に届いたぞ……」

容保は目を潤ませた。藩士たちも誇らしさに胸を熱くした。

蛤御門の警備に出陣した壬生浪士も、武家伝奏から『新選組』という名を拝命した。以後、壬生の八木邸の門柱には「松平肥後守御預新選組宿」の木札が掛けられることになる。

山々の頂上がぽつりと色づいたかと思うと北国の秋はあっという間に里まで駆け下りてくる。

照は鶴ヶ城の奥の間で、一枚の写真を眺めていた。天覧馬揃えの日の、陣羽織を着た容保の写真である。「これは、絵ではないのですか？」と不思議そうな顔をした滝瀬に照はいった。

「写真焼き、というのだそうです。お召しの陣羽織は、帝より拝領の御衣《ぎょい》で、仕立てたものだそうですよ。なれど……目覚ましいお働きを重ねる度に、背負われるお役目が、重くなるようにも思われて……」

見事に色づいた庭の紅葉を見上げ、照は小さくため息をついた。照は写真を文箱にしまうと、滝瀬を伴い、町に出た。国許に入ってから、照は留守にしている容保の力になりたいという一心で、会津の人々と触れ合うよう心掛けていた。


八重は薙刀の素振りを終えると汗を拭きながら、時尾に耳打ちした。

「皆様、張り切ってんな」

時尾がうなずく。

「今日は、まだどねぇ折だもの」

「夢みでぇだ。照姫様が道場にお越し下さるなんて」

その日、照姫が見えるという知らせがあったため黒河内道場には藩士の妻や母までもが集まってきていた。

「あ、頼母様の奥様……」八重がつぶやいた。

頼母の妻・西郷千恵が現れた途端、道場の空気が張りつめた。

作法にのっとって千恵は道場の神床に一礼した。まったく隙がない。

「千恵さま。今日はご遠慮くださいど、お願いしたはずだげんじょ」

「頼母様は蟄居の身。お身内も、公の場はご遠慮されんのが筋でごぜいやしょう」

ふたりの婦人が千恵の背中に声を投げつけた。千恵がふり向いた。目をしっかり見開いていた。

「夫は、天地に恥じるごどは何一つないど申し、私ども《わだす》にも普段通りに暮らすよう命じでおりやす」よどみなくいった。

「お気持《ぎも》ぢはよぐわがっけんじょ、これでは治まりがつかねえだし。今日のとごろは、引いでいだだげねえがなし？」

大蔵の母・山川艶が間に入り、穏やかにおさめようとした。

「夫の忠義に、偽《いづわ》りはごぜいませんから」

千恵は一歩も引かなかった。

八重の瞼に桜の木の下で出会った頼母の姿が浮かんだ。「桜が枯れぬように、せめでも、災いの元《もど》を取り除きたかったのだが……」といった横顔を思い出した。

「差し出がましゅうごぜいやすが……頼母様は、まごどに会津のごどを思っておいでです」

八重はそういわずにはいられなかった。たちまち「これ、お控えなさい」「そなたが口《ぐぢ》を出すごどではない」という甲高い声が八重に向けられた。

「んだげんじょ……」

もう一度口を開きかけた八重の腕を時尾がつかんで首を横に振った。

「なにを騒いでいる。御前であるぞ」

黒河内の声が道場に響いたのはそのときだ。照が立っていた。みな、あわてて平伏した。

「支度が良くば、稽古を始めよ」

鈴を転がすような声で照がいった。長いまつげに縁取られた切れ長の目が優しげに輝いていた。

八重は時尾と組んだ。八重は何もかも忘れて薙刀をふるった。勇猛果敢なその姿に、照の目が留まった。照が黒河内に名をたずねた。

「山本八重ど申すまして、鉄砲の家の者にごぜいまする」

千恵は艶と組んでいた。ピンと張りつめた表情のまま懸命に闘っていた。

稽古が終わると、一同、座って照の言葉を待った。

「見事な稽古でした。日頃の精進の賜と、嬉しく思います。都は今、容易ならざる有り様です。国許の私たちが、心をひとつにすることが、殿様はじめ、都の方々をどれほど力づけることでしょう。会津を思い、殿を思い、おのが家を思う気持ちが同じならば、たとえ諍いがあっても、それは一時のこと。みな、会津のおなごなのですから。優しく、勇ましくありましょうぞ」

千恵の目が潤んだ。頼母の妻千恵にとってこれほどうれしい言葉はなかっただろう。

いつしか日が傾き、黄金色の光が道場に差し込みはじめていた。その柔らかな光の中で照は限りなく優しい笑みを浮かべていた。この人のためならなんでもできると八重は思った。

帰宅した八重は、うらと畑から里芋を運んできた佐久に駆け寄って、照のことを話した。

「皆様、涙ぐんでおられやした。私《わだす》も、なにやら胸が熱《あづ》ぐなって……」

「良がったな、稽古さご覧いだだいで」佐久が微笑んだ。

「八重さんの薙刀《なぎなだ》、お目に留まったんでねぇが」

そういったうらに、八重はふっと笑った。

「薙刀より鉄砲の腕さ、お目にかけだかったたげんじょ。あのお方にならなら私もお仕えしでみてぇ……」

尚之助がそんな八重を遠くから見つめていた。


その年も瞬く間に暮れ、年が明けて元治《げんじ》元年（一八六四年）三月、覚馬と秋月は容保に召し出された。容保は大砲と軍艦の建造、そして海軍の必要性をとき、秋月に摂津《せっつ》の海岸の砲台築造工事の指示を、覚馬には洋学所を開き改革を担う人材を育てるよう命じた。

「さすがは、わが殿。会津一藩のみならず、国家の大計に心《こころ》を砕いでおいでだ」

秋月の声が弾んでいた。

「はい。……お加減が優れぬようでしたが……」

覚馬は咳を繰り返す容保が気になっていた。容保が京都守護職を拝命して以来、心休まる日は一日とてなかっただろう。落ちくぼんだ目にも精気が感じられなかった。

年配の藩士たちとすれ違いふたりは一礼した。にもかかわらず、「軽輩が、ろぐに挨拶も致《いだ》さぬ」「長州を追い出したを、我が手柄ど鼻に掛げでいるのであろう」あてつけのような声が背中にぶつけられた。覚馬はいきりたち、ふり向いた。

「聞ぎ流せ。我らには、大切なお役目《やくめ》がある」秋月がすかさず覚馬の腕をとり、低い声で制した。

容保に重用されつつある覚馬たちをやっかむ藩士も少なくなかった。徳川家、会津藩の命運がかかっているこのときに、目の前のことしか見えぬ者もいる。覚馬は奥歯を噛みしめた。

頼母は城下を離れ「栖雲亭《せいうんてい》」と名付けた庵を構え、幽居を続けていた。

「殿より御文が届いたそうです。国許《くにもと》もさぞ困窮しているであろうが、時勢に沿って改革を進めるよう頼み入るど。その書状、藩士すべてに回覧せしめよどの、御沙汰があったようなれど……」

この日は官兵衛が訪ねてきていた。さわさわと木々がそよぐ音が耳をくすぐる。遠くで鳥が啼いていた。頼母は庭の梅の花に目をやった。

「蟄居中の我らは、蚊帳の外よの」

「情けのうござぃまする」

「官兵衛。照姫さまが仰せになったそうだ。会津を思う心《ごころ》が一づなら諍いはひとどぎのごどど」

「また、出番が参りましょうか」

「備えで待で。それもご奉公だ」

千恵が湯呑にお茶を注ぎ足した。千恵の顔を午後の日差しが明るく照らしている。

「そうそう、ご家中の娘だぢの中《なが》がら、照姫さまのご右筆《ゆうひつ》が選ばれるそうです。誰がお城に上がるがど、みな、そわそわしておりますよ」

千恵が柔らかい声でいった。頼母が腕を組んだ。

「姫様のお側近ぐ仕える者は、心延《こころば》えがよぐ、機転が利ぎ、武道の心得もなければならぬ。お、あれはどうかの。覚馬の妹《いもうど》……」

千恵が笑顔でうなずいた。

薙刀の稽古の折、照が八重の名前をたずねたこともあり、八重が照姫の右筆に選ばれるのではないかと、町では早くも噂になっていた。

八重は嬉しかった。照姫の凜と美しい姿、強く優しい言葉を忘れたことはない。

時尾とユキと机を並べ、尚之助に論語を習い始めたのもそのためだった。漢書の読み書きができれば、右筆に選ばれたときにきっと役に立つだろうと考えたからだ。

「お城がらは何も言ってこねぇが?」

その日も城から帰った権八は佐久にたずねた。佐久と権八も期待に胸をふくらませている。

「黒河内先生が、八重を強ぐ推してくださってる。これは決まっかもしんねぇ」

「そうなったら、ひと安心でごぜいやすね。嫁に行がねぇでも、お針の師匠になんねぇでも、立派に生ぎでいげる」

「いや。期待しすぎではなんねぇ。選ばれながった時《どき》にがっくりくんべ」権八は無理に笑みを消した。

「旦那様は、苦労性だなし」

佐久がまた顔をほころばせた。そのとき玄関から「お頼《だの》み申します!」という声が聞こえた。

「来た! お使《づが》いが!」

権八と佐久はあわてて部屋を飛び出した。

一足遅れて、八重と尚之助、時尾、ユキが駆けつけた。

玄関には、時尾の弟の盛之輔がいた。盛之輔は脂の抜けたような顔をしていた。

「姉上、一大事《いぢだいじ》です」盛之輔は時尾を見た。

「なじょした?」

「お城がら、お使者がお見えになって……姉上が、照姫様のご右筆として、お城に上がるごどどなりやした」

水をうったように静かになった。時尾は立ちすくんだ。

「私《わだす》が!?」

そういったっきりうつむいた。八重の落胆を察して、時尾は顔をあげることができなかった。


その夜、八重は角場にいた。頭上に見事な月が昇っていた。八重は銃を手に座っていた。

「八重さん？　暗くなってから、鉄砲に触っては危ないですよ」

尚之助はそういうと、八重の横に腰を下ろした。八重は月を見上げた。

「私……まだ、おとっ様だぢを、がっかりさせでしまった……うぬぼれでいました……。私なら、照姫様のお役に立でると。んだげんじょ……よぐ考えでみだら、時尾さんみでぇに、慎ましぐて気が利いで、優しいおなごでなければ、お城では勤まらねぇ。私は、ふさわしぐながった……」

「勝手ながら、私は少しほっとしています。八重さんがお城に上がってしまったら、ここで一緒に銃を作ってくれる人がいなくなる。新式銃を作るには、八重さんの助けがいります。私一人では、どうにもなりません。八重さんの代わりはいない。……これは、あなたにしか、出来ぬ仕事です」

尚之助は静かにいった。八重は顔をあげ、大きく目を見開いた。

「尚之助さま……ごめんなんしょ……。私、自分のことばっかり考えで……忘れるどごろでした。兄様のお留守の間、家ど角場は守るど約束したのに」

「そうですよ」

尚之助が怒ったような顔をしてみせた。

「んだげんじょ……」

八重の目からぽろっと涙がこぼれた。

「代わりはいねぇなんて、そったごど言わっちゃうど、私……私……嬉しくて……ありがてえなし……」

八重は泣きながら笑った。月明かりがふたりを穏やかに照らしていた。

第十章　象山の奇策

前年の八月十八日、三条実美はじめ長州派の公家七名と長州藩の藩士を追放し、都に平安が戻ったかのように見えた。だが、尊王攘夷派の動きは治まらない。長州藩はすぐに巻き返しを狙い、水面下で激しく動き始めた。

幕府のお膝元である関東でも、尊王攘夷の動きが活発になっていた。三月には、水戸藩を中心とした尊王攘夷派が筑波山《つくばさん》で挙兵したいわゆる天狗党《てんぐとう》の乱が起きた。

桜の季節も過ぎ、緑の葉が柔らかな影を作る四月。覚馬が開いた京都会津藩洋学所に、西洋鞍の馬に跨《またが》り、仰々しい羽織袴姿の男が訪ねてきた。象山である。国許蟄居を命じられ、切り棒駕籠に押し込められ、江戸を去ったあの日から十年の歳月が流れていた。

「久しいの。覚馬」

象山は大きな目をきらりと光らせると、「東洋道徳　西洋芸術」の額を掲げ、洋書、物理の実験器具、地図や銃の模型などが置かれた部屋を眺めた。

「木挽町のわが塾とよく似ている……。ここでは、洋学を志す者は、他藩の者も受け入れているそうだな」

「それも先生の塾に倣《なら》いました。殿も、快くお許しくださいまして」

象山は幕命によって半月前に上洛したという。

「私にしか出来ぬ、お役目があるというのでな。止まった歯車を回し、時を前に進める。朝廷に、開国を説くのだ」

えっ、といったきり、覚馬は呆然と象山を見つめた。攘夷に固執する朝廷が開国を容認することなど、想像することさえできない。象山は顎をしゃくると不敵な笑みを浮かべた。

自説を曲げず、信じる道をまっすぐに歩む象山の生き方は変わっていなかった。だが思想を刃《やいば》で打ち砕こうとする過激派が日に日に力を増している。覚馬の胸が波立った。


時尾が右筆として照姫のもとにあがる日が翌日に迫っていた。八重と時尾は葉桜の下で最後の薙刀の稽古に励んだ。稽古が終わると、ふたりは木の下に座った。

「……八重さん、ちっとも手加減してくんにぇいがら、ほら」

時尾は袖をまくって、青あざを見せた。八重が眉根をよせた。

「あら、ごめんなんしょ。お城さ上がる前に、腕上げでもらいだくて……」

「おかげで、ちっと自信が付いた」

八重が顎をあげた。青空にぽっかり雲が浮かんでいる。

「お城さ上がったら、しばらく会えねぇな。淋しぐなる」

「……なあ、覚えでる？　お殿様の初めでのお国入りの時、八重さん、あの高い枝に上ってだ」

時尾が木を見上げていった。

「うん。時尾さん、下で心配して……」

「いづも同じだった。男の子と争《おどご》ったり、鉄砲撃ったり。八重さんはみんなが魂消《たまげ》るごどを、平気でしてのげで……私《わだす》ははらはらしながら見でだ。……んだげんじょ、本当は羨ましかった」

八重は目を見張った。時尾がそんなことを思っているなんて考えもしなかった。

「人に何言われでも、やりだいごどやる八重さんが、羨ましくて仕方ながった……。私には、真似できねぇもの。大蔵様も、いづも八重さんを見でだ……」時尾は目をふせた。まつげが揺れてい た。「気づいでだげど、教《おす》えたくながった。あんまり妬ましぐて……。ごめんなんしょ。嫌なおなごだな、私」

「私だって……」不意に八重が怒ったような声をだした。「妬ましかった。時尾さんが御右筆に選ばれで。私の方がお役《やぐ》に立づのにって、うぬぼれでだ」

ふたりの頰を風がやさしく撫でていく。緑の匂いがふっと鼻をくすぐった。

「八重姉様ぁ。時尾姉様ぁ」

切羽詰まったようなユキの声が遠くから聞こえ、ふたりはハッと立ち上がった。薙刀を抱え、頭には鉢巻きを締め、裾をたくしあげ、ものすごい形相で走ってくるユキが見えた。

ユキはふたりの間に立ち、肩で息をしながら両手を広げ、ふたりをにらみつけた。

「喧嘩はなりませぬ！　仲良《なが よ》しのお二人が、争ってはなりませぬ。……あれ？　果たし合いは、もう終わったのがし。薙刀《なぎなた》で決闘してるって、おばさまから聞いだげんじょ……」

八重がプッと噴き出した。

「ユキさん、おっか様に、まんまと担がれだな」

八重と時尾は目をあわせながら笑った。

「時尾さんに何かあったら、いづでもお城さ飛んでいぐがら」八重がいった。

「鉄砲担いで?」時尾がいたずらっぽく目をくるりとまわした。

「うん……友達だもの」そういったとたん、八重の目に涙があふれた。「いやだ。笑い過ぎで涙が……」

「私も……」と時尾が手で目頭を押さえた。

「笑ってんだが、泣いてんだが。姉様だぢ、天気雨みでえ」

ユキの目もうるんでいた。


長州藩士や尊王攘夷の有志の動きはますます激化していた。

この日、慶喜は、容保と桑名《くわな》藩主で京都所司代に任ぜられた松平定敬《さだあき》と二条城で会っていた。

「長州の者たちが、密かに都に入り込んでいるようだな」

慶喜がいった。御用繁多を理由に京のことは会津藩に預け、江戸へ戻った慶喜だったが、八月十八日の政変の後、再び京に上った。そして今年になり、将軍後見職を辞任し、禁裏守衛総督《きんりしゅえいそうとく》に就任していた。

「不審な者を捕縛し、糾問《きゅうもん》いだしましたところ、すでに長州に一味する浪士二百人余りが潜伏しているようにござい まする」

土佐が一礼してこたえた。慶喜は不愉快そうに顔を歪めた。

「厄介な。何を企んでいるのか……」

「ただいま、所司代と共に、探索を進めております」

そういった容保の声にはりがなかった。顔色は紙のように白かった。容保は正月以来、体調を崩して、臥せる日が続いていた。

「桑名公は、会津どのの実の弟だそうじゃの。良い方が所司代となった。兄を助け、お役目に励まれよ」定敬がはっと平伏した。容保と定敬は美濃高須家の生まれで、兄と弟の間柄だった。

それから慶喜は容保に向き直った。

「会津どのは、年初よりの病のため、守護職辞任を願い出たと聞くが……」

「十分な働きが出来ぬのでは、かえって不忠になるかと存じますゆえ」

「それは心得違いじゃ。養生しながらでも、勤められるがよい。なにしろ、貴公は帝のご信任がことのほか篤い。辞められては、余も困る。此度、禁裏守衛総督のお役目を賜ったが、会津の力添えがなくては、都はとても治めきれぬ」

慶喜は容保の手を取った。

「共に命を捨てる覚悟で、都をお守りいたそうぞ」

容保は頭を下げるしかなかった。

元治元年（一八六四年）。この年幕末の命運を共にする一橋、会津、桑名の三者が初めて京都に顔を揃えた。

六月に入り、蒸し暑い日が続いた。象山は時折、京都会津藩洋学所に覚馬を訪ねていた。

「これを中川宮にお見せして、攘夷がいかに無謀か、お話し申し上げて参った」

その日、象山は覚馬と広沢の前に最新版の世界地図を広げて見せた。

「宮様は、なんと？」

覚馬はせっつくようにたずねた。

「筋道立った開国の理《ことわり》を聞き、得心がいったとの仰せであった」

広沢は唾を飲み込んだ。

「では、攘夷の督促はやみますか」

「無論そうなるであろう。だが、その程度では足りぬ。全てを覆し、新しい流れを作らねば。帝より、開国の勅旨をお出しいただくよう、進言して参った。開国こそが国是であると、朝廷から天下に号令していただくのだ」

覚馬と広沢は呆然と象山を見つめた。これこそが象山だった。象山は野太い声で続ける。

「幕府は帝の勅を奉じ、ご叡慮に従って開国を進める。国論を一つにまとめ、攘夷派を抑えるには、これが唯一にして最上の策である」

「しかし、そんなごどができるのでしょうか。朝廷はこれまで、攘夷をせよどの一点張りでしたが」腕を組んでうめいた広沢に、象山は目をむいた。

「やるのだ。やらねばいずれ、メリケンのように国を二分する内乱となる。だが、この企てを知れば、攘夷激派が黙ってはおるまい。開国の勅旨を阻むために、あるいは御所を襲うかもしれぬ」

広沢と覚馬の口があんぐりとあいた。

「御所を！　そったな無茶を……」

やっとのことで覚馬がつぶやいた。

「そこで、帝をお守りするために、会津の力を借りたいのだが……しばらくの間、帝には、都を留守にしていただくのだ」

今度は覚馬が目をむく番だった。

小半時ほど降った雨があがると、通りに土の匂いが立ち上った。

象山は派手な洋式鞍の馬にまたがり、覚馬と広沢を見下ろした。

「では、よろしく頼む」

夕焼けが象山の顔を赤く照らしていた。覚馬の胸が不意にざわめいた。

「先生、その出で立ぢは……いささか、目立ち過ぎるがど」

「大任を果たす者は、装いもそれ相応でなければなるまい」

「んだげんじょ、都は剣呑です。目をつげられ狙われでもしたら……」

「折にあえば散るもめでたし山桜、よ。花は、ふさわしき時が来れば堂々と散る。命を惜しんで地味な装いをするなど、我が信条に反するわ」

歌うようにいうと、悠々と去っていった。夕闇がたまり始めていた。

その足で覚馬と広沢は梶原平馬の家を訪ねた。平馬の義弟・大蔵も席に並んだ。覚馬は、孝明天皇を彦根城に移すという象山の考えを語った。

「なるほど、彦根遷座とは奇策のようだが、ながなかの妙案ですね。私から、上の方々《かだかだ》に諮《はが》ってみましょう」

平馬は思案した末にいった。話が一段落すると、襖が開き、二葉が膳を運んできた。故郷会津の料理が並んだ。覚馬は相好を崩した。

「いや、うぢの妹《いもうど》どは大違ぇだ」

「ご縁談は、もう決まりやしたが？」

二葉がたずねた。大蔵の頬がぴくりと動く。

「いや、それがさっぱり。やっぱり、鉄砲など撃づのがいかんのでしょう」

覚馬が苦笑した。コンチキチンという祇園《ぎおん》囃子の稽古の音が風にのって聞こえている。

「姉上、都見物には行がれだのですか？」

大蔵が二葉にたずねた。二葉は目をつりあげた。

「まあ、暢気なごどを！　物見遊山に来ているのではありませんよ。私は、旦那様のお役目をお支えするために参ったのです」

「いや、たまには都見物も良いな。どうだ、祇園祭の山鉾《やまぼこ》でも見に行ぐが？　土地になじむのも、お役目のうぢだ」

平馬がそういうと、二葉は真面目な顔で頭をさげた。

「承知いだしました。……では、ごゆるりど」

二葉は廊下に出た途端、「何着て行ぐべ」と頬をゆるめたが男たちは知るよしもない。

「どうもその……姉は昔がら、融通のきがねぇどこがあって……」

二葉が姿を消すと、大蔵は頭をかいた。平馬は手を振った。

「いやいや、あれでこそ家を任せられる。私には過ぎだ妻だ」

仲睦まじい義兄弟のふたりを見ながら、覚馬は、八重もそろそろだなと思った。

そのころ八重に、はじめての縁談が舞いこんでいた。相手は昨年妻を亡くした十歳以上も年上の男だった。権八と佐久は話を決めたい一心だった。炊事洗濯、機織り、お針に小笠原流、お蚕さんの糸取り、畑もすべてできると、仲人に伝えた。

「んだら、先方さ訪ねで話してくんべし」

仲人が腰を浮かしかけた時、ドン！　という大きな破裂音が空気を揺るがした。

「しまった……しくじった」作業場から尚之助の声が聞こえた。

「ひゃあー、魂消《たまげ》だぁ」ユキの甲高い声が続いた。

角場に駆けつけた佐久と権八と仲人が見たのは、作業場の入口でへなへなと座り込んでいるユキと、顔も着物も火薬で煤《すす》けている八重と三郎と尚之助だった。

尚之助が雷管を爆発させたのだ。

「あ、破片が……慣れだ作業でも、油断するど危ねえがらし」

八重は顔色も変えずに、尚之助の腕に刺さっている破片をひょいと抜いた。慣れた様子で薬箱を引き寄せ、傷口を消毒してさらしを巻き始めた。

「なじょした？　大事ねぇが」

権八が声をかけると、八重がごしごしと手の甲で顔をふいてふり向いた。

「はい。よぐあっことですから」

八重の顔を見て権八と佐久はあっと顔をしかめた。八重は煤で髭を描いたような顔をしていた。尚之助と三郎とユキは声をあげて笑い出した。仲人はあんぐりと口をあけた。

「今回も、ご縁はねえようだ」

佐久はため息をついた。

八重は、その夜、尚之助が新式銃の模型の改良に熱中している作業場をのぞいた。

「新式銃は、なじょな具合です？」

「ここを直したら、ずんと良くなりました。これなら、使いものになる」

尚之助はふり向いて八重に模型を手渡した。

「どれ？」

「ほら、ここです」

尚之助の手と八重の手が一瞬ふれた。ふたり同時に「あっ……」と声を呑んだ。

きまりわるい沈黙を打ち破ったのは八重だった。

「こったに汚れで。取り替《が》えやしょう」

八重は尚之助の傷のさらしを指差した。尚之助はうなずくと、八重に手を預けた。

「仕掛けは、ほぼ出来上がりました。ゲベールの三倍は早く撃てる。後は、精度を上げて数を多く作ることですが……それには、藩の後押しがいります」

尚之助はいった。いつもの涼しいまなざしの尚之助ではなかった。熱を含んだ目をしていた。

「きっと、認めでいただげます。洋式銃が優れでいるごどは、今では、子どもでも知っているんですから」

「ただ、私から願い出ることはできぬので……仕官など、どうでも良いと思ってきました。でも、それは覚馬さんがいればこそで、一介の浪人の身では、どうにもならぬことばかりです」

こんなにも会津のために尽力しているのに、尚之助は藩にとって浪人に過ぎない。そのことを思うと、八重は申し訳なさでいっぱいになった。頭をさげた八重に尚之助は首を振った。

「八重さんが謝ることでは……。此度は、お父上にお骨折りを願います」

「せめて私が、撃ぢ方《がだ》をご披露できれば良いのですが……」

「八重さんなら、百発百中ですからね。……あともう一息です」

外には黒光りしているような闇が広がっている。風が鳴っていた。


その数日後の六月五日。近藤勇《こんどういさみ》、土方歳三、斎藤一《はじめ》ら新選組は、薪炭商枡屋《ますや》に踏み入った。枡屋喜右衛門《きえもん》と名乗る男が長州間者の大元締め・古高俊太郎《ふるたかしゅんたろう》であるとの内偵をうけてのことだった。蔵の長持の中に多数の鉄砲と弾薬が隠されていた。

新選組の屯所に連行された古高を待っていたのは、想像を超える過酷な拷問だった。

古高捕縛の報はすぐに会津本陣に伝えられた。やがて古高の家から、都に火を放ち、帝を長州に連れ去るという驚愕の書状が見つかった。

「古高の一味《いぢみ》の者だぢは、今後のごどを決めるために集《あづ》まるはずです。しかどはわがりませぬが、新選組は、数箇所に目星をつけでいるようで、会津にも出動を願い出で参りました」

広沢は、容保にいった。容保は体をくの字にして、しきりに咳をしていた。

「不逞浪士どもを一掃する良い折がもしれませぬ。殿、御下知を」

横山が容保に迫った。

「しばらく、お待ちくだせいませ。ここはまず、一橋様と京都所司代に知らせて、兵を集《あづ》め、一斉に捕り物にかがるべきがど存じまする。手勢を増やし、取り囲んで穏便に捕縛するのが、得策《とくさく》にござい ます。斬り合いどなれば、浪士どもが捨て身となり、それこそ町に火を放つやもしれませぬ」

秋月が乾いた声でいった。

「……よし。一橋公と所司代に使者を立てる。新選組には、祇園会所からともに出動するよう下知せよ」容保が命じた。

伝令が各所に走った。

夕暮れに薄闇が入り込むと、祇園囃子が町に鳴り響きだした。

三条小橋の池田屋《いけだや》の二階では、肥後藩士・宮部鼎蔵と松陰門下三秀のひとりとうたわれる吉田稔麿《よしだとしまろ》、そして桂小五郎が顔をつきあわせていた。

「うかつに動いてはなりません。時を待てと、みなに伝えて下さい。僕は、よそに知らせに行く」

先手を打とうと意気込むふたりに、桂は冷静にいった。それでも宮部は古高奪還に固執した。

「取り戻す折はあります。今夜はいけん。新選組が、かぎ回っちょる」

桂は噛んで含めるようにいった。桂は池田屋を後にした。

ねっとりと蒸す夜になった。

揃いの隊服に身を包み、額には鉢金《はちがね》をつけた新選組隊士たちは祇園会所でじりじりしながら会津からの連絡を待っていた。

すでに池田屋の二階には二十人ほど長州派の浪士たちが集まっているという報が入っている。

「どうする。ぐずぐずしていては、取り逃がすぞ」近藤が土方を見た。

「……行くか」

土方の目が細くなった。近藤がうなずいた。新選組は祇園会所を出た。家々の屋根にさえぎられて月の光が届かない暗い道を池田屋に向かい、走り始めた。

「お客様、御用改めにございます！」

主人の声が聞こえるや、池田屋の二階の行燈の火が消えた。

「会津藩お預り新選組である！」

近藤が叫んだ。新選組隊士たちが刀を抜いて踏み込んだ。釣り行燈の火が消えた暗い階段を駆け上がった。たちまち、激しい斬り合いが始まった。

そのころ、会津本陣に秋月と広沢が駆け込んでいた。

「一大事《いちだいじ》にございます！　新選組が、三条小橋の池田屋に斬り込みました！」

「なにっ」

土佐も覚馬も目をむいた。


他を探索していた土方と斎藤らも池田屋に駆けつけた。新選組は一気に優勢になり、浪士たちを次々に斬り倒した。傷を負い追いつめられた宮部は敵に向けていた刀を思い切り振り上げると「おのれらには、大義がわからぬか。ばかめっ！」と叫び、自分の腹にぐさりと突き立てた。

土佐を先頭に会津藩士たちも走った。覚馬は鉄砲隊を数名率いて駆けた。大蔵も秋月も続いた。池田屋の前に人影が見えた。その中に土方がいた。

「土方どの、これは一体……」

秋月の憮然とした声が途切れた。ふり向いた土方の顔は血しぶきを受けてぬらぬらと赤く光っていた。強烈な血の匂いが鼻をつく。

「今、ご到着ですか。勝負はすでに決しました。会津の皆様には、捕縄《とりなわ》でもご用意くだされ」

むき出しの刀には血脂が筋になっていた。

「どげ！」入口をふさぐように立っていた新選組の隊士を覚馬は強引に押しのけると、秋月と大蔵と共に中に入った。秋月が持っていた龕灯《がんどう》提灯《ぢょうちん》があたりを照らし出した。血の海だった。土間に階段にいくつもの惨殺死体が転がっていた。うめき声も聞こえた。

「肥後の、宮部さんじゃねぇが……なじょして、こったごどに……」

自刃した宮部の脇に覚馬がしゃがみこんだ。宮部とは面識があった。憤怒の表情で宮部はこと切れていた。その顔も手も足も腹も、血で真っ赤に染まっていた。

秋月と大蔵は奥に入って行った。人が動くたびに、血の匂いが濃くなる。

土方と斎藤が抜刀したまま、中に入ってきた。

「にしら、なぜ勝手な真似を。誰が斬れど命じだ！」

ふり向きざま、覚馬は怒鳴った。土方は昂然と胸をはった。

「我らも、命がけでござる。お手前らのように悠然と構えていては、敵に逃げられる」

「なにっ！」覚馬は立ち上がり、土方とにらみあった。そのとき土方の後ろにいた斎藤が、覚馬に向かって動いた。斎藤は顔色も変えず、白刃を振り下ろした。覚馬の後ろで血しぶきがあがった。覚馬に忍び寄ろうとしていた浪士が音をたてて倒れた。呆然と立ちすくんだ覚馬に「隙だらけだ……」と斎藤は吐き捨てた。二階ではまだ斬り合いが続いていた。祇園囃子が遠くに聞こえた。

数日後、覚馬は象山を訪ねた。

「愚かなことをしたものだ。おぬしらは火薬蔵に火を点けたのだぞ。長州は、今に牙を剝いて襲ってくる」象山はいった。

帝を彦根に移す算段をするためにこれから中川宮を訪ねるという。身を案じ、供をと申し出た覚馬に、象山はきっぱりと首を振った。

「断る。いま、会津の者など連れて歩いては、かえって命が危ない」

そして勝が送ってきたという六連発銃を見せ、これがあると鼻を鳴らした。

「案ずるな。私にはやることがある。まだ、散る時ではない」

帰り道、覚馬は唇を嚙んだ。敬服している象山の「長州は、今に牙を剝いて襲ってくる」という声が頭の中で何度も鳴り響いていた。

池田屋事件は会津にもすぐに伝えられた。官兵衛は栖雲亭に頼母を訪ねた。

「新選組はやり過ぎる。これで、会津は仇持《かだき》ちになった……」

頼母は会津藩が一線を越えたと悄然として、目をつぶった。

「寄せ集めの浪士ごときに先んじられるどは、情げねぇ」

身をもむように悔しがる官兵衛に頼母は重々しくいった。

「……官兵衛。にし、都に行げ。横山様に代わって、神保内蔵助どのが京詰めどなる。そなたを都に呼び寄せるよう、わしが内蔵助どのに願い出でおぐ。藩士の次男三男の中がら、腕に覚えのある者を選び、京に連れて行け。にしが、指揮を執るのだ。ここまで来たら、兵力を増やすしか、会津を守る手だてはねぇ」

「身命を賭して、勤めまする」

官兵衛の顔に喜びがはじけた。

しかし、事態は頼母の予想を上回る早さで、展開していた。

長州藩家老の福原越後《ふくはらえちご》が、兵を率いて伏見《ふしみ》の藩邸に入り、朝廷に入京を嘆願。続いて、来島又兵衛《きじままたべえ》隊が嵯峨《さが》に、真木和泉、久坂玄瑞らが山崎天王山《やまざきてんのうざん》に、それぞれ陣を敷いたのである。

それを受け、慶喜は在京諸侯を集め、二条城で評議を開いた。

「禁裏を追われた者どもが、兵を率いて上京するなどはもってのほか。武力をもって押し戻すべきと存じまする」京都所司代の松平定敬が述べた。慶喜が眉を動かした。

「しかし嘆願に参った者を、有無をいわせずに討つのは、いかがであろう。家老の福原越後を呼び出し、問い質したところ、藩主親子の罪一等が減じられれば、兵たちも得心して退くと申すのだが」

慶喜のその言葉に、諸侯たちは「左様なれば、穏便に収めるのがよろしゅうございましょう」とささやき始めた。誰も火中の栗を拾いたくなどない。

「それでは後手に回りまする」容保が声を上げた。「長州は、都での勢力を挽回するために、攻め上って参ったのです。叡慮に反する振る舞い、武力にて一掃すべきと存じます」

慶喜が露骨に不快な表情になった。

「守護職は、都で戦をするつもりか」

「伏見、山崎、あるいは街道にて食い止めまする」

容保がきっぱりというと、慶喜は容保をねめつけた。

「万が一ということがある。三百年来、戦のなかった都で戦端を開いては、禁裏守衛総督として、帝にも関東にも申し訳が立たぬ。貴公、ことさらに武力討伐を言い立てるは、長州の恨みを怖れるあまりか？　池田屋では、会津配下の者どもが、いらざる斬り合いをした。長州が押し上ってきたのは、その恨みを晴らすためとも思えるが」

満座の中で慶喜は容保を罵倒した。

定敬が「それは、あまりに……」と制したが、慶喜は止まらない。

「会津の戦には、付き合えぬ。ひとまず、説得策をとって様子を見ると、帝に奏上いたそう」

慶喜は呆然としている容保を一瞥し、諸侯を見回した。それで決まりだった。

容保の体がぐらりと揺れた。


会津本陣では国許から上ってきた神保内蔵助も含めた家老と、秋月ら公用方《こうようかた》が協議をしていた。

「ほんのひと月ばかり前、命《いのち》を捨てで共に都を守ろうど仰せになったお方が、どの口《くち》であのようなごどを」土佐が膝を摑んだ。

「戦の責めを負うのが、お嫌なのだろうて」横山が天井を仰いだ。

「じっと動がぬのが、不気味でございます。何か裏があるものど……」

長州の動きに対してそういった秋月を、内蔵助は冷たい目で見た。

「秋月……。池田屋の一件は、にしの失策ど、国許《くにもど》でも江戸表でも、非難の声が上がってる」

「是非もねぇ。しばらぐ下がっておれ」

土佐が秋月にいった。秋月は退出するしかなかった。

そのころ容保は奥で臥せっていた。容保は薄目をあけた。

「……のう、修理。我らは、会津のために、働いてきたのではないのじゃ」

「はい。すべては、都を守護するためにござ、ぜいます」枕元に付き添っていた修理がうなずいた。

「このこと、主上だけは、おわかりくださるはず……」

そういうと、容保は目を閉じた。痛ましさに修理の胸が締め付けられた。


覚馬はひとりぽつねんと歩いてきた秋月を呼び止めた。

「ご評議は、済みましたが？」

「いや。まだだ」

「良いのですか？　秋月さんは」

何気なく聞いた。秋月の顔に暗い影がさしていた。

「うむ……。わしは、公用方をはずれたのでな。近ぐ、会津に戻る」

秋月は低い声で言った。覚馬は立ちすくんだ。

「会津に……？　お待ぢください。こんな時《どぎ》に、なんで？　秋月さんがいなぐなったら、都はなじょなんです。他藩とのつなぎは？　長州の動ぎの探索《たんさぐ》は？」

京での情報戦で、秋月以上の働きができる者は会津藩には誰一人としていない。その秋月を外すなどということはありえなかった。

「まさが、池田屋のごどで……？」

「わしの、失策であった」

「そんな……」

闇が口をあけて会津藩を呑みこもうとしているかのようだった。覚馬の肌が粟立った。

会津の八重と尚之助も壁にぶつかっていた。尚之助と八重が改良を重ねた銃の製造を何度申し出てもはねつけられる。尚之助はいらだちをぶつけるように試作品の銃を撃ち続けていた。

「三倍の早さで撃つことができれば、兵の数が三倍いるのと同じだ。こんなたやすい算術が、なぜわからんのだ」

再び弾を込めようとした尚之助に八重が駆け寄った。

「もうやめでくなんしょ。銃身が熱《あつ》ぐなって、危ねえ」

「この銃は、必ず会津の役に立つ。それなのに、ろくに評議もなさらずにお取り下げだ。……わからず屋どもが」

再び銃を構えた。八重は声をあげた。

「兄様も同じでした！　何を言っても聞《き》いでいただけず、禁足の御処分も受げやした。んだげんじょ、わがってくれるお方が現れで、まだ道《みぢ》が開げやした。会津は頑固で、たやすぐは動かねえげんじょ、諦《あぎら》めではなりませぬ。認《みど》めでいだだげるまで、何度でも何度でも、作り直《つぐ》すべし。私が……私がずっと、お手伝いいたしやす」

一気にいった。必死だった。

「八重さん。ありがとう」

尚之助がゆっくり銃を下ろした。

そのころ、箱館の外国人居留地では、ひとりの若者が、密かに日本を脱出しようとしていた……。

その若者はロシア領事館付司祭の秘蔵っ子だった。

若者は司祭に日本語を教え、司祭からは聖書を学んだ。

アメリカ行きを希望する若者にその司祭はついに協力を申し出、米船ベルリン号で密航させる計画を立てたのだった。船底に隠れる前に、若者はもう一度陸地を振り返った。闇の中に蛍火のようにかすかな町の灯りが見えた。

「さらば、日本……。窮屈な私の国」

若者がつぶやいた。額に大きな傷がある。

それは上州安中藩士・新島《にいじま》七五三太《しめた》。後の新島襄《じょう》が単身アメリカに渡る、旅の始まりだった。

第十一章　守護職を討て！

「ならぬものはならぬ！　にしは、まだ十六だ」

　不意に権八の尖《とが》った声が聞こえ、台所で水仕事をしていた八重と佐久は顔を見あわせた。茶の間を覗くと、権八と三郎が向かい合っていた。

「日新館の仲間《なかま》も、志願しておりやす」

「人は人だ」

「それでは後《おく》れをとりやす。父上は、私《わだす》が卑怯者ど笑われでも良いのですか」

「くどい。ならぬど言ったらならぬ！」

　これまで一度だって口答えしたことがない三郎が権八をにらんでいた。三郎は唇を引き結ぶと、一礼して立ち去った。佐久が権八の前にひざまずいた。

「なじょしたのです？」

「佐川様の隊に、入りでぇど言いだした」佐川官兵衛が都に上る別部隊の志願兵を集めていた。

「仲間の尻馬さ乗って、その気になったんだべ。馬鹿な奴《やづ》だ」

　権八は目を閉じた。

　三郎は作業場で黙々と銃を磨いていた。

「なあ。なして、おとっ様《つぁま》にあんなごどを？」

八重が声をかけても、顔もあげない。

「おとっ様が三郎を卑怯者にしてぇわけがねぇべ。早ぐ手柄さ立ででぇ気持ちはわがるげんじょ」

「わがるわげねぇ。姉上に何がわがんべ」

三郎は吐き捨てるようにいった。八重は、男は自分の信じるもののために生きられるが、女はそうではないと三郎にはねつけられた気がした。

夕暮れになったのに、一向に暑さは和らがない。蒸し暑い夜になりそうだった。


銃の採用がならなかったという尚之助の手紙を読むと、覚馬は眉根を寄せた。

首に巻いた手拭いで顔の汗をふいた。京都の夏の蒸し暑さといったらなかった。

「父上のお力《つから》さお借《が》りしても、新式銃のご採用はならぬが……なじょしたもんか」

「戻っか……。一度、会津に」

蜩《ひぐらし》がないていた。覚馬は紙をひきよせ、筆を走らせ始めた。

国許に送る手紙を書きあげたとき、玄関を乱暴に開ける音がし、荒々しい足音が近づいた。覚馬はとっさに刀に手を伸ばした。だが顔を出したのは広沢だった。肩で息をしていた。

「象山先生が襲われました！　御所から戻る途上……」広沢は口から泡をとばさんばかりにいった。

覚馬の血が逆流した。覚馬は京都会津藩洋学所を飛び出し、木屋町《きやまち》の象山宅まで走った。

着衣を血で染めた象山が横たわっていた。体には無数の刺し傷があった。顔はすでに土気色に変わっている。覚馬は、従者の半平の肩をつかみ、ゆすった。

「何があった！　誰にやられだ！」

「後ろから、いきなり……」半平はわっと泣き崩れた。

「宮様にお目にかがっての、帰りがけだそうです。大勢に斬りづげられ……」広沢がいった。

「誰だ、襲ったのは」

「わがりません。これを」

広沢は「斬奸状《ざんかんじょう》」と書かれた紙を覚馬に手渡した。

「貼られでいだのを、引きちぎってきました。あまりにひどい……」

その紙には「この者元来西洋学を唱ひ……」という文字で始まっていた。

「朝廷に開国を説いだごど、帝の彦根遷座を計《はが》ったごどが断罪されでいます。……会津藩士がそれに手を貸しているども」

「こっちの動きは、筒抜けが……」覚馬がそういうと、広沢がうなずいて、目をふせた。

斬奸状の末尾に「皇国忠義士」とあった。覚馬は斬奸状をぐしゃりと握りつぶした。

「何が、忠義の士だ！……先生……」

覚馬は「折にあえば散るもめでたし山桜」といった象山の朗々とした声と、まっすぐなまなざしを思い出した。

象山は中川宮らを通して、開国の勅旨を得られるよう動いていた。象山が死んだことで、象山が考えていた未来も奪われた。

象山の死は、その夜、長州陣営に伝えられた。

「天誅です。奸賊会津に与《くみ》して、彦根遷座などを画策するけえ」久坂玄瑞がほくそえんだ。

「良いときに死んでくれた。これで、玉《ぎょく》を奪われる恐れは消えた」

真木和泉の目が、かがり火を映して妖しく光った。

屯集《とんしゅう》する長州兵に対し、朝廷は退去を命じた。しかし、その陣営には、続々と新たな軍勢が到着していた。


藩士の間で、京に上る佐川官兵衛の隊の話が出ない日はなかった。腕に覚えがあり、こういうことでもなければ世に出る機会がない次男三男はみな志願しているらしかった。

「弟《おとうど》はまだ十六です。槍も弓も未熟で、佐川様のもとで働《はだら》げるどは思えねぇ」

八重と尚之助は作業場で銃の改良をしていた。

「鉄砲隊というなら、まだわかりますがね」

「私《わだす》の後ろさ付いで歩いで、真似ばっかりしてだ子が……」

八重がため息をついた。

「三郎さん、独り立ちするのは大変だな。なにしろ、上のお二人があまりにお勇ましい」

尚之助はそういって、八重に目くばせした。八重がつんと顎をあげ、立ち上がった。

「お針に行って参りやす。私も、勇ましいばかりではねぇのです」

八重は右筆として城に上がった時尾に代わり、澄江を手伝い、子どもらにお針を教えていた。

「針先にばっかり気ぃ取られず、大ぎぐ構えで、手元《てもと》を広ぐ見らんしょ」「はいっ」

「背中《せなが》は真っ直ぐ。布は体の正面に！」「はいっ」

ユキが針を止めてクッと笑った。八重に顔を寄せた。

「鉄砲教えでるみでぇだなし。時尾姉様は優しぐ教えでだげんじょ、八重姉様のはまるで調練だ」

くすくす笑いがさざなみのように広がった。うとうとしていた澄江が目をあけた。

「ユキさん、まだおしゃべりが。稽古中は静かにしっせい」

はいと首をすくめたユキの手元を見て、八重が目を見張った。愛らしい花丸紋の刺繍《ししゅう》をしていた。よく見ると、他の場所にも同じ刺繍が施されている。

「こんな手の掛がるごど、よぐやんな」

「着物がちっと上等に見えんべ。好きなごどは、なんぼでも出来る。姉様の鉄砲と一緒だなし」

その刺繍を八重は手に取って眺めた。丸の中に梅や牡丹、百合、紅葉などが色鮮やかに並んでいた。驚くほど丁寧にひと針ひと針さしてある。八重は心底、感心した。

子どもたちが帰り、八重とユキだけになると、澄江は小引き出しから手紙を取りだした。

「時尾がら文が来た。近頃、ますます目が薄ぐなってな。代わりに読んでくなんしょ」

八重ははいといって、手紙を開いた。

「暑さの盛《さが》りに候えども、おばば様にはご息災に候や……」

そのとき盛之輔と悌次郎が庭に姿を見せた。

「お八重さま！　三郎さんも、佐川様の隊に入んのですか？　腕に覚えのある方は、みんな志願しておいでです」盛之輔が息せき切って八重にたずねた。

「オレも、都さ行ぎでぇな」「オレも！」

ふたり、声を合わせた。

「これ。そなたは高木家の総領だべ」

澄江が盛之輔をいさめた。ふたりはハッと顔を見あわせた。

「お八重さま、まだ鉄砲の話聞かせてくんつぇ」

早口でいってふたりは逃げるように走り去った。

「三郎さん、都に行ぐの？」ユキがたずねた。

「いや、おとっ様が、お許しになんねぇ」

「そんならいいげんじょ。……姉様、早ぐ文の続ぎを」

時尾の手紙には、照とともに、咳止めの薬効がある松の葉の酒を作ったと書いてあった。京の容保に送るという。


容保の病状ははかばかしくなかった。昼夜を問わず、激しい咳が続いている。その日は、国許に戻る家老の横山が挨拶に来ていた。

「いつ長州が攻め込むか知れぬ時に、国許に戻るは、心苦しゅうござりまする」横山はいった。

「平時であれば、もっと早く帰してやれたが……。持病を抱えながらの勤め、大儀であった。無理をさせたの」容保はときどき咳きこみながらいった。

横山もまた臥せる日が続いていた。

「もったいないお言葉。それがしのことより、病をおして忠勤を尽くされる、殿のお体が気がかりにございます」

「案ずるな。此度、御所内に宿舎を賜ることとなった。御典医の治療を受けよとの、主上《おかみ》の思し召しじゃ」

「何卒、御身大切に、お過ごしなされてくださりませ」

「うむ……。ご苦労だが、ひとつ、そなたに託したいことがある」

「……秋月のことに、ござりますか」容保がうなずいた。横山はとんと胸に手をあてた。「委細承知いたしました。……いずれ、身の立つように……」

「頼みいる。……横山。体をいとえよ」

畳に手をついた横山の目から涙がこぼれた。


秋月が会津に帰る前日、覚馬は秋月の住む町家を訪ねた。すっかり片づけられ、がらんとした部屋に道中支度の傘などが置かれていた。

「長州勢六百《ろっぴゃく》、新だに洛外に着いたようだ。激徒を鎮撫するためどいう触れ込みだが、その実は、援軍に違いねぇ」

秋月がいった。秋月の情報は早く、確実だった。それだけの人脈を築き上げた男だった。

「これで、長州勢は二千です。会津兵千六百をすでに上回った。……一橋様は、いづ動き出すのでしょう」覚馬はうめくようにたずねた。

「あのお方は、事《こと》を構えたぐないのだ。因州《いんしゅう》、備前《びぜん》、芸州《げいしゅう》、筑前《ちくぜん》……都の中《なが》にも、長州に味方《みがだ》する藩は多いゆえの。このままでは、会津が孤立して、長州がまだ力《つから》を盛り返す……」

この秋月を失えば、会津の情報収集力が弱くなる。覚馬は苛立つ気持ちを抑えることができない。

「入ります！」広沢が顔をだした。怒ったような顔をしていた。「悪い知らせです。佐久間家が、改易と決まりました」

「なんだって！」覚馬が腰を浮かせた。

「ご子息が相続を願い出たのですが、叶いませんでした」

広沢はくやしそうに顔をゆがめた。象山の遺体に後ろ傷があったことから敵に後ろを見せたとして、象山の家は断絶と決まったという。

「象山先生は国のために働いでいだのだ。家を潰される落ち度がどこにあっか！　先生は、覚悟を決めでおられだ。時が来れば桜は散るど仰せだった。まだ、その時《どぎ》ではねがったのに……」

覚馬は刀を摑むと、「松代藩に、掛げあってくる！」と立ち上がった。秋月が「無駄だ」と覚馬を制した。

「後ろ傷など口実です。松代藩は、攘夷激派に、睨まれるごどを怖れでいるのでしょう」

広沢がそういって唇を噛んだ。秋月がうなずく。

「もどもど、象山先生の働ぎを面白《おもしえ》ぐ思わぬ人だぢが、ご家中にいたのだろう」

自らを「国家の財産」と自任した象山には敵も多かった。

覚馬はがくっと膝をついた。

「先生は、二度殺されだ……。最初は刺客に、二度目は藩の愚かさに……松代のことばっかりは言えねぇ。……会津も、秋月さんを引きずり下ろした。池田屋がどうのど言っちゃいるが……本当のどごろは、やっかみだ。……公用方が重用されるのが気に入らねぇ人だぢの、因循姑息《いんじゅんこそく》さだ。わがっていで、オレには、なじょするごどもできねぇ」

覚馬は膝をぎゅっと摑んだ。幕藩体制が揺らぎ、会津藩の命運がかかっているこのときに、体面にこだわる藩士が会津藩にも、依然として存在する。藩や幕府にただ従っていれば何とかなると考えている連中だ。低い身分の者がその才覚で重用されることを妬み、機会があればすぐさまに足を引っ張ろうとする。藩内で争う時期ではないということがわからない。

「いや、やってもらいでぇごどがある。奴《やつ》らは必ず攻めでくる。今、動かずにいるのは、一戦必勝の時《とき》を待ってるからだろう」秋月は覚馬にいった。

秋月の目が鋭く光っていた。

「一戦必勝……毛利公の、上洛が⁉」

絶句した覚馬に秋月はうなずいた。

「わしは明日、国に戻るげんじょ、都を長州に奪われるごどだけは、なんとしても食い止めでぇ。でねぇど、去年の八月の苦心が、みな無駄になんべ。手をこまねいでいでは、今度は、会津が都を追われる」

「はい……」これからが正念場なのだと、秋月の目がいっていた。

孝明天皇の前に中川宮と近衛忠煕が控えていた。

「会津中将の様子は？」

「まだ本復せんようで、明日、御所内の宿舎に入るそうにございます」

中川宮が帝に答えた。

「長州は退いたか？」

「いまだ動きません」

「中将は病やし、一橋はぐずぐずと腰が定まらん。おかげで、長州派の公家達が、また勢いづいて参りましたんや」近衛は口をすぼめた。

「ここで、都に入られては、一気に形勢が覆るかもしれません」

中川宮がそういうと、帝は目を閉じた。


黒河内道場では、官兵衛が新隊志願の藩士を集め、槍の腕を試していた。

「そんな腕では、役に立だぬわ！」

官兵衛が三郎を叩きつけた。三郎は立ち上がって、また槍を構えた。

「やーっ」「とうーっ」

今度は壁まで吹っ飛ばされた。顔ははれ上がり、唇からは血がにじんでいる。

「おい、もうやめでおげ」

見かねて、止めようとした藩士の手をふりはらって三郎はまた立ち上がった。「もう一本！」

官兵衛の目が丸くなった。


満身創痍の三郎を、八重は作業場で手当てした。三郎は槍の稽古だといったが、全身あざだらけで、口の中まで切れている。

「何があったんだ？　稽古で、ここまではやらねぇべ。喧嘩が？」

膏薬《こうやく》を塗りながら八重がたずねたが、三郎は押し黙ったまま答えない。

足音を響かせて権八が作業場に入ってきた。仁王のような表情で、三郎に近づいた。

「にし、佐川様に入隊を願い出だのが！」「……はい」三郎は挑むような目をした。

「親に黙って……馬鹿ものが！」

権八は三郎をはり倒した。

三郎は夕食に顔を出さなかった。

「坊《ぼっ》つぁま、お呼びしてくっかなし」

気を利かせてお吉が腰を浮かしたが、佐久の表情を見てまた座った。

「私が……」と立ち上がりかけた八重に、「余計《よけい》なごどすんな」と権八が低い声でいった。


その夜、尚之助は、作業場の二階から下りてくると、角場で新式銃を見ていた三郎に声をかけた。

「それはまだ、作りかけです。もっと工夫しなければ、ご採用にはならない。……どうにかして飛距離を伸ばせるといいんだが……」

尚之助は三郎の手から銃をとり、構えたり、撃鉄をおこしたりした。

「すまねぇなし……」

不意に三郎がつぶやいた。尚之助は怪訝な顔をして三郎を見た。

「会津のために苦心して作られだのに、上の方々《かたがた》は、ろぐに御評議もしねぇで……その銃が優れでいるごどは、よぐわがっておりやす。……んだげんじょ、オレでは、どごにも、誰にも、意見ひとづ言わんにえい」

湿布薬を手にした八重は角場の前で足を止めた。尚之助が三郎に話しかける声が聞こえた。

「それで、志願したのですか？　隊士になれば、一人前の藩士だ。新式銃のことを、上に願い出ることもできる。そう考えて？」

「今はオレが、兄様の代わりになんなきゃなんねえ」三郎がうなずいた。

「それでも、志願は無茶ですよ。三郎さんは、まだお若い」

「若輩者が上にもの言うのに、他《ほか》にどんな手があんべが？　無茶でもやんねえど、道《みち》は開げねぇ」

「覚馬さんと同じことを……その気持ちを話せば、お父上も手は上げなかったでしょうに」

尚之助は苦笑した。三郎は首を横に振った。

「父上には、言えねぇ……んだげんじょ、オレは見できたがら……鉄砲の家《うぢ》は一段低ぐ見られで、上に物申しても、なかなが取り上げでもらわんにぇい。……父上のご苦労、オレはずっと、見できたがら……」

尚之助は三郎の肩に手を置いた。まるで本当の兄と弟のようだった。


翌朝、八重は玄関の前を掃き清めると、打ち水をした。昼前だというのに、入道雲が山から湧きあがり、油蟬がわんわんとないていた。

「おおっと」

危うく水をよけたのは官兵衛だった。八重ははっとしてお辞儀をした。

「佐川様！　お早うごぜいます。父に御用でやすか。すぐ呼んで参りやす」

「いや、良い。八重どの、だな？　そなたの弟《おどうど》が、わしの隊に入れろど言ってきた。断《ことわ》っても何度も来る。槍で負がしても、まだ食い下がる」

八重は合点がいった。三郎の傷はそのためだったのだ。そこまで三郎は思いつめていたのだと、八重の胸が熱くなった。

「何度たのまっちも、都には連れで行げねえ。十六の子に、命《いのづ》を捨てろどは言えぬゆえな。されど、武士としての覚悟は、年長の者にも勝っていだ。あど幾《いぐ》づか年嵩《としかさ》であれば、わしの方がら願ってでも、連れて行ぐどころだ。……もっとも、槍の腕は、まだまだだな」

官兵衛はニッと笑い、一礼して立ち去った。

八重は井戸端で顔を洗っていた権八に駆け寄った。

「おとっつぁま……今しがだ、佐川様がお見えになりました。三郎は強情ものです。……やっぱり、私の弟だなし」

怪訝な顔をした権八に、八重は笑顔で官兵衛の言葉を伝えた。

三郎は角場でかまどの灰を掻き出していた。

「つっ……」灰掻きが手からぽろりと落ちた。昨日、官兵衛にうたれた手がドス黒くはれ上がっていた。拾い上げようとしたとき、後ろから手が伸びた。ふり向くと、権八だった。

「どいでろ」

権八はかがみ込んで灰を掻き出し始めた。

「わしは、にしが生まれるずっと前がら、このかまどに、毎日《まいにぢ》、火さ入れで来た。……何かを変えんのは、たやすいごどでねぇ。いっぺんではうまぐいがねぇ。そんじも、それが正しいごどなら、何度でも何度でも願い出で、ちっとずつでも変えでいぐ。ずっと、そうやってきた」

三郎が顔をあげて、権八を見た。

「親を、見ぐびんなよ」

「はい」素直にうなずいた。

「んだげんじょ……わしも我が子を見くびってだがもしんねぇ。にしはもう、立派に会津の男《おどご》だ」

「父上……」

「ほれ、灰桶さ持ってごい。さっさど」

「はいっ！」あわてて立ち上がった三郎の後ろ姿を見つめた権八の目が細くなった。


八重は城下を駆け抜けた。年頃の娘が走っていることに驚き、みなふり向いた。やがて登り道になった。

「尚之助様ぁ」きょとんとした顔で足を止めた尚之助にやっと追いついた。

「忘れ物です」

息を弾ませて、八重はいった。額の汗が玉になっていた。

「えっ？」尚之助は手にしていた風呂敷包みや懐を見た。首をひねった。何を忘れたのか、見当がつかない。

「忘れ物したのは、私です。言い忘れだごどが……三郎のごど、ありがどなし」

八重は深々と頭をさげた。

「行ってきらんしょう」

にっこり笑った。それから八重はくるりと踵《きびす》を返し、来た道を戻って行った。その後ろ姿が見えなくなるまで、尚之助は見つめていた。


山崎天王山にほど近い、石清水八幡宮《いわしみずはちまんぐう》に、軍装の長州藩士が集結していた。何竿もの長州の旗が風にはためき、次々に長州藩士が総門をくぐっていく。

「物騒なこっちゃ」とつぶやきながら怯えた顔で引き返してくる参詣人と何度もすれ違った。

覚馬と大蔵と梶原平馬は町人姿で参道を歩いていた。

「会津ど気づがれっと、命はねぇな……」

総門が見えたとき、平馬がうなった。

「ここまで来っと、様子を探るまでは帰《けえ》れません」

大蔵がつぶやく。覚馬がうなずいた。

「こそこそしてっと、けえって怪しまれる。堂々と正面から参詣すんべ」

「んじゃ、口《くぢ》をきがねぇように。しゃべっと、会津だとばれっから」

平馬がそういったのを機に、三人は口をつぐみ、本殿に足を進めた。

本殿では、長州兵が戦勝祈願の弓矢などを奉納していた。本殿内には真木和泉、久坂玄瑞、髭面の来島又兵衛の姿もあった。

「朝敵会津を討たせたまえ！」「敵は、奸賊・松平容保」「おーっ」

思わず道中差《どうちゅうざし》に手をかけた大蔵を、平馬は制した。

「ここで斬り死にしても、なんにもなんねぇ」

三人は社務所の裏に回った。

戦勝祈願を終えた真木、久坂、桂小五郎、来島らが社務所で軍議を開いていた。

「会津に負けん兵力は揃っちょる。すぐにも攻め入るべし！」

「敵は会津だけじゃありゃーせん。すでに薩摩も入京しちょります。じゃが、因幡《いなば》や備前と組めば、戦をせずとも、都での復権が叶います」

「いや、桂さん。ここは、一戦交えるべきじゃ。ただし、攻め入るんは、若殿のご到着を待ってからです」

「む……貴公らが動かんなら、我が遊撃隊一隊にても進軍する！」

「ご到着まで、あと十日足らず。そこが、決戦の時です」

三人は身を潜め、一心に耳を澄ましていた。

「そこで何しよるんか！　おかしな奴らじゃ。こっち来い」

後ろから不意に野太い声が聞こえた。ぎょっとしてふり向くと長州兵が刃を抜いていた。

社務所の障子戸があいた。

「せからしいのー」

髭が熊を思わせる来島が顔を出し、野太い声で怒鳴った。

「怪しい者《もん》が、うろついちょりました」

兵が応えた。来島の頬がぴくりと動いた。

「斬り捨てい」

覚馬は総毛だった。

「斬るって、そんな殺生な。……御朱印いただくのは、ここやおへんのか？」

平馬から流暢な京言葉が飛び出したことに覚馬さえ度肝を抜かれた。平馬は懐から御朱印帳をだし、兵に見せた。

「こっちに回るよう言われたんやけど。なあ」

覚馬と大蔵は無言でうなずき、やはり懐から朱印帳を取り出した。

「八幡様に詣でて、御朱印受けずには戻られへんわ」

桂が顔を出して、三人をちらりと見た。

「来島様、大事の前じゃけえ、騒ぎはいかんです」

「おう」と来島はうなずくと座敷の中に戻り、ぴしゃりと障子をしめた。

「あっちへ回れ」長州兵から殺気が消えていた。

「へえ。いやあ、恐ろしい目に遭うたわ」

三人は腰をかがめながら、総門を出た。参道をしばらく歩き、それから走った。

「魂消《たまげ》だ。平馬さんは、たいした役者だ」

覚馬は感心したようにいった。まだ声が少し震えていた。

「だでに祇園あだりをうろづいでいるわげでねえ。ともがぐ、急ぎ知らせねど」

覚馬たちは一目散に会津本陣を目指した。

平馬が石清水八幡宮で見聞きしたことを伝えると、土佐がぎょろりと目を動かした。

「長州本隊の到着まで、十日足らずが。軍議の決着はどう付いだ？」

「そごまでは聞けず……いったん動き出せば、一気に御所に攻め込《ご》むものど思われまする」

「御所に？　そんな無茶を……」

「奴らが狙うのは、御所に宿営されでおいでの、わが殿のお命にござぃまする」

平馬がそうぃうと、場がしんと静まり返った。

「もう猶予はならぬ。尻を蹴り上げででも、一橋公を動かさねば」

内蔵助がぃった。土佐がうなずく。

「すぐに殿に知らせを。我らは、一橋公にご決断を願う」

あわただしく、土佐と内蔵助が二条城に向かった。

しかし、慶喜は煮え切らない。

「では、長州討伐の号令をおがげくださいますか」

と迫った土佐に慶喜はふっとため息をついてみせた。

「もう一度、揺さぶってみてからじゃ。一両日中に兵を引かねば、総攻めをかけると使者を出す。本隊到着までは、まだ間がある」

「事《こ》ごごに及んで……」

「在京諸侯には、長州に心を寄せる者も多い。都を二分する戦となっては困る。昨年八月、会津と薩摩が手を組んで、長州を追い落としたも、果たしてご叡慮に沿うことであったのか……」

慶喜は八月十八日の政変を持ち出した。あの政変は確かに天皇の勅によるものだった。会津藩は中心的に動いたが、薩摩藩だけでなく、淀《よど》藩や徳島《とくしま》藩、岡山《おかやま》藩、鳥取《とっとり》藩、米沢《よねざわ》藩ら諸藩が協力した。慶喜の言葉は言いがかり以外の何物でもない。

「なんとおっしゃります！」土佐と内蔵助が顔色を変えた。

「そのように噂する者も、おるということじゃ」

慶喜はうそぶくようにいった。


会津本陣に怒号が飛び交っていた。

「こうなったら、揃って二条城に押し掛げ、一橋公に掛げあうべ！」

「それでも動かねば、我らだけで長州さ討づ！」

「待で。みな、落ぢ着《づ》げ」

覚馬たちは藩士の間をまわり、鎮撫に努めていた。

「殿をお守りすんべ！」「おう！」

長州の狙いが容保だというのに一向に動こうとしない慶喜に対して、怒りが爆発していた。

「勝手に動いではなんねえ」「鎮まれ」

平馬や大蔵たちの制止を振り切り、藩士たちは二条城に向かおうとした。

「一同、お静まりあれ！」

広沢が一陣の風のように走ってきた。

「ただいま、一橋様が参内され、朝議が始まる様子にごぜいます」

広沢は大きな声で伝えた。

容保、慶喜、定敬、在京藩主らが参内して御前に控えた。中川宮、近衛忠煕、議奏や伝奏の公家達も並んでいた。

「改めて申し伝える。昨年八月の騒動以来、主上のご叡慮には、なんにも変わることはない。かねてより、長州藩士の入洛を禁じているにもかかわらず、兵を率いて都に迫るのは不届至極。また、退去の指示にも従わず、勅命を奉ずる意のなきことは、もはや明らかである」

中川宮が言い終えると、御簾《みす》が上がった。一同、平伏した。

「これを見過ごしては、朝威は地に墜ち、都はまた闇となる。長州の軍勢、速やかに掃討せよ」

元治元年、七月十八日。ついに、長州討伐の勅が下った。

第十二章　蛤御門の戦い

会津本陣ではすぐに軍議が開かれた。

「長州が、このようなものを、諸藩邸や公家屋敷に送《おく》りづげでおります」

広沢は土佐に一枚の紙を差し出した。

「天下騒乱の大本《おおもと》は、わが殿が守護職に就いだごどにあり……御所から追放し……天誅を受けさせるべし、ど……」土佐が歯噛みした。長州軍は敵を会津に絞っていると宣言していた。

在京諸藩に、慶喜より出兵の命が下った。

「よし。我らも出陣だ」

土佐が大音声でいった。

「一番隊《いちばんたい》は、伏見街道に進み、長州の主力、福原越後勢を迎《むが》え撃づ！」

「二番隊は、御所の警固」「大砲隊は伏見と御所、二手に分がれで進軍」

「長州、討づべし！」「おうっ！」

いざ出陣と、あわただしく動き始めた。

だが、覚馬はふと胸にざわめきを覚えた。

「何か、ひっかかる……伏見の軍勢、まごどに長州の主力が……」

思わずつぶやいた。平馬がふり向いた。

「陣将の福原越後は総大将です。まず、間違《まづが》いはねぇでしょう」

「んだげんじょ、八幡宮で気炎を上げでだ来島は、嵯峨天龍寺《てんりゅうじ》から攻めで来る。真木や久坂は天王山です」

主力はその真木や久坂の軍勢のような気がしてならない。

「んだなし……。いや、兵力では我が方が圧倒してる。列藩の藩兵が、各所で迎え撃づ布陣です。たやすぐ打ぢ破られはしねぇでしょう」

平馬がいった。だが、覚馬の不安は消えなかった。

覚馬の不安は的中していた。

天王山の長州陣営がそのころ、動こうとしていた。

「会津の主力は伏見に向かった。我らはその間隙《かんげき》を突き、一気に御所に攻め入る」

久坂が叫んだ。

「敵は烏合の衆。多勢といえども恐るるに足らぬ。今こそ我らが尊王の赤心を帝に訴える時ぞ」

「敵は国賊・松平肥後守！」「必ずや討ち果たしてくれよう」

長州兵が一斉に腕を空に向けて突き出した。


昨晩、文が届いてから権八は難しい顔をしっぱなしだ。心ここにあらずの体でうなり続けていた。今日は朝からぐんぐん気温が上がり、座っていても汗が噴き出すほどなのに、襖《ふすま》をぴたっと閉めて佐久と共に奥にこもり、ぶつぶついっている。

「うーむ。合う蓋《ふた》が、合わねぇ蓋が……うまくいきゃ一挙両得ど良がんべが……しくじったら台無しだ」

襖越しに権八の声が漏れ聞こえた。八重とうらは首をひねった。覚馬からの文に何が書いてあったのか。もしかして覚馬の身に異変があったのか。ふたりの心配がどんどんふくらんでいく。

「ごめんなんしょ！」

八重は声をかけると襖に手をかけた。

「おとっつぁま、その文、都からだべが？」

「だんな様が、ご病気にでも？」

「隠《かく》さねぇで、教《おす》えでくなんしょ」

襖をあけると、権八と佐久が困った顔をして座っていた。

「……仕方ねぇ。ちっとそご座れ。覚馬は無事だ。案ずるごどはねぇ。話っつうのはな……八重の、縁談だ」

八重の口がぽかんとあいた。

「にし、尚之助どのと夫婦《めおと》になれ。これは、覚馬の考えだ……長ぇごど、仕官の願いは叶わながったげんじょ、八重の婿っつうごどになっと、話は違ってくる。藩士になれば、例の新式銃の話も、進められんべ。うめぇごど考えだもんだ」

「あんつぁまは、無理にどは言ってねぇ。二人の考えもあっこどだからど」

先走りかけた権八を制すように佐久がいった。

「いや、これは、いい縁だ。尚之助どのには、今朝、もう話すてある。返事聞いでがら、にしには話すべど思っていだげんじょ……決めだ。この縁談、進めんべ。いいな」

権八はいった。八重は膝を摑み、顔をあげた。

「私《わだす》は……嫌でごぜいやす。そのお話、お断《ごど》わりいたしやす」

「父と兄が決めだ話だ。つべこべ言うな」

憮然として権八が首を横に振った。

「そんじも、嫌でごぜいやす」

「何が不足だ。人物は申し分ねえ。蘭学所教授の身分もある。仕官が叶えば、会津にとって、どんだけお役《やぐ》に立づが。……おいっ！」

「八重も、急なごどで、魂消《たまげ》てんだべ。よぐ考えで……」

佐久がおろおろととりなそうとした。

「考えでも、嫌でごぜいやす」

八重はけんもほろろにいい、部屋を出て行った。

「こら、待で！　へそ曲がりが。何が気に入らねえっつんだ」

「事情もわがってるし、尚之助さまを嫌ってるはずはねぇげんじょ……」

佐久が頰に手をあてた。

「二十歳《はだぢ》にもなって、他《ほが》に貰い手《で》があるわけでねえべ。……親の気も知らねぇで」

うらは台所で鍋をゴシゴシと磨いている八重に、「いいのがし」と小さな声でたずねた。

「もう、七年になる。姉様が嫁いでくる前がら、尚之助様はうぢにいで……ずっと、あんつぁまだど思って暮らしてきた。……今さら旦那様だなんて……。あんつぁまは勝手だ。人の気持ぢは、号令一下で動くもんでねぇ。調練とは違う。文一本で、人の一生は操《あやづ》れねぇ」

八重は手を休めずにいった。それっきり黙った。うらはかける言葉が見つからなかった。

真っ赤な夕陽が角場を照らしている。銃の手入れをしていた手を止め、八重はぼんやり考え込んだ。

「危ないですよ」

尚之助が駆け寄ってきた。八重は自分の指が引き金にかかっていたことに気がついて、はっとした。尚之助はその銃を取りあげた。

「火薬が残っていたら、どうするんです。釈迦に説法ですが、上の空で銃を扱っては命取りですよ。……あ、そうだ。これ」尚之助は、懐から洋書を取り出した。「エゲレスの砲術書が、手に入りました。借り物ですが。何か新しい工夫が、見つかるかもしれません」

ひと息おいて、尚之助は何気なく切り出した。

「……お父上から聞いたのですか？　覚馬さんの文のこと」

「はい。私、あの話は……」

「無茶ですよね。……私も、お断りするつもりでした。鉄砲隊の改革のためとはいえ、小細工を弄《ろう》するとは、覚馬さんらしからぬ愚策ですよ」

八重は激しくまばたきするとスッと立ち上がった。顔から血の気が引いていた。

「私、おっか様に呼ばれでいやした。……これ、手入れの途中だげんじょも」

「私がやっておきます」

「すまねぇなし」逃げるように八重は駆け出した。

その後ろ姿が見えなくなると尚之助は深いため息をついた。

八重は水場まで走り、そっとふり向いた。銃の手入れをしている尚之助の姿が見えた。自分でも驚くほど、胸が痛かった。

「姉さま？　なじょしたのです？」

三郎の声に、八重は飛び上がった。ふり向くと、三郎が笑顔で立っていた。

「暢気な顔して。ぶらぶらしてんなら、角場さ行って、尚之助様のお手伝いしっせい。早ぐ！」

気持ちをおし隠そうとして思いがけないほど強い言い方になった。怪訝な顔で駆けて行った三郎だったが、角場に着くと尚之助と楽しげに話しだした。

「あんつぁまが、余計《よげい》なごどすっから……」

何の気がねもなく話しているふたりがまぶしかった。八重は肩を落として、台所に入って行った。


七月十八日、深夜。長州勢が三方面から進軍を開始したとの知らせが入った。

覚馬は林と共に鉄砲隊を率いて蛤御門《まはぐりごもん》を固めた。閉ざされた門の前に会津藩旗が翻った。

「賊徒《ぞくと》は、伏見、嵯峨、天王山を発した。万が一、洛中に踏み込まれることあらば、必ず禁門を守護せよ。一人《いちにん》たりとも、中に入れるな！」

慶喜が馬に乗って現れた。具足の上に葵の紋の陣羽織、金の太刀に、立烏帽子《たてえぼし》、その上金の采配といういでたちは、出兵を渋っていたとは思えないほど華々しかった。

大蔵は内蔵助の指揮のもと、伏見街道に向かった。

「これは……」

筋違橋《すじかいばし》の上に大勢の長州兵の死体が放置されていた。斥候兵が戻ってきて、長州勢は大垣藩《おおがき》に攻め崩され、伏見の藩邸に引き上げたと報告した。すでにここは勝敗が決していた。

「福原越後は討ぢ取《ど》ったが」

「手傷を負って退却。大垣藩が追い打ぢをかげでおりやす」

「よし。我らも伏見の長州藩邸に向がう」

内蔵助がいった。大蔵の胸がざわついた。あまりにあっけなさすぎる。

石清水八幡宮で「ここは、一戦交えるべきじゃ」「貴公らが動かんなら、我が遊撃隊一隊にても進軍する！」といった奴らはどこにいるのか。大蔵の目がぎくりと揺れた。

「ご家老！　もしや、伏見の軍勢は、おとりでは。嵯峨や天王山の方は、押さえが手薄にござぃます。守りの隙をついて、都に攻め入る策《さく》がもしんねえ！」

内蔵助がかっと目を見開いた。

「いかん、禁裏が危ねぇ。ただぢに引き返すぞ！」

「はっ！」大蔵たちは踵を返した。

白々と夜が明けるころ、蛤御門に長州兵の足音が聞こえてきた。

薄明かりの中に、長州の藩旗と「討会奸薩賊」「尊王攘夷」の旗が見えた。

「みな、備えよ！」林が叫んだ。馬上で指揮を執る男の姿が見えた。石清水八幡宮で覚馬らを「斬り捨てい」といった熊のような男だった。男は大音声で叫んだ。

「長州藩士来島又兵衛、罷《まか》り通る！」

「入るごど相成らん。立ち去れ！」

林が叫び返す。長州兵の大砲・鉄砲の一団が、進み出た。覚馬が眉を逆立てて怒鳴った。

「にしゃら、御所に銃を向げる気がっ！」

「奸賊を討ちとり、帝をお守りするためじゃ！」

来島が手をあげた。会津の槍兵が飛び出した。

「一番槍、見参ー」

ダダンッ。長州の銃が火を噴き、槍兵はたちまち銃弾を浴びて倒れた。

「御所に向かって、ぶっ放すどは……。奴《やつ》ら正気が」

林がつぶやいた。会津の槍兵は次々に名乗りをあげ、長州兵に向かって突進した。しかし、誰一人として敵兵まで達しない。銃に撃ち抜かれ、無念の表情で倒れていく。槍術を磨き上げた勇猛果敢な男たちが、ひとたまりもなく銃に打ち抜かれ、次々にあっけなく命を落としていく。

「鉄砲隊、構え！」覚馬が叫んだ。「撃で！」両陣営の銃が火を噴いた。

西国街道の久坂と真木のもとに伝令が到着した。

「嵯峨天龍寺勢はすでに御所西側に到着した模様！」

国司信濃の一隊である。この軍勢は中立売御門《なかだちうりごもん》、蛤御門、下立売御門《しもだちうりごもん》の三つに分けて攻めかかることになっていた。

「やったか」真木が目を輝かせた。

「よし。我らは御所の南、堺町御門へ向かう！」

「おーっ！」軍勢が移動を始めた。


蛤御門では会津と長州の銃撃戦が続いていた。

「引くな引くなー。会津中将の首を取れ！」

鬼のような形相で馬上で采配を振るう来島に覚馬は狙いをつけた。引き金を引いた。

「うわっ！」来島の腹から鮮血が飛び、どうっと落馬した。

「命中！」覚馬が満足げにつぶやいた。

「大将を倒したぞ」「おーっ」

会津兵から歓声があがった。長州兵は動揺し、来島を担いでじりじり退き始めた。

だが、そのときに背後の門内から、激しい銃声と雄叫びが聞こえた。覚馬はぞっとしてふり向いた。

「御奉行！　中立売御門と下立売御門が破られやした。長州兵がなだれ込み、お味方は挟み撃ちになっておりやす！」

伝令が飛んできて林に伝えた。

「門を開ぎ、大砲を中《なが》に入れろ！」

林が大声でいった。

「急げ！　殿が狙われる！」

覚馬は大砲に手をかけ、門の内側に向かい、押し始めた。

中立売御門を守っていたのは、戦意のない福岡藩と弱兵で知られる一橋兵だった。福岡藩はすぐに退却し、一橋兵もそれに続いた。長州兵はやすやすと中立売御門を突破し、会津兵が守る唐門で激しい戦闘となった。

蛤御門は中立売御門と下立売御門の中間に位置している。両門から押し寄せる長州兵に、御所内で守りについていた会津兵たちは蛤御門方向にじりじりと後退した。


砲声と雄叫びが間断なく聞こえる。

内裏には孝明天皇はじめ、容保、桑名の定敬、中川宮など公家たちも集まっていた。

「長州が攻め込んできよった。弾が、ついそこまで」

近衛が這うように中に入ってきた。公家たちは色を変え、頬を震わせた。

「言わんこっちゃない。長州を敵に回したらいかんのや。主上《おかみ》、ただちに和睦の勅を！」

公家のひとりが帝に迫った。

「お待ちくだされ。それはなりませぬ」

容保が制止すると、もうひとりの公家が容保にくってかかった。

「黙んなはれ。そもそも長州を怒らせたんは、会津やないか」

「宮さん、主上を、お遷《うつ》し申し上げてはいかがにございましょう」

中川宮に公家が詰め寄った。中川宮はむぅっと口を引き結んでいる。

「御所をお出になられては、お危のうござります！　臣容保、誓って主上を守護し奉りまする」

たまりかねて容保がいった。公家がきっと容保を見つめた。

「そんなら、長州の求めに応じ、そなたが禁裏の外に出てはどうや」

「なんと、おっしゃいます！」

「それで和睦がなるやないか。直ちに使者を！」

容保を見る公家たちの目は氷のように冷たかった。そのとき孝明天皇が口を開いた。

「待て。和睦などは思いもよらんことや」

きっぱりといい、容保に目をやった。

「禁裏に発砲する賊徒、退けて御所を守護せよ」

「ははっ」

容保が平伏した。公家たちは居心地悪げに押し黙った。


蛤御門内の会津兵は南北から銃撃を受け、次々に倒れていく。

「撃で！」覚馬の大声が飛んだ。

会津の鉄砲隊も必死で応戦していた。長州側の砲撃は激しさを増していた。

轟音と共に地が揺らぐ。真っ黒な煙があがり、強烈な火薬の匂いが鼻をつく。煙が薄れると、泥と血にまみれ、人形のように倒れている会津兵が見えた。

一時、長州兵は退却しかけたがすぐに勢いを盛り返していた。

「ひるむな、引きづげで撃で！」

覚馬は叫び続けた。だが三方から攻め込まれ、会津兵は次第に追い込まれていった。

その時、一発の大砲の弾が、長州兵のど真ん中に撃ち込まれた。土煙が消える前に、また次の砲弾が火を噴いた。

その土煙が薄れたとき、薩摩の藩旗が見えた。

「薩摩藩士、西郷吉之助。ご加勢仕る！」

覚馬ははっとした。ぎょろりとした目に見覚えがあった。

「お手前は……」

「おう。おはんは……」

砲弾が飛び交う中、ふたりの目が合った。象山の五月塾《さつきじゅく》でかつて出会った男だった。逃げ出した豚を捕まえた西郷の人懐っこい笑顔を覚馬は覚えていた。

「まず、賊ば、片付けもそや」

西郷はいった。薩摩の鉄砲隊が一斉射撃を開始した。長州兵がバタバタと倒れた。大砲も間断なく大地を揺るがす。

覚馬は薩摩の銃に目を奪われていた。最新式のエンフィールド銃だった。射程が長く、命中率が格段に高い。その新式銃を、薩摩兵は軽々と使いこなしていた。

連射できない火縄銃やゲベール銃とは威力がまるで違う新式銃をこれだけ装備した薩摩藩に、覚馬は驚嘆すると同時に、恐れを感じずにはいられなかった。

「危ない！」という声が聞こえたかと思いきや、覚馬のすぐ横で大砲がさく裂したのはそのときだ。覚馬の体が宙に飛び、一瞬音も光も消えた。

「おい！　しっかりせぇ！」

林に揺り動かされ、覚馬は目をあけた。視界が赤く染まっていた。額から血が流れていた。

「大事ねぇが」

「なんの、かすり傷です」

覚馬は手拭いで傷を縛った。

「見ろ。長州勢が引いでいくぞ」

林がいった。蛤御門から長州兵が敗走しはじめていた。

「我らは、これより河原町の長州藩邸に向かいもす」

西郷がいった。

「ご加勢《かぜい》、かたじけねぇ。会津藩、山本覚馬です」

「いずれまた」

西郷は兵を率いて去って行った。


一方、天王山から攻め寄せた久坂玄瑞、真木和泉らは、堺町御門近くの鷹司邸に立てこもっていた。長州兵は邸の塀を防壁にして、攻め寄せる桑名兵や彦根兵と相対していた。

「蛤御門の兵は敗走したぞ」

密かに邸内に入った桂小五郎は真木と久坂にいった。

「残っちょるんはここだけじゃ。もういけん。早う逃げよう」

「いや、逃げられん。このまま敗れては、朝敵となる。参内《さんだい》して、我らに義があることを帝に申し上げにゃならん」久坂は首を振った。「ボクは死んでも引けん！　君は行け！」

桂はそういった久坂の目をじっと見つめた。やがて戦いの中に飛びこんで行った。

慶喜はその鷹司邸の前で馬上で采配を振るっていた。塀の陰から矢継ぎ早に銃弾が打ち出される。慶喜の脇を、銃弾がかすめ飛んだ。

「塀に阻まれて攻めきれぬ。時を稼がれては、臆病公家どもが長州側に寝返るぞ」

慶喜は賀陽殿《かやのでん》前まで戻り、駆けつけた林ら会津勢にいった。

「林さま！　御所に備えてありやした。塀を打ぢ崩して、攻め入りましょう」

覚馬の声に林がふり向くと、覚馬の指揮のもと、砲兵達が青銅の巨砲を引いて来るのが見えた。

「行げっか？　よし。やんべ！」

林がいった。覚馬は砲兵に指示して、青銅砲を前に押し出した。さらに腕を伸ばして射角を測り、大砲の角度と向きを合わせた。

「点火。……撃で！」

覚馬が叫んだ。大地が震えた。鷹司邸の塀の一角が崩れ落ちた。

「進めー！」

会津兵、桑名兵、彦根兵が、槍や刀を抜いて崩れた壁から突入した。

鷹司邸のあちこちで火の手が上がり始めた。

久坂も真木も白刃を振るって闘っていた。大軍に包囲され、絶望的な戦況だった。

久坂の目に火の中を走ってくる真木の姿が入った。

「久坂どの。いったん天王山まで引き、後日の再挙を！」

真木は決死の表情でそういうと、走り去った。会津兵と桑名兵が久坂に躍りかかった。久坂はひとりを袈裟切りにし、もうひとりの足を払った。

「ボクが死んでも、後に続く者たちがいる。もはや時の流れは止められんぞ！」

久坂は歯嚙みしながら叫んだ。

一発の銃弾が、久坂の脚を撃ち抜いた。がくりと前のめりに倒れた。「……これまでじゃ」久坂は刀を逆手に持ち替えると、喉を突いた。

鷹司邸が、黒煙を上げて燃えていた。

「勝った……」

覚馬は青銅砲の脇に立ち、つぶやいた。

銃砲の音に混じって、半鐘《はんしょう》を打つ音が激しく聞こえた。

鷹司邸から出た火は、折からの強風に煽られ、市中に燃え広がっていった。火は燃え続け、京都市内の大半の家屋や数多くの社寺が焼け落ちた。

御所を脱出した長州兵は国許へ向けて落ち延びたが、真木和泉らは天王山に立てこもった。

厳しい残党狩りが続いた。大蔵は新選組らを率いて天王山を探索した。

古びたお堂に近づこうとしたとき、扉があいた。長州兵がひとり、狂ったように刀を振り回しながら飛び出してきた。新選組の斎藤一はその兵を一閃《いっせん》で斬り倒した。

堂内に踏み込んだ大蔵が見たのは、自刃して息絶えている十数名もの遺体だった。その奥に真木がいた。正座をした真木の目がぎらっと光り、大蔵を見すえた。次の瞬間、真木は腹にぐさりと刀を突きたてた。声もあげず、真木が崩れていく。最期まで真木は血走った目で、大蔵をにらみ続けた。

その頃、国許に開戦の第一報が届いた。

「殿はご無事か」

照が奥用人に問うた。

「はっ。参内され、帝をお守りしておいでとのことにござせいます」

「形勢はいかがであった？　お味方の様子は？」

滝瀬が重ねてたずねた。

「会津軍は勇猛果敢なれど、敵の軍勢も引かず、乱戦となったと」

「なんと……」照が絶句した。時尾も大蔵の無事を願って、思わず目を閉じた。

山本家にも報は届いた。

「お味方《みかだ》にも、損害が出でるようです」

三郎が言った。権八がうむとうなずく。

「鉄砲、大砲を撃ぢ合っての戦《ただが》いだ。双方、無傷ではすまねぇ」

「あんつぁま、ご無事がな」

三郎がそういうと、座に重苦しい沈黙がたちこめた。

「おがしなごど言うもんでねぇ。ご無事で、勇ましぐ戦ってるに決まってんべ」

八重が家族を励ますようにいった。三郎がハッとして、頭をさげた。

「んだなし。すまながった」

「会津立藩以来、初めでの戦だ。鉄砲隊の値打ぢも、ここで決まんぞ」

権八が膝においた手を握りしめた。

「新たな知らせです！　長州が敗走したようです」

尚之助が足音を響かせ、走りこんできた。

「殿は？　殿はご無事が！」

権八が腰を浮かせた。尚之助が「はい」とうなずく。

「敵兵が立てこもった邸の塀を、大砲で打ち砕いて突き入り、勝負が決したとの知らせです」

「大砲がお役に立ったが！」

尚之助がうなずいた。

「……あの……あの……」うらが口ごもった。

「覚馬さんは、きっとご無事です」

尚之助はきっぱりといった。

「知らせが、あったんだべが？」

佐久が膝をすすめた。

「いえ、それはまだ。なれど、お味方が攻めあぐねている時に、大砲で大穴を開けて突っ込むなんて、覚馬さんがやりそうなことです。ご無事で、手柄を立てられたに違いありません」

「んだなし……。あんつぁまだ。あんつぁまが、大砲撃ぢ込んだんだ」

八重と尚之助の目が合った。

「覚馬だな。うん。間違《まちが》いねえ」

権八が微笑んだ。うらの目からぽとりと涙がこぼれた。

その夜、八重は作業場に足を向けた。作業場では尚之助が熱心に洋書を書写していた。

「まだ、お仕事がし……さっきは、ありがとなし」

尚之助が振り返った。

「尚之助様の言葉で、みな安堵しやした。まごどは、私《わだす》もうろたえでおりやした。武士の娘として、覚悟が足りねぐて恥ずかしい……」

「無理もない。初めての戦ですからね」

「んだげんじょ……あんつぁま……ご無事だべが。弾に当たってねぇべが……」

抑えていた不安が不意に八重の胸にこみあげ、目に涙があふれた。つーっと頬をつたった。

尚之助の手が伸びた。八重の頬に触れんばかりだった。だが、尚之助はハッとして手を引いた。

「大丈夫。ご無事ですよ」

顔を赤らめながら尚之助はいい、振り切るように本に向き直った。

「さあ、こっちも暢気にしてはいられない。戦は起きた。詳しい戦況が伝わってくれば、ご重臣方の考えも変わる。銃器を一新する、良い折です」

「んだなし。……私もお手伝いしやす」

八重は机に向かう尚之助の後ろ姿をじっと見つめると、小さくお辞儀をして出て行った。八重の気配が消えたとたん、尚之助がふり向いた。八重がいたところだけ、仄明るく見えた。

鷹司邸から脱出した真木をはじめとする過激分子も一掃され、ようやく公武合体が進むと思われた。だが、戦火に焼かれた京の町は無残なばかりだった。ところどころに焼け落ちた家や土蔵がポツンポツンと残っているだけで、町は見渡す限りの焼け野原だった。

筵《むしろ》を掛けられた死体が累々と並び、焼け跡に茫然と座りこんでいる人も多かった。

「ひどく焼げだな……」

覚馬が広沢にいった。ふたりは市中見回りに出ていた。

「応仁の乱以来の、大火だそうです」

「これが、戦が……何百年もかがって築いだ町《まぢ》を、たった一日で焼き尽《づ》ぐしちまった。元《もど》の姿に戻すのに、どれだけの時がかがっか……」

覚馬の足が止まり、「うっ」と、目を押さえた。広沢が駆け寄った。

「痛《いだ》むのですか？　医者はなんと？」

「まだ診せでねぇ。ヒマがながった」

「早ぐ診せだほうがいい。市中見回りは他《ほが》の者《もん》に任《まが》せで、休んでくなんしょ」

「なに、ていしたことねえ」

砲弾が脇で爆発して以来、覚馬は目に痛みを覚えるようになった。ときどき視界もかすむ。

遮るものもなく太陽は京の町に容赦なく照りつけていた。ありあわせのものを組み上げただけの掘っ建て小屋に人が行列を作っているのが見えた。お救い小屋だった。

「鬼め！」「会津は鬼や。早う都から去《い》ね」

「都を焼いた鬼や」「人でなし」

不意に覚馬たちに恨みの声がぶつけられた。行列に並んだ女たちが覚馬たちをにらんでいた。次いで小石混じりの土が飛んできた。筵小屋の前の子どもたちが無言で投げ続けている。

「何すんだ！」

広沢が血相を変えて子どもたちに掴みかかろうとしたそのとき、太く柔らかな声がした。

「会津のお方に、ご無礼したらいかん。もうええ加減にせい」

ふり向くと、恰幅のいい男が数人の連れと共に立っていた。

「あっちで、粥をもらってこい」

男がいうと、子どもたちはうなずいて列の後ろに並んだ。男は覚馬たちに頭をさげた。

「子供らの粗相、堪忍してやっておくれやす」

「大垣屋《おおがきや》どの……」

「これは、広沢様どしたか」

「会津藩御用総元締めの、大垣屋どのです。都での普請、人や宿の手配、一切を束ねでいます」

広沢がうなずいて、覚馬に男を紹介した。

「山本覚馬です」

「ほんなら洋学所を作らはったお方どすか。大垣屋清八と申します。よろしゅう御見知りおきを」

大垣屋はのっぺりと大きな顔をほころばせた。そのまま覚馬と広沢をお救い小屋に誘った。

お救い小屋では大垣屋配下の若い者たちが、避難民に炊き出しを振る舞っていた。

「親方、後はどこに届けまひょ？」

米俵を運んできた若者が大垣屋にいった。

「六角《ろっかく》と蛸薬師《たこやくし》や。よそも足らんようなら、また運んだらええ」大垣屋は鷹揚にいった。

「お救い小屋は、あちこちにあんのが」覚馬はたずねた。

「火ぃが三日も燃えて二万からの家が焼け落ちましたさかいな。一つ二つでは、間に合いまへん」

覚馬は列に並んでいる子どもたちを見た。

「あの子らも、家を焼がれだのが……」

「家もろとも、親兄弟も焼かれたようにございます。戦するのは、お武家さんの商売。そのお武家さんから御用を承るのが、わいらの商売や。せやけど、罪とがもない子供らが、惨《ひど》い目に遭うの見ると、つくづく罪深い商売やと思います。これくらいさせてもらわんと、信心してる金比羅《こんぴら》さんの、罰当たりますわ」

清八はそういうと、手を合わせた。それから覚馬の顔を見た。

「山本様。……西洋の学問しても、町を焼かずに済む戦のやりようは、わからんもんでっしゃろか？」

覚馬は炊き出しを受ける人々の、長い列を改めて見た。どの顔にもあきらめと絶望が顔にはりついていた。太陽に照らされて、火事場の匂いが耐え難いほど立ち上っている。

覚馬は答えることができなかった。

第十三章　未来への決断

元治元年八月、佐川官兵衛が藩士を率いて京に上った。容保は官兵衛の隊に「別撰組《べっせんぐみ》」という名を与え、市中警固を命じた。官兵衛は別撰組隊長に任じられた。

覚馬たちは焼け跡の残る通りで連日、人々に米の配給を続けている。禁門《きんもん》の変《へん》からひと月ほど過ぎ、京の人々は少しずつ落ち着きを取り戻しはじめていた。


八重の銃が角場の的の真ん中を射抜くと、秋月がほーっと声を漏らした。

「お見事《みごと》！　話《はなす》には聞いいでだが、たいした腕だ」

京から戻った秋月がこの日、尚之助を訪ねてきた。秋月は開口一番、尚之助に、改良を重ねている銃を見たいといった。八重は秋月に銃を手渡した。

「なるほどの。これなら、会津でなくとも、高《たが》ぐ腕を買うどごろは幾《いぐ》らもあんべ。……実《じつ》は、都を発づ時《どぎ》に、覚馬さんに頼まれてな。もし、川崎どのが会津を離れるごどを望むなら、よそで働《はだら》げるよう、力添えをよろしぐど」

秋月がひとつひとつ言葉を区切るようにいった。

「え……？」八重の目が泳いだ。覚馬が尚之助の他藩への仕官の話を秋月に頼んだなど、俄《にわ》かには信じられなかった。

「わしは、お役目柄《やぐめ》、他藩にも幾《いぐ》らが顔が利ぐ。教授方に推せる学問所もある」

「なんの話でしょう？　会津を離れるなどと。覚馬さんが、そんなことを言うはずはないのですが。……この間も、文が届いたのです。私を仕官させるために、八重さんと……その……」

尚之助が目をふせて言い淀んだ。

「覚馬さんは迷ってだ。川崎どのを会津に留めで良いものがど」秋月は苦いものを呑みこんだような表情になった。

「私の腕は、もういらぬということですか？」

尚之助が珍しく気色ばんだ。

「いや。そったことではねぇんだ。……象山先生が落命されだごど、お聞き及びが？」

秋月が低い声でいった。「……今、なんと……」とつぶやき、尚之助が目をむいた。

「亡ぐなられたのだ。刺客に襲われで」

尚之助が呆然と立ちすくんだ。

「国事に奔走されでいる最中《さなか》のごどであった。……その後、佐久間家がなじょなったが……お取り潰しだ。象山先生のお働《はだら》ぎに、松代藩は何一づ報《むぐ》いながった。……それどころが、煙たがる向ぎさえあったど聞ぐ。……他藩のごどばかりは言えねえ。会津にしたどごろで……」

「秋月さま。会津は、そんな薄情などごろではねえがらし」

八重は思わず前に出た。秋月は目を落とした。

「うむ。んだげんじょ、出る杭を打づのは、人の世の常だ。それに、会津は頑固で、新しいものを容易《たやす》ぐは認《みど》めねえ。……この銃にしてもそうだ。川崎どのがどんだけ力《つから》を尽ぐしても、見合うだけの地位を得るのは難しかんべ」秋月は顔をあげた。「覚馬さんから、二人への言づてだ。……遠慮も気兼ねもいらねぇ。己を生がす道《みぢ》は、己の考えで決めでもらいでえ、ど」

己を生かす道は、己の考えで決めてほしいという覚馬の言葉が、ふたりの胸に重く響いた。

覚馬は、官兵衛が到着したと聞くと大蔵と共に早速会いに行った。官兵衛は別撰組隊士たちに激しい槍の稽古をつけていた。

「おう！　にしゃらが。先だっての戦では、二人とも立派な手柄立でだそんだな」

官兵衛は覚馬の顔を見て相好を崩した。三人は稽古場の一角に腰をおろした。

「いや、薩摩《さつま》の援軍がねえど、危ういどごろでやした」

覚馬が頭をさげた。秋風がその頬をなでた。いつのまにか京にも冷たい風が吹き始めていた。

「その分は、今度の長州征伐で取り返すべ。わしも負けぬ。やっと、お役《やぐ》に立でる時《どぎ》が来たんだからな。んだげんじょ、遅い！　長州攻めは、いづ始まんだ？」

「ご公儀の方針が、定まらねみでえです」

大蔵がいった。朝廷が長州を追討せよという勅旨を出したが、幕府は依然として動かない。

「殿は、公方様がご上洛され、全軍の指揮をお執りになるよう、江戸に進言しておいでなのですが……」と覚馬が口をにごした。

「ごもっともな仰せだ。長州は朝敵だぞ。将軍がお出ましになって、討ち取らねえでなじょすんだ。わが殿のお命《いのづ》を狙った悪党ども。断じて許せぬ」

官兵衛に迷いはない。官兵衛の朴訥さは、大方の会津藩兵そのものだった。

広沢が駆け込んできたのはそのときだ。「みなさま、戦です！」広沢の血相が変わっていた。

「いよいよが！　進軍の下知《げち》が？　会津の持ち場は？」

官兵衛が腰を浮かせた。覚馬も大蔵も固唾《かたず》をのんで、広沢の次の言葉を待った。

「それが……夷狄との戦にごぜいます。長州の馬関《ばかん》が、異国《いごく》の軍艦に襲われました！」

一瞬、場がしんと静まった。異国との戦いとは誰も思っていなかった。

「エゲレスか？　メリケンか？」最初に口を開いたのは覚馬だった。

「エゲレス、フランス、オランダ、メリケン、四カ国十七隻《じゅうしち》の艦隊が、馬関と彦島《ひこじま》を襲撃しました」広沢がいった。

「長州は、なじょなった！」官兵衛の口から唾《つば》がとんだ。

「海がらは艦隊の砲撃、陸では歩兵の銃撃を受げたとのことにごぜいます」

「去年の、攘夷の報復だ。とうとう、異国が牙を剝いだ……」覚馬はこぶしをにぎりしめた。

長州藩は文久三年五月に外国船を砲撃した。それに対し、四カ国連合艦隊が下関海峡の封鎖を解くべく砲撃を始めたのである。この一連の総称を下関戦争と呼ぶ。下関戦争は長州の惨敗だった。

この手痛い敗戦の経験から、長州の藩論は、無謀な攘夷から開国勤王へと、大きく舵を切っていく。

八重は子どもたちに裁縫を教えながらも心ここにあらずだった。手本を示すつもりが自分の着物の袂《たもと》まで一緒に縫い付ける始末である。

「なじょしたの？　いづもなら、さっさど片付けで、すっ飛んで帰るのに」

子どもたちが帰ってもモタモタしている八重を、ユキは怪訝そうに見つめた。

「帰ってもなぁ……角場で何《なに》を話したらいいんだが……」

八重は口の中でつぶやいた。

「いづもの調練式はどこいった？　八重姉様らしぐねぇな」

じれったいとばかり、ユキが発破をかけた。八重は顔をあげた。

「私《わだす》らしぐねぇが……。んだなし……。えい！　あれこれ考えでも仕方ねえ！　何があっても、私は角場を守ったらいい。……んだ。……んだげんじょ……他国に行ぐど言わっちゃったら、なじょすんべ……」八重ははーっと長い溜息をついた。

その日の夕方、八重が角場で銃を片付けていると、尚之助が姿を現した。油に汚れた顔で、尚之助は八重に新しい銃を見せた。

「やっと、出来上がりました」

「んだら、試し撃ぢしてみますべ」

八重が射撃の支度をしようとすると、尚之助が手で制した。

「今日は、私が撃ちます」

尚之助はたすきを口にくわえ、くるりと袖にまわした。

「筒の内側に螺旋の溝を彫りました。異国製のようにはいきませんが、ずっと命中しやすくなったはずです」新しい銃は無骨な造りだった。だが、元込め式のライフルである。

尚之助は弾をこめると、銃を構えた。八重は正座してその姿を見つめた。

引き金を引いた。弾が的を射抜いた。

「命中!」八重がつぶやいた。

「よし……」

尚之助はくるりと振り向いた。

「八重さん。夫婦《めおと》になりましょう」

いきなりいった。八重の胸が跳ね上がった。

「私の、妻になってください」

尚之助がもう一度いった。八重の口から心臓が飛び出しそうになった。

「な、何を言うのです。……あんつぁまの文のごどは忘れるようにど、秋月さまが言わっちゃ。んだがら、縁組のことは、もう……」

尚之助が首を振った。

「文はどうでもいい。私が考えて、決めたことです。お父上のお許しはいただきました。八重さん、一緒になりましょう」

「だめです!　それは、できねぇす」

「なぜです?　私では、頼りないですか?　浪人の居候です。腕っぷしも、会津の方々には到底かなわない。八重さんにふさわしい男ではないと、自分でも思っていました。だから、一度は縁談をお断りしたのですが……なれど、これを作ることが出来た。日本でもっとも進んだ銃だと、自負しています。たとえ生涯浪人でも、この腕があれば生きていける」

尚之助は、新しい銃をぐいと突き出した。八重は唇をかんだ。

「んだがら……ならぬのです。尚之助様を、会津に縛りつけではなんねぇのです。……あんつぁまの文が来た時《どぎ》がら、私《わだす》は、そう思っていました。……ずっと、仕官に拘《こだわ》ってだのは、あんつぁまだ。尚之助様は、昔がら、そったごどちっとも望んでおられながった。いづでも、どこにでも旅立って良《い》いのです。やりでぇごどを、おやりになっていだだぎでぇのです！　腕を生かす道《みぢ》は、他《ほが》に幾《いぐ》らもあんだから……」

尚之助は八重をじっと見つめた。

「幾つ道があっても、同じことです。私はここで生きたい。……八重さんと共に、会津で生きたいのです」きっぱりと尚之助はいった。八重の目から涙がこぼれた。尚之助は八重の頬を伝う涙を指でそっとぬぐい、「妻になってください」といった。

八重が小さく頷いた。「はい……」とつぶやいた。


佐久と権八は八重が結婚を承知したことを知ると、手をうった。

「よし。これがら、忙しくなんぞ」権八が両手をこすり合わせた。

「祝言の日取り、いづにしますべ」佐久が嬉しそうに胸を手で押さえた。

「まずは、殿さまのお許しを受げねばなんねえ」

「んだなし。早ぐ覚馬にも知らせねえど」

佐久が立ち上がった。筆と紙、すずりの準備だ。うらが権八にたずねた。

「こうゆう場合、仲人さんは、どなたにお願《ねげ》ぇすんですか？」

「んだな。肝心なのは、仲人だ」

お吉と徳造も、茶の間に駆け込んできた。

「嬢さまの嫁入りが、決まったんだべが！」お吉が身を乗り出して聞いた。

「んだ。……あ、いや、嫁に行ぐっつうわけではねぇげんじょ」

佐久がふり向いて、首をひねった。

「んだら、婿取りが？」徳造が首をのばしてたずねる。

「婿取り……とも言えねぇな」権八が腕をくんだ。

「うーむ……。まあともがぐ、嫁入り道具は、人並みに揃えてやんべ」

そうつぶやいた権八の顔が明るくほころんでいる。


容保は江戸からの書状を読みおえると、目をつぶった。家茂の上洛が決まらないという知らせだった。

「修理、筆を持て。親書を送り、今一度ご上洛を願い出る」

太平の世が続き、幕府といえど長年、大軍を動かしたこともない。多くの大藩は経済的に疲弊しきってもいた。


そのころ、会津から遠く離れた大坂の地で、ひとつの出会いが、歴史の歯車を大きく動かそうとしていた。薩摩の西郷吉之助が軍艦奉行の勝海舟を訪ねてきたのだ。

「勝先生、征討令が下って二月《ふたつき》が経つっちゅうのに、幕府はぐずぐずと時を無駄にしちょいもす。

どげんしたら良かかと」西郷は開口一番、たずねた。

「なぜ、それを私に聞くんです？」

「亡き先君より申しつかりもした。国事に迷った時は、勝先生をお訪ねせよと」

「斉彬公か。お懐かしい……。で、あなたは、長州をどうしたいのですか？」

勝は海軍伝習中、咸臨丸で薩摩に寄港した折にも、斉彬と出会っていた。西郷はその斉彬の腹心だった。

「無論、厳罰に処するべきと。領地をば召し上げ、半分を朝廷に献上。残る半分は戦に功のあった諸藩で、割るべきと考ておいもす」

勝は扇子で手のひらをポンとたたいた。

「挙国一致して、長州を討つってわけか。まあ、およしなさい。そんな戦、幕府のためにはなるかしれねえが、日本のためにゃなりませんよ。第一、戦の指揮を執る人物が、今の幕府のどこにいますか？　ご老中がたは、公方様を抱え込んで江戸から出そうとしねえ。といって、都の一橋公に指揮を執られるのも、しゃくに障るってんだから。これじゃあ、戦にも何もなりゃしませんよ。そもそも、内乱なんぞにうつつを抜かしている時ですか？　下関を襲った異国の艦隊が、もし、摂津の海に攻めてきたらどうします。腰砕けの幕府にゃ、打つ手はねえでしょう」

勝は眉ひとつ動かさず滔々《とうとう》と自説を述べた。

「では、勝先生は、どげんしたら良かちお考でごわすか」

「幕府だけに任せていちゃいけねぇ。国を動かす、新しい仕組みを作るんです。……共和政治ですよ。……日本中には、すぐれた殿さまが、幾人かはいる。越前の春嶽公、土佐の容堂公、それから薩摩だ。雄藩諸侯が揃って会議を開き、国の舵取りをするんです」

「そいは……亡き先君が目指しちょったもんにごわんど……」

西郷が顔をあげた。胸が高鳴った。勝は熟柿を一つ手に取った。

「肝要なのは、己や藩の利害を越え、公論をもって国を動かすことです。幕府はもう、熟し過ぎた柿みてぇなもんでね、外から攻められれば……」手の中の柿がぐしゃりと潰れた。

西郷の大きな目がぎらりと光った。体から熱が立ち上がった。

「わかいもした。……たった今、おいは、目が覚めもした。天下んために何《ない》をすべきか、はっきりとわかいもした。あいがとごわした」

西郷はすっと頭をさげると、厚い唇を引き結び、部屋を出て行った。

「薩摩の西郷……。思ったより恐ろしい奴かもしれぬ。オレは少し、しゃべり過ぎたか……」

西郷の残像が残る部屋で、勝はひとりごちた。


元治元年十月二十二日、征長軍総督の尾張藩主・徳川慶恕改め徳川慶勝《よしかつ》は、征長を決定したが、その二日後西郷は、長州に恭順を勧めることとなる。副総督の越前藩主で春嶽の養子である松平茂昭《もちあき》をはじめ、諸藩の代表者らが大坂城で顔をあわせた。

「いよいよ、長州総攻めに出ることとあいなった。参謀、軍略はいかに」

慶勝が西郷を促した。

「その儀にございもすが、それがし、長州には恭順をば勧めるべきと存じまする」

西郷がそういったとたんに座がざわめいた。慶勝が目をむいた。

「何を言う！　すでに、諸藩には攻め口を割り振ってある」

「兵は進めもす。征長軍十数万にて包囲し、恭順をば説き聞かすっとです」

「そなた、長州を叩き潰し、領地を召し上げるべしと申していたではないか！」

西郷は数日前まで長州攻めの急先鋒のひとりだった。

「じゃっどん、戦となれば敵も死にもの狂いとなり、金もかかるうえ、お味方に損傷も出るもんと推察いたしまする」

「兵を押し出しながら、一戦も交えぬのでは、幕府の体面に関わるぞ」

茂昭が苦い顔でいった。

「大兵力にて公儀のご威光を示しまする！　戦わずして勝つこそ、善の善なるもの。これ、孫子の兵法《へいほう》にごわす。みなさま、ご異存はごわはんか」

ざわざわとしていた座が、西郷のその一声でしんと静まった。

西郷の和平交渉案は、征長軍の方針を一転させた。長州は三人の家老の首を斬って幕府に恭順の意を示し、一戦も交えることなく、征長軍は兵を解いた。

長州藩の急進派は生き残った。

「手ぬるい。家老の首を三つ四つ並べたくらいで、御所に発砲した罪が許されるものか」

容保が二条城に慶喜を訪ねると、慶喜は吐き捨てるようにいった。

「征長総督め、薩摩の芋酒に酔って、腑抜けとなったとみえる。西郷という名の芋じゃ」

慶喜はいらいらと歩き続けている。慶喜は血走った目で容保を見た。

「そなた、公方様のご上洛を、何度も願い出たそうだな」

「将軍家御自らが、朝敵征伐の号令を発せられてこそ、主上《おかみ》の御心も安まるものと存じまする」

「そのこと、江戸の老中どもがなんと評しているかご存じか？　京都守護職ごときが、将軍の進退に口を挟むとは僭越至極《せんえつしごく》と、嘲笑《あざわら》っておるわ。そればかりではない。わしとそなたが朝廷の権威を笠に着て、ご公儀を脅かすと言う者さえいる」

「何故《なにゆえ》そのような！　我らは、朝廷と幕府を結ぶために、働いているのではございませぬか」

容保のこめかみに青筋が浮かんだ。端正な顔が青ざめていた。慶喜も歯嚙みした。

「江戸城の連中は、何も知らぬ。都を治めるのがどれほど厄介か。そのくせ、帝のご信任篤い我らを妬み、京都方などと名付けて、痛くもない腹を探ってくる。長州を追い払ってやったというのに、これでは、割にあわぬ」

容保に随行している土佐と修理にも思い当たることがあった。江戸藩邸から、幕府の役人たちが会津を京都方と呼び、何かと嫌がらせをするという訴えがあがっていた。

「京都守護職は、ご公儀が押しつけられたお役目《やくめ》ではねぇが。金ばかり嵩《かさ》んで、国許《くにもと》も疲れ切っているどいうのに」退出した土佐はつぶやいた。修理がうなずいた。

「ご家老……殿のお体も案じられます。今が、ご退陣の潮時《しおどき》では……」

「うむ。……なあ、修理よ。我らはいったい、何《なに》ど戦《ただが》っているのであろう」

土佐の問いに修理の答えはなかった。

冷たい風が路上の枯葉を舞いあげた。焼け跡は残っているものの、京の町には店も並び、賑わいも少しずつ戻っている。覚馬は大蔵と共に町を歩きながら、人間が生きていく力はたくましいと思った。梶原平馬を見かけたのは偶然だった。平馬は店で人形を手に取っていた。声をかけると、平馬はその人形を求め、覚馬と大蔵を家に誘った。

「まるで、刀《かだな》の目利きでもするような、難しいお顔で……」

妻の二葉が棚の上に、平馬が求めた御所人形を飾ったのを見て、大蔵が笑った。愛らしい子どもの人形だった。覚馬もふふっと思い出し笑いをした。

「何がおがしい。よぐよぐ吟味しねえど、つまらぬ物を買う羽目になる」

平馬がむっとした顔でいったが、ふたりの笑いはとまらない。

と、二葉が覚馬に向き直り、手をついた。

「山本様、此度は格別のお働きにて、公用人に上がられ、おめでとうございやす。大蔵どのは、奏者番にお取り立てどのごど。ますますご出精《しゅっせい》なされませ」

覚馬と大蔵ははっと頭をさげた。大蔵も平馬に向き直った。

「義兄上《あにうえ》も、若年寄となられ、お目出度きごどと存じまする」

立ち上がった二葉が人形の前で足を止め、顔をほころばせた。「めごいごど……」ふっとつぶやいた。だが、大蔵の視線に気づくと、二葉はすっと笑みをけし、「結構な、お見立てにござぃます」とすまして部屋を出て行った。

「人形でもあれば、ちっとは慰めになるがど思ってな。上洛以来、御用繁多でゆっくり語《かだ》らうひまもながった。知る人のねぇ都で、さぞ心細かったろうに、よぐやってくれだ。にしも、ご妻女の喜びそうなものを、送《おぐ》ってやれ」

大蔵が頭をかいた。

「何がいいのが……。祝言挙げですぐに、夫婦らしい話もしねぇまま、上洛したので……」

「櫛でも紅でも良《い》いんだ。おなごはみな、そったもんを喜ぶ。……いや、みなどは言えんな。覚馬さんの妹御なら、鉄砲の方が良さそうだ」

「んだげんじょ、あれも、とうとう縁づぐごどなりやした。……川崎どのです。殿のお許しを頂戴したら、祝言を挙げるど知らせが来ました」

「そうが、川崎先生が。これは、灯台下暗しどいうヤツだ」平馬がポンと膝をうった。

「こっちの勝手な願いで、一緒になってくれたらと思ってはいたげんじょ……、二人とも、よぐ考えて決めたようです」

「それは良がった。なあ。……なじょした？　黙りこんで。あんまり魂消て、言葉もねぇが？」平馬が大蔵に笑った。「いや……」大蔵は言葉を呑みこんだ。

「おい。会津で、一大事《いぢだいぢ》だ。八重どのが、嫁に行ぐ」

お膳を持ってきた二葉に平馬がいうと、二葉は「まあっ！」と息を呑み、盃を倒した。平馬が「驚き過ぎだ」と笑った。転がった盃をつかもうとした覚馬の手が空を切った。覚馬の顔からすっと血の気が引いた。視界が暗くなり、世界がぼんやりとかすんだ。だが一瞬のことだった。

「どちらに嫁がれるんですか」二葉がたずねた。

「どちらって……裏の離れがな」覚馬は動揺を気取られぬよう無理に笑った。

「嫁入り道具は、鉄砲だそんだ」平馬がいたずらっぽい顔をして二葉を見た。

「まあっ、勇ましい嫁様だごど」

大蔵が顔をあげた。晴れ晴れとした表情をしていた。

「……良《よ》いご縁です……まことに良いご縁です。……おめでとうごぜいやす」

膝に手をおき、背筋をすっと伸ばし、大蔵は覚馬に頭をさげた。


会津の秋は短い。赤や黄色に色づいた磐梯山の上に丸く大きな空が広がっていた。

その日、山川家では兵衛を囲み、家族一同が集まっていた。

「お城がらお達しがあった。大蔵どのは奏者番に出世。二葉の婿どのは、若年寄どなられだ。山川家は、これでひと安心だ」兵衛の顔がほころんだ。奏者番は公儀と藩を結ぶ大事な役目である。戦での働きが、認められての出世だった。

「兄上はお強《つえ》いもの。昔から、竹馬でも石合戦でも、負げだごどがねぇ。覚えでる？　兄上の義経、八艘跳び！」妹の美和がいった。

「軍記物読んで聞かすっと、なんでも真似すんだ」母の艶が笑顔でうなずく。

「ひよどり越えだっつって、崖転げ落ぢできたごどもあんぞう」

兵衛がおどけた調子でいった。艶は立ち上がると庭におり、登勢を手招きした。艶は庭でいちばん高い欅《けやき》の木を見つめた。

「与七郎は、子どもの頃、よぐこの木に登ってだがら。木登りの得意な子がいで、その子には負げたぐねえがらど言って」

「旦那さまが……」登勢が目を見開いた。

「相手《あいで》は、おなごん子だったけど」

「まあ」艶と登勢は顔を見合わせて、ふふっと笑った。赤とんぼがすーっと飛んでいく。

「ちっとずつ話して聞かせんべな。与七郎の昔《むがし》のごど。来年の勤番交代には、戻って来んべし。その時、私《わだす》から聞いだ話《はなす》をして、驚かせでやらんしょ」

艶がそういうと、登勢は頬を紅潮させて「はい」とうなずいた。

「そういえば……あの子も、春には花嫁御寮だ……」

薄雲がかかっている。季節は冬に向かっていた。


翌春、桜のつぼみがふくらみかけた日に、八重の花嫁衣装が届けられた。真っ白の羽二重の打掛だった。座敷に広げられた花嫁衣装をうらがうっとりと眺めた。

「うづくしいごど。きっとよぐ似合うべな」

「これで嫁入り行列ができたら、もっと良がったげんじょ」

佐久がつぶやいた。権八が腕をくんだ。

「仕方《しがだ》ねえ。嫁様が、うぢがら出て、うぢに入ってきたら、おがしいべ」

「はい。考えてみだら、私だぢは果報者だ。娘を手元《てもど》に置いたまま、立派な息子が一人増えんだがら」佐久が思いを振り切るようにつぶやいた。

八重はそのころ三郎と角場にいた。

「あっ、まだ、そごに置く。いづも言ってんべ。これは、こっちに片付《かだづ》げる！」

三郎が銃を何気なく台に置いたとたんに、八重の声が飛んだ。

「あーあ。当《あで》が外れだ。あねさまが嫁に行げば、角場はオレの天下だと思ったげんじょ」

三郎がわざと口をとがらせてみせた。それから八重に向き直った。

「あねさま……。おめでとうございやす」

「はい」八重は恥ずかしそうに微笑んだ。


会津に戻った秋月は、頻繁に栖雲亭《せいうんてい》に頼母をたずねた。

「京の丸太町《まるたまち》に、洋式調練の練兵場を開ぐそうです。長州どの戦《ただかい》を機に、ようやぐ武器の一新に向けで動きだしました」秋月は常に新しい情報を、頼母にもってくる。

「まだ金がかがるの。国許《くにもと》が倹約しても、都の出費に追い付《づ》がねえ。お家の借財は、増えるばっかりだ」

「帰国して、それがよぐわがりました」秋月は短い溜息をついた。

「公用方《がだ》に不満を持づ者もいっぺいいんだ。こっちがらは、都を我が者顔に仕切ってるように見えるがらの。横山様のご尽力にも拘《かが》わらず、にしにお役目が付かぬのも、そごらあだりのごどよ」

「承知しております」いまだに秋月は無役だった。

「秋月様、お仲人をなさるそうですね。山本様の」

千恵が茶を出しながら秋月にいった。頼母が空を見上げた。

「八重が。あのお転婆者に、よぐ縁づく先《さぎ》があったな。で、婿どのは誰だ？」

「蘭学所の川崎どのです」

「川崎……あの男《おどご》、藩士ではねえべ？」

「優れた人材です。今に仕官も叶いましょう」

秋月がきっぱりいった。頼母が首をひねった。

「んだげんじょ、拝領屋敷もなぐて、どこに嫁入りすんだ？」

「婿どのが居候ですから、当面は、山本家の離れで暮らすのでしょう」

「そんじは、嫁入りらしぐ送《おぐ》り出すわげにもいがねぇなし」

千恵が頰に手をあて、気の毒そうにいった。

「いや、折角の祝言が、それでは惜しい。……よし、わしに考えがあんぞ」

頼母が手をうった。頭を寄せてふたりにひそひそと話した。三人の頰がゆるんだ。


数日後の夕方、山本家の玄関に嫁迎えのかがり火が焚かれた。

権八は紋付き袴を身につけ、玄関の式台で仁王立ちになっていた。

「仕度《したぐ》は済んだが？　そろそろ嫁様が来る頃ではねぇが？」

「まだ早うごぜいますから、奥《おぐ》にいでくなんしょ」

権八は同じことを佐久から何度もいわれていた。

そのころ、八重は秋月の家にいた。真っ白な花嫁衣装で身を包み、綿帽子をかぶり、白い手を膝の上で揃え、座っていた。

「これは魂消だ。すっかり見違《みぢが》えだ」

秋月が感嘆の面持ちでつぶやいた。

「秋月様。今日は、こちらのお宅がら、嫁入りさせでいただぐごどとなり、ありがとうごぜいます」八重が初々しく頭をさげた。

「なに。頼母様のお知恵だ。んだら、行ぐが。嫁入り行列の出立だ！」

秋月は目を細めた。

空に薄くぼんやりとした雲がかかり、月がかすんでいた。柔らかなみずみずしい光が八重をほんのりと照らした。朧月の淡い明かりの中、八重はしずしずと歩き始めた。


（第二巻につづく）

本書は放送台本をもとに構成したものです。
番組と内容が異なることもあります。ご了承ください。

編集協力　遠藤由紀子
円水社
本文DTP　NOAH

八重の桜　一

二〇一二(平成二十四)年十一月三十日　第一刷発行

著　者　作　山本むつみ／ノベライズ　五十嵐佳子
©2012 Mutsumi Yamamoto & Keiko Igarashi
発行者　溝口明秀
発行所　NHK出版
〒一五〇―八〇八一　東京都渋谷区宇田川町四十一―一
電話〇三―三七八〇―三三八四（編集）
〇五七〇―〇〇〇―三二一（販売）
振替〇〇一一〇―一―四九七〇一
印　刷　共同印刷
製　本　共同印刷

ホームページ　http://www.nhk-book.co.jp
携帯電話サイト　http://www.nhk-book-k.jp
Printed in Japan
ISBN978-4-14-005625-7 C0093